Lupo Lito
#Glückskinder
III. Wollust

AF191657

Lupo Lito

Hashtag Glückskinder

III. Wollust

Roman

Bibliografische Information der Deutschen Nationalbibliothek: Die Deutsche Nationalbibliothek verzeichnet diese Publikation in der Deutschen Nationalbibliografie; detaillierte bibliografische Daten sind im Internet über http://dnb.dnb.de abrufbar.

Lektorat + Korrektorat: Buchstabenbüro - Katrin Hatzl-Dürnberger
Coverbild: © Lupo Lito - gemalt und entworfen von Esther Mair mit Nutzung von ChatGPT für die Kuppel

Verlag: BoD · Books on Demand GmbH, Überseering 33, 22297 Hamburg, bod@bod.de

Druck: Libri Plureos GmbH, Friedensallee 273, 22763 Hamburg

ISBN: 978-3-8192-7818-1

Liebe*r Leser*in,

*dieses Buch enthält emotional aufwühlende
und potentiell triggernde Inhalte.*

*Deshalb findest du auf Seite 357
Hinweise zu diesen.*

*Achtung:
Die Hinweise enthalten Spoiler
für das gesamte Buch!*

Wollust

Glückskinder sind nicht passiv,
sie warten auf den richtigen Moment.

Als er das letzte Mal in diesem Zug gewesen war, hätte er nicht gedacht, so bald erneut darin zu sitzen. Doch brachte ihn jetzt eben jener von Sonjas Hütte zurück in die Stadt.

Diesmal allerdings fühlte er sich wesentlich besser als nach seinem letzten Besuch. Er hatte sich mit Sonja ausgeredet, wenn man es denn so nennen konnte. Im Endeffekt hatte er nach der Ankunft in der Hütte, als er vor Sonja gestanden war, kein Wort heraus gebracht und lediglich schuldbewusst zu Boden gestarrt.

Sonja war diejenige gewesen, die daraufhin die Initiative ergriffen und ihn von einem freundlichen Gesichtsausdruck begleitet fest und innig umarmt hatte. Er hatte dabei eine angenehme Nähe und vor allem auch Sonjas Wohlwollen ihm gegenüber gespürt. Und das trotz seiner Fehler der Vergangenheit.

Dennoch war in diesem Moment nach wie vor ein gewisses Schuldgefühl in ihm mitgeschwungen, welches auch jetzt noch in ihm spürbar war. Im Gegensatz zu früher fühlte es sich jedoch weniger absolut an und es war auch nicht mehr nur dieses alleinige Gefühl einer nagenden Schuld, das sich in ihm breitmachte.

Er wusste nicht, ob die Worte, die er vor ein paar Wochen auf das grün schimmernde Papier geschrieben hatte, der Grund dafür waren oder ob diese spürbaren kleinen Veränderungen in seinem Inneren auch stattgefunden hätten, wenn er dies nicht getan und den Text anschließend Aurora überreicht hätte. Was er hingegen ganz genau wusste, war, dass er jedes Einzelne dieser Worte genau so gemeint hatte, wie er sie ausformuliert hatte. Am Ende waren diese Zeilen weniger seinem Kopf entsprungen, sondern viel mehr seinem Herzen.

Dadurch war ihm endgültig klar geworden, dass er von nun an ein Glückskind sein wollte, auch wenn er sich bei Weitem nicht sicher war, ob ihm das überhaupt gelingen konnte. Trotz dieser Bedenken war irgendwo in ihm ein neuer Wille und in manchen Momenten auch eine neue Kraft, die ihn gemeinsam dazu drängten, es wenigstens zu versuchen.

„Und falls ich es nicht auf Dauer schaffen sollte, sondern nur ein paar Monate lang, dann reicht das vielleicht schon, um ihr zu helfen ...", hatte er sich sein erstes Ziel zur Umsetzung dieses Vorhabens bereits an jenem Tag gesetzt, als er, nachdem er Aurora das Gedicht übergeben hatte, auf dem Nachhauseweg gewesen war. Währenddessen hatte er sich immer wieder auf das weißblaue Armband gegriffen, welches um sein rechtes Handgelenk gebunden war.

Ein zweiter in ihm aufkeimender Wunsch war es gewesen, sich nach all den Jahren endlich mit Sonja auszureden und zu versöhnen, weshalb er sich am heutigen Tag zu der Hütte im Wald aufgemacht hatte. Selbst wenn sein Kopf gewusst hatte, dass zumindest Teile der gewünschten Aussprache bereits bei seinem letzten Besuch geschehen waren, war das Gefühl dazu nie so richtig in ihm aufgekommen. Vielleicht war es auch sein damaliger so plötzlicher Abgang aus Sonjas Blockhütte gewesen, der ihn im Glauben gelassen hatte, dass immer noch ein tiefer, von ihm geschaufelter Graben zwischen ihnen gelegen war.

Nach der so wohltuenden Umarmung hatten sie sich nicht auf die Veranda, sondern ins Wohnzimmer gesetzt, denn es war ein kühler regnerischer Herbsttag gewesen. Sie konnten die Regentropfen beobachten, wie sie durch den Wind angetrieben gegen die großen gläsernen Schiebetüren prasselten. Das Wetter hatte zu den Inhalten des Gesprächs gepasst.

Gerade in der ersten Stunde, in der es sich ausschließlich um die Vergangenheit gedreht hatte, war es ein schwermütiges und stückweise auch schmerzvolles Gespräch gewesen. Doch wie bei der Umarmung zur Begrüßung auch hatte er, trotz des nach wie vor vorhandenen Schuldgefühls, zum ersten Mal seit Jahren die tatsächliche Bedeutung und Inhalte in Sonjas Worten wahrgenommen, als sie ihm gegen Ende dieser Stunde nicht zum ersten Mal in seinem Leben und nicht einmal zum ersten Mal im Lauf dieses Gespräch gesagt hatte: „Du hast nicht wissen können, dass ihr beobachtet werdet. Es war nicht deine Schuld!"

„Ich hätte vorsichtiger sein müssen!", hatte dennoch weiterhin die Schuld aus ihm gesprochen und seine Stimme leise sowie zaghaft klingen lassen. Zugleich hatte es ihn eine gehörige Portion Überwindung gekostet, Sonja dabei überhaupt in die Augen zu schauen. Schließlich war sein Blick erneut Richtung Boden gewandert und er war weniger leise und zaghaft als zuvor. „Vielleicht habe ich es nicht wissen können und trotzdem hätte ich es eigentlich wissen müssen!"

Sonjas Gesichtsausdruck sowie ihre Stimme waren versöhnlich und mitfühlend gewesen, als sie ihm mit einer gewissen Klarheit den Rat gegeben hatte:

„Du musst dir diese ganze Sache endlich selbst vergeben und mit dir Frieden schließen. Ich habe dir schon längst verziehen und KidKad hat das genauso getan! Oder hätte sie sonst ihre letzte Nachricht mit diesen Worten beendet? Schau, sogar Evey hat dir verziehen, also solltest du das auch endlich tun!"

„Ich weiß nicht, ob ich das jemals kann", hatte er bedrückt geantwortet, bevor ihm doch ein kurzes Lächeln über das Gesicht gehuscht war, als er der Hündin über den Kopf gestreichelt hatte. Evey hatte sich just in dem Augenblick, als Sonja zuvor von KidKad zu sprechen begonnen hatte, auf seine Füße gelegt und an seinen Beinen angelehnt.

„Das will ich auch hoffen, dass Evey mir verziehen hat, wenn jetzt meine ganze Kleidung genauso wie deine gesamte Hütte nach nassem Hund müffelt", hatte er sich in einem freundlichen Ton Richtung der vom Regen durchnässten Evey echauffiert und dem Tier den Nacken gekrault.

Sonja kicherte darüber, zündete eine selbstgemachte Lavendel-Duftkerze an und sagte: „Du hast damit ja so was von Recht. Ich bin wohl einfach schon geruchsblind, aber für dich muss das heute wahrscheinlich unfassbar stinken!"

„Tja, es riecht schon ein bisschen, aber ich bin einfach nur froh, dass Evey hier bei dir im Haus sein

kann", hatte er geantwortet, während er Evey nach-
geschaut hatte, die die Diskussion über ihre Duftnote scheinbar in den falschen Hals bekommen
hatte. Sie war in der Zwischenzeit aufgestanden
und beleidigt dreinblickend aus dem Zimmer ge-
trottet.

Sonja und er hatten sich noch eine Weile über die
von der Hündin abgelieferte Schauspielkunst amüsiert, bevor er neuerlich ernst geworden war. „Also,
wie ist der Stand bei den zwei Sachen, um die ich
gebeten habe?"

„Stimmt, also wegen deinem ersten Anliegen ...
Warte einen Moment, ich hole sie gleich!", hatte
Sonja geantwortet, während sie aufgestanden und
anschließend durch die Tür in die Küche verschwunden war.

*„Bewahrt sie solche Sachen immer noch im gleichen
Versteck auf? Das war doch damals schon alles andere als sicher",* war es ihm in den Sinn gekommen,
als er gelauscht hatte, wie Sonja irgendwo in einem
Schrank in der Küche nach etwas gesucht hatte.
Die Geräusche von klirrendem Geschirr und schep-
pernden Töpfen legten diesen Verdacht jedenfalls
nahe.

„Tadaaaa, da ist sie!", hatte Sonja dann beinahe
schon überschwänglich verkündet als sie zurück
ins Wohnzimmer kam und ihm das aus der Küche

mitgebrachte Gerät stolz und mit ausgestrecktem Arm präsentiert hatte.

„Ich gebe sie dir unter einer Bedingung", hatte sie ihm anschließend kryptisch und mit verheißungsvollem Gesichtsausdruck erklärt, während sie sich wieder hingesetzt hatte. Dabei hatte sie keine Anstalten gemacht, ihm das in ihrer Hand befindliche Objekt zu reichen, bis er ihr schließlich ein wenig verwundert zugenickt hatte.

Sonja grinste schelmisch, als sie ihm die von der künstlichen Intelligenz entwickelte abhörsichere Handyhülle reichte. „Ich will diese Frau kennenlernen, die dich endlich wieder zur Vernunft gebracht hat, wenn ich ihr schon eine meiner wertvollen Handyhüllen überlasse!"

„Das hättest du früher oder später sowieso ...", hatte er unverzüglich und sogar belustigt geantwortet. Sonjas Bedingung hatte ihn einerseits nicht verwundert und andererseits ging er davon aus, dass das Interesse an einem Kennenlernen von Sonja und Aurora auf Gegenseitigkeit beruhte.

„Und danke, Aurora wird sich sehr darüber freuen!", hatte er noch ergänzt und dabei Sonjas Reaktion auf seine Bemerkung beobachtet, die wohl am ehesten Begeisterung gleichgekommen war. Selbst wenn sie augenscheinlich etwas angestrengt versucht hatte, diese nicht zu offen zu zeigen.

„Vielleicht holt sie jetzt bei mir nach, was sie meinet- wegen bei den Zwillingen verpasst hat ... So hätte sie sich bestimmt verhalten, wenn es darum gegan- gen wäre, neue Freunde von ihnen kennenzulernen", war ihm in diesem Moment eine eigentümliche und zugleich irgendwie traurige und vor allem Schuld aufladende Erklärung in den Sinn gekommen.

Umgehend hatte ihn das wieder ein wenig Reue spüren lassen und trotzdem auch eine Form von etwas anderem Wohligen, das er sich selbst nicht hatte erklären können.

„Sehr gut, dann hätten wir die erste Sache erledigt und besprochen. Jetzt zur zweiten", hatte Sonja das Thema mit der Handyhülle beendet und war an- schließend sichtlich ernster geworden. „Wahr- scheinlich in zwei bis drei, maximal vier Wochen sollte es soweit sein, aber den genauen Zeitpunkt kann ich dir noch nicht sagen!"

„Noch muss ich es nicht genau wissen!", hatte er Sonja ebenfalls mit ernster Miene aufgeklärt und war etwas unsicher und merklich nervös geworden. „Aber spätestens eine Woche, bevor der Zeitpunkt gekommen ist, muss ich es auf den Tag genau wis- sen! Es ist wirklich wichtig, dass ich es dann weiß, hörst du? Und bist du dir auch sicher, dass du es rechtzeitig erfahren wirst?"

„Du weißt selbst, wie das ist ... Hundertprozentig kann man das nie sagen. So wie ich es im Moment einschätze, werde ich es mit fast hundertprozentiger Sicherheit rechtzeitig erfahren, weil ich im regelmäßigen Austausch mit meinen Quellen stehe. Und falls die Kommunikation mit meinem neuen Kontakt in der Kuppel abbrechen sollte, habe ich immer noch Mohsen. Die Information, die du brauchst, ist eine, die mittlerweile kein sonderlich gut gehütetes Geheimnis mehr ist. Wenn es denn überhaupt noch eines sein soll", hatte ihm Sonja eine ehrliche Antwort gegeben und sich dabei optimistisch gezeigt.

„Okay, das klingt gut!", war er mit dem Gehörten zufrieden gewesen und sogar erleichtert, selbst wenn es ihm nicht unbedingt gefiel, in dieser Sache von der Verlässlichkeit fremder Personen abhängig zu sein.

„Ach, komm schon, ich hab dir doch schon am Telefon gesagt, dass ich dir vorerst nicht mehr dazu sage!", hatte er sich dann sogleich ein bisschen hilflos und trotzdem bestimmt erklärt. Er hatte in Sonjas Körperhaltung und Mimik erkannt, dass sie kurz vor dem Versuch gestanden war, ihm etwas - bezüglich seiner Bitte an sie - entlocken zu wollen, und sich wohl gerade überlegte, wie sie das am besten anstellen könnte.

„Hehe, ja das hast du, ich weiß doch ... Und das ist auch in Ordnung, wenn du das so machen möchtest, aber es interessiert mich eben brennend, muss ich gestehen", hatte ihm Sonja ohne Umschweife erklärt und dabei verlegen gewirkt, da es zunächst den Anschein gemacht hatte, dass sie beinahe mehr Verständnis für ihr eigenes Verhalten und ihre Neugierde aufgebracht hatte als für seine Bitte.

Er hatte kurz gegrinst, als er bemerkt hatte, wie sehr sich Sonja bemühte, sich zu zügeln, und hatte ihr eine Hand auf die Schulter gelegt, bevor er sie ehrlich und mit einem gewissen Nachdruck wissen hatte lassen: „Wenn es erledigt ist, erzähle ich dir alles bis ins kleinste Detail, aber bis dahin ist es einfach besser, wenn niemand etwas davon weiß!"

Sonja hatte ihren Kopf auf seine – nach wie vor auf ihrer Schulter abgelegte - Hand angelehnt und tief geseufzt, bevor sie mit stockender Stimme sprach: „Es ist schön, dich so reden zu hören und dich wieder so voller Tatendrang zu erleben, und ich ..."

Dann hatte sie ihren Kopf gehoben, sich anschließend zu ihm umgedreht und ihm liebevoll mit der Hand über die Wange gestrichen. Sie kämpfte sichtlich mit den Tränen der Erleichterung während sie sprach. „Ich bin einfach so froh, dass du wieder zu dir gefunden hast ..."

„Das bin ... Ich glaube, das bin ich auch, Sonja." Er hatte zwar die ehrliche sowie inständige Hoffnung, dass seine Worte tatsächlich der Wahrheit entsprachen, doch ob dem wirklich so war, konnte er leider nicht einmal selbst beurteilen.

Eine latente Nervosität und Unsicherheit verspürte er auch jetzt noch, wenn er an diesen Moment zurückdachte, denn es fiel ihm schwer, sich selbst zu vertrauen. Immer wieder einmal fragte er sich sogar, ob er sich nicht einfach nur etwas vormachte.

Allerdings war im Gegensatz zu vor ein paar Wochen dieses neue Gefühl in ihm, das er nicht so richtig greifen konnte. Es gab ihm trotz der Unsicherheit und Nervosität zu verstehen, dass sein eingeschlagener Weg der richtige war, und es war exakt dieser Weg, dem er bis zum Ende folgen wollte.

Jetzt saß er also im Zug. Der Blick aus dem Fenster Richtung Himmel zeigte nichts weiter als das trostlose Wetter, welches zu allem Überfluss auch noch die Landschaft in dieselbe Trostlosigkeit getaucht hatte. Dieses Mal jedoch hatte er zumindest für den Augenblick keine Sorgen, in unangenehme Gedankenstrudel der Vergangenheit zu geraten, denn sein

Kopf beschäftige sich mit der Gegenwart und der Zukunft.

„Wenigstens hat es auf dem Weg von der Hütte zum Bahnhof nicht geregnet", sah er trotz des mittlerweile wieder einsetzenden Regens und der grauen tiefhängenden Wolken etwas Positives, selbst wenn seine Hosenbeine noch unangenehm feucht waren. Ein älteres Pärchen erhob sich Nase rümpfend sogar extra von seinen Sitzplätzen, um sich weiter von ihm entfernt hinzusetzen. Er schmunzelte.

„Evey, dich kennenzulernen wird sie ganz besonders freuen, glaube ich", grinste er in sich hinein, als er sich daran erinnerte, wer für die Feuchtigkeit und den Geruch seiner Hose verantwortlich war.

Er zog sein Handy aus der Hosentasche und warf einen Blick auf die Wetterprognosen.

„Wahrscheinlich in zwei bis drei Wochen oder maximal vier ...", hatte er einen Zeitraum im Kopf, für den ihn das Wetter besonders interessierte, und was er sah, stimmte ihn nicht unbedingt zuversichtlich.

„Kein Regen, aber leider auch nicht warm ...", verarbeitete er das Gelesene in seinem Kopf und hätte sich eine andere Vorhersage gewünscht. *„Kein Regen wäre immerhin schon etwas, aber das eine Mal*

wäre Sommerwetter im Spätherbst doch etwas Gutes. Vielleicht geht sich das noch irgendwie aus."

Seine Hoffnung, dass das Wetter doch so werden könnte, wie er es sich für diesen Zeitraum wünschte, entsprang weniger seinem wieder gefundenen Optimismus - denn hierfür wäre dieser noch deutlich zu schwach gewesen - sondern eher der Tatsache, dass die Wetterberichte im Laufe des letzten Jahrzehnts wesentlich ungenauer geworden waren. Je weiter sie in die Zukunft reichten, desto unpräziser waren sie.

Bei der Wetterprognose für den nächsten Tag war es ungefähr eine Fünfzig-fünfzig-Chance, dass diese so eintraf. Bei ciner Vorhersage für einen Tag in zwei bis drei Wochen war die Treffergenauigkeit entsprechend geringer. Normalerweise ärgerten ihn diese Ungenauigkeiten, denn sie sorgten für unangenehme Planungsunsicherheiten, doch in diesem Fall gaben sie ihm genau jene Hoffnung, dass sich die Voraussetzungen noch verbessern konnten.

Er griff nach dem weißblauen Armband an seinem rechten Handgelenk, während er mit seinen Gedanken in bereits geschmiedete Pläne abschweifte. Die Fasern des Stoffes zwischen seinen Fingern und dem Daumen zu fühlen und die Unebenheiten zwischen den zusammengeknüpften Fäden zu ertasten, gab ihm stets auf eine eigentümliche Art und

Weise Kraft, Hoffnung und wohl auch Mut, wie er in den letzten Wochen für sich bemerkt hatte.

Wahrscheinlich hatte er sich auch deshalb - ebenfalls in den letzten Wochen – angewöhnt, nach ihm zu greifen, wenn er einen Anflug von Unsicherheit oder sogar Ängstlichkeit verspürte. Bis jetzt hatte es ihm schon das ein oder andere Mal dabei geholfen, sich wieder zu beruhigen.

Lediglich in den ganz schwierigen Momenten, wie etwa wenn er KidKads Gesicht vor seinem inneren Auge sah oder plötzlich ihren so einzigartigen Geruch in der Nase hatte, schien es nicht wirklich zu funktionieren, wie er leider festgestellt hatte. Der Schmerz, das Schuldgefühl und auch die Angst, dass so etwas nochmal passieren könnte, waren wohl zu groß und zu vereinnahmend, als dass das Armband seine für ihn schon nahezu als Magie zu bezeichnende Kraft entfalten hätte können. In solchen Fällen blieb ihm keine andere Wahl, als auf seine alte Strategie zurückzugreifen und diese Empfindungen wegzudrücken und gequält zu lächeln.

Es waren zutiefst traurige, schmerzerfüllte und trostlose Momente, die ihn an einen dunklen, kalten und lieblosen Ort in seiner Seele brachten, an dem er sich so alleine und einsam sowie schwach und hilflos fühlte. Dennoch war ihm dieser Ort so vertraut wie kaum etwas anderes auf dieser Welt.

Wenn er einmal dort war, half nichts mehr. Doch nun hatte er das Armband, das die benötigte Hilfe war, um wenigstens nicht mehr ständig dorthin zu gelangen. Auch dieses Mal entfaltete es seine Magie und es bewahrte ihn davor, in die Vergangenheit abzurutschen und hielt ihn stattdessen im Hier und Jetzt.

Selbst wenn das Hier und Jetzt ein trostloser Blick aus dem Fenster war, ließ er seine Augen über die verregnete Landschaft gleiten und hatte dabei stets das weißblaue Armband zwischen seinem linken Daumen und Zeigefinger. Währenddessen ging er, gefühlt bereits zum tausendsten Mal, in seinem Kopf sein Vorhaben durch und suchte gedanklich nach Schwachstellen. Jedes Mal, wenn er eine gefunden hatte, hielt er das Armband einen Augenblick lang etwas fester.

„Es hilft leider nichts, ganz ohne ein gewisses Risiko wird es nicht gehen ...", war einer der Gedanken, den er dabei formulierte.

Am Ende der Fahrt hatte er wenig neue Erkenntnisse erlangt und mittlerweile ging er fast schon davon aus, dass dies auch so bleiben würde, bis der Zeitpunkt gekommen war.

„Was ist, wenn sie es gar nicht möchte?", war die letzte und für ihn beunruhigendste Frage, die sein Kopf für ihn bereithielt.

Diese hatte erneut eine spürbare Verunsicherung zur Folge, bevor er schließlich ausstieg und durch den Regen nach Hause spazierte.

Klitschnass in der Wohnung angekommen gönnte er sich noch eine heiße Dusche, bevor er, wie bereits vor einigen Tagen vereinbart, gemeinsam mit Nico Robin auf dem kleinen Tisch neben der nicht sonderlich großen Couch in ihrem Bücherzimmer beziehungsweise in der ehemaligen Garconniere seiner jetzigen Mitbewohnerin, zu Abend aß. Sie redeten an diesem Abend vergleichsweise viel, denn Robin war daran interessiert, warum er so dringend mit ihr sprechen wollte.

Ihm war klar geworden, dass sein Lebenswandel und seine daraus entstandenen Ideen ebenso Auswirkungen auf sie als seine Mitbewohnerin und älteste sowie in den vergangenen Jahren auch einzige Vertraute hatten, weshalb er sie um eben dieses Gespräch gebeten hatte. Auch wenn er es sich in keinster Weise wünschte und vielleicht sogar ein wenig Angst davor hatte, wollte er ihr trotzdem die faire Chance geben, selbst zu entscheiden, ob sie unter diesen Umständen seine Mitbewohnerin bleiben wollte oder nicht.

Nico Robin war eine introvertierte Person und neigte dazu, sich zuerst einmal alles anzuhören und zu analysieren, bevor sie ihre, dann dafür umso stärkere und kaum mehr veränderbare

Meinung dazu kundtat. Jedenfalls war das ihre bevorzugte Vorgehensweise, wenn sie sich darauf einstellen konnte. Ansonsten konnte sie einen hin und wieder mit recht impulsiven Momenten überraschen, wenn sie etwas unvorbereitet traf und sie deshalb für einen Moment überforderte.

So war es auch damals gewesen, als sie ihn so aufgebracht und nahezu aufgelöst über den offiziell in den Nachrichten verkündeten 'Umbruch' informiert hatte. Heute hätte er sich gewünscht, damals anders reagiert und sie nicht in ihrer Wut und Verzweiflung alleine gelassen zu haben. Selbst wenn er wusste, dass sich Nico Robin, wenn sie erst einmal innerhalb von kürzester Zeit ihren ungefilterten Emotionen freien Lauf gelassen hatte, genauso schnell wieder von selbst beruhigte.

An diesem Abend war sie allerdings vorbereitet, wie sich zeigte, und löffelte in aller Seelenruhe ihre Kürbiscremesuppe, während sie ihm aufmerksam zuhörte und keine einzige Zwischenfrage stellte. Er konnte förmlich sehen, wie sie die Informationen verarbeitete und umgehend ihre Schlüsse daraus zog. Dabei rückte sie sich immer wieder ihre rundliche Brille zurecht, während sie einen Mundwinkel zur Seite zog.

„Okay", war Robins anfangs knappe Antwort, nachdem sie ihre Suppe fertig gelöffelt hatte und er sich währenddessen fast den Mund fusselig geredet hatte.

Nach einer kurzen Pause und einem letzten Zurechtrücken der Brille sowie einem letzten Verziehen ihres Mundwinkels erläuterte sie ihm ihren Entschluss: „Wenn du wirklich davon überzeugt bist, dass es das ist, was du tun möchtest, dann passt das für mich, auch wenn das sicher nicht einfach wird. Aber falls es zu irgendwelchen Problemen führen sollte, die mich in echte Schwierigkeiten bringen könnten, werde ich behaupten, dass ich nichts von alldem mitbekommen habe."

„Danke, Danke Robin! Ohne deine Hilfe und ohne das Bücherzimmer wäre es unmöglich", war er mehr als nur erleichtert, was auch seiner Stimme zu entnehmen war.

„Falls etwas sein sollte, nehme ich die ganze Schuld auf mich und erkläre notfalls unter Eid, dass ich dir nie etwas davon erzählt habe!", versicherte er ihr anschließend noch, nachdem er einmal tief durchgeschnauft hatte.

Abermals rückte sich Nico Robin ihre Brille zurecht und verzog dabei ihren Mund, denn im Grunde wussten sie beide, dass das in dem Fall vermutlich nicht so einfach funktionieren würde, wie er sich das vorstellte und gerade artikuliert hatte.

Neben dem kleinen Tisch und der Couch gab es mittlerweile fast nur noch Bücherregale in dieser ehemaligen Garconniere und dennoch verfügte sie über eine kleine veraltete Küchenzeile, deren Geräte noch nicht über die eingebaute Technologie verfügten, sich mit einem Netzwerk verbinden zu können. So verhielt es sich auch mit dem kleinen, mit Erdbeerstickern verzierten Kühlschrank. Den Herd mit nur zwei Kochplatten hatten sie heute zum ersten Mal seit einer Ewigkeit benutzt und viel mehr, als die bereits vorgekochte Suppe aufzuwärmen, wäre bei dem wenigen Platz schon schwierig geworden.

Das ebenfalls noch vorhandene Badezimmer hingegen benutzten Robin und er in unregelmäßigen Abständen. Es konnte ein nicht zu unterschätzender Vorteil sein, wenn man eine alternative Möglichkeit zur Nutzung einer Toilette hatte, wenn die in ihrer Wohnung gerade besetzt war und es länger dauerte. Weitaus seltener und trotzdem ab und an galt dasselbe auch für die Dusche.

Robin sah fast schon belustigt drein, während sie zurück in ihre Wohnung gingen, als sie hinter der Brille hervorblickte und zu ihm sagte: „Vielleicht fühle ich mich dann wieder ein bisschen jünger, wenn du wieder mehr so wie früher wirst."

„Vielleicht ...", antwortete er und legte seinen rechten Arm behutsam um ihre Schultern. Er wusste, dass ihr diese Form von Nähe bei vielen Personen unangenehm war und selbst mit ihm waren Interaktionen, die an eine Umarmung erinnerten eher Mangelware. Doch ab und an war es genau das, was sich Robin wünschte und seiner Einschätzung war das auch in diesem Moment so.

Nachdem er sich danach in sein Zimmer zurückgezogen hatte, rauchte er eine Zigarette und begab sich anschließend in sein Bett, obwohl es noch nicht allzu spät war. Der Regen, die Kälte und vielleicht auch die heute geführten Gespräche sowie der Tag im Allgemeinen ließen ihn früher müde werden, als das ansonsten der Fall war.

„*Soweit ist alles geklärt ...*", dachte er, als er bereits mit geschlossenen Augen im Bett lag.

Es war leise und er hörte die Regentropfen auf das Dachfenster prasseln. Sofort griff er nach dem weißblauen Armband, doch es schien seine Magie für heute aufgebraucht zu haben.

Er lächelte gequält, während er sich zusammenkauerte und darauf wartete, dass ihn der Schlaf von dem dunklen, kalten Ort, an dem er plötzlich war, wegbringen und ihn zugleich von dem Schmerz, dem Schuldgefühl und der Angst befreien würde, die in ihm hochkamen, als ihm sein Kopf ein vertrautes Bild und einen ebenso vertrauten Duft ins Gedächtnis rief.

☼

„Bist du bereit?", fragte er Aurora nicht zum ersten, aber nun endgültig zum letzten Mal, denn sie saßen bereits auf der Couch im Bücherzimmer.

Es war ganz einfach der sicherste Ort, um Dinge zu tun, von denen man nicht mit hundertprozentiger Überzeugung sagen konnte, dass sie zu keinen Problemen führten. Und es gab zu viele Dinge, die genau dazu führen konnten.

„Ja, das bin ich!", antwortete Aurora mit kräftiger, entschlossener Stimme und biss sich augenblicklich auf ihre Unterlippe, bevor auch noch ihr Gesicht rot anlief.

„Wir haben eine Menge Arbeit vor uns, wenn das klappen soll ...", stellte er zwar amüsiert und dennoch ein wenig besorgt fest.

„Aber das wird schon, ich habe mit Robin ausgemacht, dass wir ein Vorrecht auf die Benützung des Bücherzimmers haben, bis du es hinter dich gebracht hast, und du weißt ja, laut Captain haben wir noch mindestens zwei Wochen Zeit", ergänzte er vorsichtig, da er sich nicht sicher war, ob er Aurora mit seiner vorigen Aussage eventuell eingeschüchtert oder gar verunsichert hatte.

„Ahrrrg", ärgerte sich Aurora sichtlich über sich selbst und hielt sich ihre Hände vors Gesicht.

Er reichte ihr ein Glas Wasser und nachdem sie einen Schluck getrunken hatte, war Aurora sogleich wieder voller Tatendrang.

„Okay, ich bin wirklich bereit, nur kommt es mir jetzt so vor, als ob ich ganz automatisch rot werde, egal was ich sage ...", räumte sie ein, dass sie selbst nicht zur Gänze von sich überzeugt war.

„Okay, dann warten wir noch ein bisschen, und ich erkläre dir derweil die Sache mit der Handyhülle", machte er ihr einen Vorschlag, der mehr wie eine Feststellung klang.

Er hoffte, dass eine kurze Ablenkung durch ein anderes Thema zur Folge hätte, dass sie ihr Training danach wieder bei null starten könnten.

Die Hülle hatte er Aurora bereits vor zwei Tagen gegeben, doch er war bis jetzt nicht dazugekommen, ihr die Funktionen zu erläutern, was er nun nachholte. Aurora war fasziniert von dem, was er ihr dazu zu sagen hatte, und schien auch ein bisschen aufgeregt zu sein, nun eine solche zu besitzen. Außerdem hatte sie, für ihn wenig überraschend,

gleich die eine oder andere Frage zu der Funktionsweise der Handyhülle, von denen er keine einzige
so richtig beantworten konnte. Schließlich wusste
er selbst nur die Dinge, die ihm Sonja dazu erklärt
hatte, und so wie er es im Kopf hatte, wusste eigentlich niemand so richtig, wie diese Hüllen genau
funktionierten.

„Also, das funktioniert irgendwie mit einer eigenen
Software, die auf der Hülle ist und parallel zu der
am Handy läuft und dessen Hardware nutzt, glaube
ich ... Da es aber eine andere Software ist und über
eine eigene Verbindung verfügt, bekommt das
Handy beziehungsweise die darauf installierten
Überwachungssysteme das gar nicht mit ... Also irgendwie so habe ich es verstanden. Außerdem fil-
tert sie auch Stimmen raus, wenn du mit jemanden
redest, sodass diese nicht zu hören sind. Egal ob
per Telefon oder so wie wir jetzt in einem Raum. Das
funktioniert irgendwie ganz eigen ... Sonja hat gemeint, das weiß nur die künstliche Intelligenz, wie
das genau vonstattengeht und die regelt das alles
von selbst. Falls etwas mit einer Hülle sein sollte,
sorgt die KI sogar dafür, dass eine Warnung an alle
anderen gesendet wird und sich diese dann von
selbst löscht ...", versuchte er stotternd die genaue
Funktionsweise zu erklären.

Schließlich gab er es auf, um sich nicht völlig um
Kopf und Kragen zu reden, und beendete seine Ausführung mit einem Schulterzucken. Aurora schien

sein Versuch ziemlich zu amüsieren, wie sie mit einem kurzen Auflachen signalisierte. Seine daraufhin laut ausgesprochene Vermutung, sie stelle diese Fragen nur, um ihn zu ärgern, wich sie mehr oder weniger gekonnt aus, indem sie auf ihre Handyhülle starrte und sich alle Mühe gab, nicht weiter zu lachen.

Er gönnte ihr diesen Moment und im Allgemeinen war er froh darüber, jetzt mit Aurora ebenfalls auf diesem Weg kommunizieren zu können. So hatte er nicht mehr das Gefühl, sich jedes Wort, welches er aussprach oder über das Telefon schrieb, zweimal überlegen zu müssen.

„Also kann ich über diese Hülle auch Nachrichten schreiben, die dann nur der Empfänger lesen kann, und sonst kann das niemand mitlesen oder abfangen?", fragte Aurora passend zu diesem Umstand.

„Ja genau", war seine knappe Antwort, wobei er diesmal gar nicht erst zu erklären versuchte, wie das möglich war.

Aurora schien kurz nachzudenken, bevor sie zögerlich nachfragte: „Also ich könnte damit jemandem das Glückskinder-Gedicht schicken, das du mir gegeben hast? Es gefällt mir einfach so gut, deshalb würde ich es so gerne auch anderen zeigen. Also, wenn das für dich in Ordnung ist, natürlich?"

„Ich habe es für dich geschrieben und es dir geschenkt, also kannst du damit machen, was du möchtest", antwortete er, ohne zu zögern, während er sich einen kurzen Moment lang sogar ein wenig geschmeichelt fühlte.

„Gut, dann mache ich das", war Aurora über seine Antwort erfreut und erkundigte sich nochmal, wie sie es dann genau anstellen sollte, wenn sie über die Hülle eine Textnachricht schreiben wollte.

„Du aktivierst sie und du schreibst dann auf der Hülle, die ist im Endeffekt wie ein eigenes Display. Du wirst sehen, das ist echt fein und funktioniert relativ einfach", ließ er sie wissen und wollte das Thema damit beenden.

Aurora hingegen war anscheinend noch nicht mit dem Besprochenen fertig und schien den in seinen Ausführungen hin und wieder erwähnten Namen weitaus interessanter zu finden als die Handyhülle selbst.

„Ich würde Sonja so gerne einmal persönlich kennenlernen und die Hütte von innen sehen", war sie wohl nicht nur neugierig, denn sie klang beinahe ungeduldig. Nach einer kurzen Pause erklärte sie ihm den Grund dafür: „Du weißt ja, ich war damals vor Jahren schon ein-, zweimal dort und habe Sonja aus der Ferne gesehen, aber wie es dort so ist, wenn nicht hundert Leute vor Ort sind und keine Party stattfindet, habe ich noch nicht erlebt. Nach dem, was du so erzählst, bin ich echt total gespannt darauf, wie es dort so ist und auch wie Sonja so ist, wenn sie direkt vor einem steht."

„Das wirst du früher oder später sowieso erfahren ...", antwortete er und hatte beinahe das Gefühl eines Déjà-vus. „Sie möchte dich auch gerne kennenlernen. Es war sogar die Bedingung dafür, dass du die Handyhülle bekommst, also werde ich dich zu ihr mitnehmen, wenn ich das nächste Mal hinfahre."

„Natürlich nur wenn du das möchtest?", ergänzte er, nachdem ihm das vielsagende Glänzen in Auroras Augen zwar schon verraten hatte, was sie davon hielt, er aber trotzdem noch eine verbale Bestätigung hören oder eine bejahende Geste sehen wollte.

„Auf jeden Fall! Da bin ich dabei, das werde ich ihr dann auch noch gleich schreiben!", war Auroras blitzschnelle Antwort, die sie sichtlich begeistert und aufgeregt ausstieß.

„Ich hätte es mir gleich denken können", antwortete er, nachdem ihm in dem Moment, als Aurora ihren Satz beendet hatte, ein Licht aufgegangen war. Dass Aurora von 'wenn sie direkt vor einem steht' und nicht von 'kennenlernen' gesprochen hatte, hätte ihn bereits stutzig machen sollen, genauso wie ihre Frage nach der Erlaubnis zur Weiterleitung des von ihm verfassten Gedichts. Wenn sie nun davon sprach, Sonja zu schreiben, war die Frage nicht, ob sie bereits Kontakt miteinander hatten, sondern nur noch wie dieser vonstattengegangen war.

„Da werden zwei zueinander finden ...", dachte er sich, bevor er Aurora über seine angestellten Vermutungen aufklärte: „War Sonja so ungeduldig, dass sie dich schon über die Handyhülle kontaktiert hat? Sie muss ja irgendwelche Kontaktmöglichkeiten haben, da die Hülle von ihr ist, denke ich. Und dann wird ihre erste Frage gewesen sein, wie es zu meinem Sinneswandel gekommen ist, und du wirst ihr von meinen schriftlichen Ausführungen zum Thema Glückskinder erzählt haben, schätze ich ... Und jetzt möchtest du es ihr schicken. Das stimmt doch, oder?"

„Ähmm, ja, mehr oder weniger war das so", gab Aurora kleinlaut zu und wirkte dabei dennoch überhaupt nicht peinlich berührt.

„Schon gut, keine Sorge, das ist in Ordnung für mich, ich muss ja nicht dabei sein, wenn ihr euch kennenlernen wollt", sagte er mit einem gutmütigen Gesichtsausdruck und versöhnlichen Ton, da er nicht wusste, ob er ihr mit seiner etwas abgehakt vorgetragenen Ausführung von zuvor vielleicht unbeabsichtigt etwas Gegenteiliges vermittelt hatte. „Und um das zu beenden: Es kann sein, dass ich dich schon bald mit zu ihr nehme", informierte er sie nun bewusst mit nüchtern klingendem Ton, um das Thema abzuschließen.

Ohne eine Reaktion abzuwarten, sagte er mit der gleichen nüchternen Stimme: „Aber jetzt sollten wir uns wieder auf das konzentrieren, weshalb wir hier sind!"

Auroras enttäuschtes und trotzdem einsichtig wirkendes Nicken gab ihm zu verstehen, dass ihre aufgeregte Mimik und Gestik, seit er Sonjas Namen in den Mund genommen hatte, bedeuteten, dass sie lieber beim vorigen Thema geblieben wäre. Am liebsten hätte sie ihn wohl mit Fragen über sie, über sein Verhältnis zu ihr und um was es bei dem angekündigten nächsten Besuch ginge, gelöchert. Doch sie waren aus einem anderen, bestimmten Grund hier im Bücherzimmer.

Aurora war ebenso wie ihm bewusst, wie schwierig die Aufgabe war, die vor ihr lag und der sie sich, wenn sie Pech hatte, bereits in zwei Wochen stellen musste. Sie hatte sich freiwillig oder besser gesagt halb freiwillig dazu bereit erklärt ein „Evaluierungsgespräch" mit einer, aus unterschiedlichen Beamten bestehenden, Kommission zu führen, welches dann ausschlaggebend für Auroras zukünftige Befugnisse in der Arbeit ihrer Abteilung war. Und somit auch existenziell für ihre gemeinsamen Tätigkeitsfelder.

Er hatte vor nicht allzu langer Zeit selbst zu so einem 'Evaluierungsgespräch' gehen müssen, wobei dieser Begriff nicht wirklich umschrieb, was sie dort erwartete. „Kontrollverhör" hätte die Praxis seiner Meinung nach weit besser umschrieben.

Das Bestehen so eines Gesprächs war damals bei ihm eine Einstellungsvoraussetzung gewesen und deshalb hatte er es hinter sich bringen müssen, bevor er überhaupt mit seinem jetzigen Job beginnen hatte dürfen. Er fragte sich, ob er es heute und nach all dem, was in den letzten Wochen mit und in ihm geschehen war, wieder ohne Probleme bestehen könnte. Mit seiner damaligen Gleichgültigkeitsattitüde war es nämlich ein Kinderspiel gewesen, auch wenn es nicht von dem Mann bestanden worden war, der er - mittlerweile wieder - sein wollte.

In einem karg eingerichteten Raum waren ihm damals Bilder und Videos gezeigt worden, die er zu bewerten gehabt hatte, was er auch getan hatte, jedoch nicht ohne eine gehörige Portion Zynismus einfließen zu lassen. Nachdem er ein Video von einem hungernden, weinenden und verzweifelt wirkenden ungefähr elf Jahre alten Jungen vorgespielt bekommen hatte, der nach seiner Mutter schrie, war ihm die Aufgabe gestellt worden, für eben diesen Jungen eine kurze prägnante 'Lebenslaufprognose' zu erstellen.

Er hatte, ohne mit der Wimper zu zucken und ohne jegliche Emotion in der Stimme, geantwortet:

„Kein Durchhaltevermögen, auf Hilfe von anderen angewiesen, Einheimischer. Wird es schwer haben, mit Druck umzugehen, aber zufrieden sein, solange er genug zu essen hat und eine Frau, die abhängig von ihm ist. Wichtig ist, dass es Leute gibt, denen es schlechter geht als ihm, er diese Leute auch jeden Tag sieht und in der Arbeitshierarchie über diesen steht, damit er sich überlegen fühlt. Dazu muss er nicht mehr verdienen als diese. Er wird trotzdem ein loyaler, höriger Bürger sein. Vorarbeiter für Erntehelfer in der Landwirtschaft wäre eine passende Arbeitsstelle würde ich auf die Schnelle sagen."

Diese Einschätzung brachte ihm im Protokoll die schriftlich festgehaltene Bewertung: *„Objektives leistungsorientiertes Denken, scheut sich nicht, die Wahrheit auszusprechen, bietet Vorschläge an, die zur Systemerhaltung beitragen. Für die Erstellung von Lebenslaufprognosen und für den Außendienst freigegeben."*

„Die Wahrheit ist, es ist ein elfjähriger Junge, der Qualen leidet, weil seine Mutter trotz zehn Stunden Arbeit am Tag nicht genug verdient, um ihn richtig ernähren zu können. Und ich sorge dafür, dass er das niemals kapieren und stattdessen jener Hand huldigen wird, die ihn seiner Meinung nach füttert,

obwohl sie das genaue Gegenteil davon tut", hatte er sich in einem kurzen Anflug von Trotz gedacht, als er das schriftliche Protokoll zum ersten Mal gelesen hatte. Diese Gedanken hatte er jedoch umgehend wieder verworfen, um zu vermeiden, dass sie in einem unvorsichtigen Moment Form in seinem Mund annehmen könnten.

Nun war es seine Aufgabe, Aurora in den Tagen, die ihr bis zu ihrem 'Evaluierungsgespräch' noch blieben, auf genau solche Situationen vorzubereiten. Er hatte ihr gegenüber immer wieder Zweifel geäußert, ob sie es überhaupt tun sollte, bevor sie sich schlussendlich gemeinsam zu dieser Vorgehensweise entschieden hatten. Im Gegensatz zu ihm musste es Aurora nicht unbedingt machen, um in ihrer Abteilung arbeiten zu dürfen, da sie aufgrund einer Quotenregelung eingestellt worden war. Diese Regelung war auch der Grund dafür, weshalb sie dieses eigentlich als Prüfung zu bezeichnende Gespräch erst jetzt absolvieren musste.

Quotenregelungen waren ein beliebtes Mittel, um der Bevölkerung zu signalisieren, dass auch die Anliegen von Minderheiten ernst genommen wurden. Dass das im Normalfall nur belanglose Schreibtischjobs waren und viele keiner Minderheit angehörige Personen die für diese Regelungen vorgesehenen Arbeiten gar nicht erst verrichten wollten, spielte dabei keine Rolle. Es ging darum, das zu wahren, was es war, nämlich wesentlich mehr

Schein als Sein und es waren sowieso nur noch wenige Menschen dazu imstande, das eine von dem anderen zu unterscheiden. Die Quotenregelung, der Aurora ihren Job zu verdanken hatte, war ein gutes Beispiel hierfür.

Diese Quotenregelung war nämlich für die Minderheit der Frauen gedacht und Frauen bildeten, zumindest in der im Rahmen des 'Umbruchs' neu eingeführten Unterteilung in nur noch zwei Geschlechter eigentlich die Mehrheit der Gesellschaft. Da diese Regelungen laut ihrer Definition für Minderheiten geschaffen wurden, war die Folge, dass Frauen dadurch öffentlichkeitswirksam als Minderheit hingestellt wurden und fortan als eine solche galten.

„Das hat doch nur den Zweck, dass Frauen als schwach und unterlegen wahrgenommen werden und das am Ende sogar noch selbst glauben", hatte ihm Nico Robin voller Wut in einem ihrer impulsiven Momente entgegen gebrüllt, als sie zum ersten Mal davon gelesen hatte und er zufälligerweise daneben gestanden war.

Falls Aurora gar nicht zu dem 'Evaluierungsgespräch' antreten sollte, dürfte sie als Konsequenz nicht mehr auf Außendienst gehen und auch keine Lebenslaufprognosen erstellen, sondern nur noch vom Büro aus an anderen Aufgaben arbeiten. Infolgedessen wäre sie nicht mehr mit ihm für die

Lebenslaufprognosen der Kuppel verantwortlich. Das alles hatte er erst vor kurzem erfahren, als es in Bezug auf die weitere Aufgabenverteilung innerhalb des Teams von Captain thematisiert worden war.

Laut der ursprünglichen Jobdefinition - die maßgeblich durch die Quotenregelung beeinflusst war - wäre Aurora sowieso nur für den Innendienst vorgesehen gewesen, doch Captain hatte – unter anderem aufgrund des Personalmangels - darauf bestanden, dass sie alle Aufgabenbereiche abdecken können sollte, und zwar ab dem Zeitpunkt ihres Dienstantritts. Captains Intervention war erfolgreich gewesen, weshalb diese Forderung von der übergeordneten Stelle zuerst vorläufig genehmigt worden war, bevor Aurora jetzt eben dazu gezwungen war, diese Art von Prüfung erfolgreich zu absolvieren, um das auch weiterhin tun zu dürfen.

„Willst du das wirklich machen?", hatte er Aurora etwas besorgt gefragt, als es zum ersten Mal zur Sprache gekommen war.

„Ja, weil es unser Job ist!", war ihre entschlossene Antwort gewesen. „Wenn wir es nicht tun, machen es andere und dann haben wir überhaupt keinen Einfluss mehr. So können wir wenigstens versuchen, ein paar Leuten zu helfen, soweit uns das möglich ist."

Es war wieder einmal die von ihr gezeigte Willens-
stärke, die er in diesem Moment bewundert hatte
und ihn - auf Auroras Wunsch hin und nicht ganz
ohne Befürchtungen - dazu bewogen hatte, ihr bei-
zubringen, so zu denken und zu agieren, wie er es
selbst für eine so und - wie er es mittlerweile sah -
eigentlich zu lange Zeit getan hatte. Er wusste, wie
schwer es manchmal auszuhalten war und was es
mit einem machen konnte oder was es vielleicht sogar zwangsläufig aus einem machen musste.

Selbst wenn es sich bei Aurora, wie sie es selbst
formulierte „nur um eine wieder ablegbare Rolle"
handelte, gefiel es ihm nicht, dass sie ihr so rein
wirkendes Herz damit umhüllte. Der Umstand,
dass sie es, auch wenn sie es erst wenige Male versucht hatte, bis jetzt kein einziges Mal geschafft
hatte, tatsächlich in diese Rolle zu schlüpfen, ärgerte Aurora. Für ihn hingegen machte sie das nur
noch liebenswerter.

Auch an diesem Abend wollte es nicht so richtig
klappen, weshalb sie sich nach knapp zwei Stunden dazu entschieden, es für heute mit dem Training an Auroras Auftreten und Wortwahl bleiben zu
lassen. Stattdessen beantwortete er ihr zum wiederholten Mal Fragen zu dem Ambiente, in welchem
das 'Evaluierungsgespräch' stattfinden sollte, sowie
zum Erscheinungsbild und dem Auftreten der Kommissionsmitglieder.

Nicht nur die Tatsache, dass Aurora ihn immer wieder dazu fragte, sondern auch dass sie alles so genau und detailliert wie möglich wissen wollte, waren mehr als nur ein Indiz dafür, dass sie die bevorstehende Situation doch reichlich nervös machte. Die von ihr gewählte Strategie, durch mehr Wissen mehr Kontrolle darüber zu bekommen, konnte er nicht nur nachvollziehen, sondern diese war ihm durchaus vertraut.

„Das heißt, du bist auf dem richtigen Weg. Also, wenn es dann nur für dieses Gespräch ist", ließ er das Aurora auch wissen, was diese allerdings mit einem eher unzufriedenen Gesichtsausdruck quittierte. Deshalb ging er dazu über, ihr nochmals von seinem Gespräch zu erzählen, und verwendete dabei immer wieder das für ihn passendere Wort 'Kontrollverhör', da das Ambiente und die Kommission eben genau dieses Bild vermittelten.

Sein Gespräch hatte in einem kleinen, äußerst kühlen Raum ohne Fenster stattgefunden und er war auf einem ungemütlichen drahtigen Stuhl aus Aluminium gesessen, der über keine Armlehnen verfügt hatte. Ihm gegenüber war die Kommission, aufgereiht an einem rechteckigen und ebenfalls aus Aluminium gefertigten Tisch, gesessen. Die Stühle der Kommissionsmitglieder waren hingegen ausgepolstert gewesen und hatten über breite ebenso ausgepolsterte Armlehnen verfügt, wie er damals ein wenig neidisch festgestellt hatte.

Es war weniger die Polsterung gewesen, die dieses Gefühl in ihm ausgelöst hatte, sondern die Armlehnen selbst. Er mochte es generell, seine Arme ablegen zu können, wenn er saß, und in Situationen, in denen er darauf bedacht war, nichts von sich zu verraten, war es zusätzlich beruhigend für ihn, das tun zu können. So war er besser dazu im Stande, seine Nervosität sowie Unsicherheit oder auch Unzufriedenheit und Ungeduld zu verstecken. Jedenfalls kam ihm das so vor.

An einer der gräulich gestrichenen Wände des Raums war eine Art riesiger Bildschirm gehangen, auf dem unter anderem auch das Video des elfjährigen Jungen abgespielt worden war. Wenn darauf gerade nichts zu sehen war, hatte der Bildschirm die Funktion eines Spiegels übernommen. Er hatte sich vor Beginn des Verhörs gefragt, ob dahinter in einem eigenen Raum etwa noch weitere Personen stünden und die Geschehnisse beobachteten, so wie man das von echten Verhörräumen kannte. Letztlich war es egal gewesen, denn es hatte sich ohnehin genau so angefühlt.

Die vier großen Kameras in den Ecken der Decke mitsamt den daran angebrachten, gut sichtbaren Mikrofonen hatten ausgereicht, um ihm endgültig dieses Gefühl zu vermitteln. Einen Anflug davon hatte er bereits gespürt, als er beim Eintreten in das Gebäude an zwei mit einem Sturmgewehr bewaffneten Wachleuten vorbei hatte müssen und am

Weg zu dem Verhörraum an noch weiteren drei vorbeigekommen war.

Die drei Kommissionsmitglieder rundeten das Bild perfekt ab, das der Raum mitsamt der Einrichtung vorzeichnete. In seinem Fall waren die Mitglieder zwei Männer und eine Frau gewesen, wobei fast ausschließlich die beiden Männer mit ihm gesprochen hatten. Die Frau war durchgehend damit beschäftigt gewesen, Notizen in einen Laptop zu tippen, und hatte diese Aufgabe nur ab und an unterbrochen, um ihm einen strengen Blick durch die kleinen Gläser ihrer weit vorne auf der Nase sitzenden Brille zuzuwerfen. Jedes Mal aufs Neue hatte ihm dieser Blick das unmittelbare Gefühl gegeben, gerade etwas Falsches gesagt zu haben.

Der Ton bei den Nachfragen der beiden Männer war scharf gewesen und er hatte rasch erkannt, dass kurze und prägnante Antworten die beste Methode waren, um sie zufriedenzustellen. Ebenso rasch erkannt hatte er, dass es nicht sinnvoll war, sich mit der Wortwahl zurückzuhalten, sondern anscheinend sogar das Gegenteil davon gewünscht war.

Je wertender und abschätziger die gewählten Worte waren, desto besser gefiel der Kommission die Antwort. Das war ihm aufgefallen, als die beiden Männer damit begonnen hatten, jedes Wort, welches in diese Richtung gegangen war, mit einem zustimmenden und selbstgefällig wirkenden Nicken zur

Kenntnis zu nehmen. So kam es dann schließlich zu der von ihm laut vorgetragenen Lebenslaufprognose, nachdem ihm das Video des Jungen vorgespielt worden war.

Zu dem Zeitpunkt hatte er bereits genau gewusst, was die Kommission zu hören bekommen wollte. Und er hatte es dieser mitsamt passender Stimmlage, Mimik und Gestik, die zusätzlich von einer Strenge sowie Härte geprägt waren, geliefert. Es musste durchaus den Eindruck hinterlassen haben, dass ihn dieser elfjährige Junge im Grunde sogar angewidert hatte.

Er hatte es getan, ohne dabei auch nur einen Moment lang darüber nachzudenken, was er denn persönlich von diesem Szenario und dem darin involvierten Kind gehalten hatte. Diese Gedanken waren ihm erst Tage später gekommen, als er alleine zu Hause war und seine schriftliche Bewertung erhalten hatte.

Genau dieses Verhalten war es, das er nun Aurora beibringen musste, obwohl er das eigentlich gar nicht wollte. Zu seinem Erstaunen schienen sie seine Erzählungen an diesem Abend nicht einzuschüchtern, was in einem Kontrast zu den vorigen Malen stand, als er ihr davon erzählt hatte. Heute schien sie es eher zu motivieren, wie sie ihm auch bestätigte, als er sie darauf ansprach.

„Weißt du, wenn ich es mir recht überlege, sollte es sogar ein Spaß werden, solchen unsympathischen Möchtegern-Figuren etwas vorzuspielen und dabei genau zu wissen, dass ich dann ganz anders handeln werde, als sie glauben, dass ich es tun werde! Schlecht fühlen werde ich mich sicher nicht, nur weil ich solche schrecklichen Leute anlüge!", brachte Aurora diese Motivation mit hörbarer Wut in ihrem Bauch zum Ausdruck.

Er verlor sich für einen Moment in ihren Augen, denn da war er wieder, der Trotz, der ihm schon bei ihrem Gespräch über die Brosche und Captain auf der Aussichtsplattform aufgefallen und ihm so nahegegangen war. Dieser Trotz strahlte eine gewisse Kraft aus, die sich in ihrer Körperhaltung widerspiegelte und in ihren Augen zum Ausdruck kam. Er bemerkte, wie die Funken dieser Kraft durch den Blickkontakt kurz davor waren, auch auf ihn überzuspringen.

Heute war es zwar – im Gegensatz zu der Zeit als er noch nicht an Glückskinder geglaubt hatte - nicht mehr seine Intention diesen Funken zu ersticken, dennoch fühlte er sich fast dazu gezwungen, als Nächstes etwas zu sagen, was das Potential hatte, genau das zu tun.

„Aurora ...", begann er vorsichtig zu sprechen und vermittelte ihr wohl augenblicklich, dass es sich bei dem, was er sagen wollte um etwas Ernstes handelte, wie ihm ihre Reaktion verriet.

Sie setzte sich näher an ihn heran und streckte ihm ihren Kopf entgegen. Er hatte beinahe ein schlechtes Gewissen und ging in seinen Gedanken noch einmal die Wahrscheinlichkeit durch, dass es wirklich so kommen könnte, bevor er sich nach einer kurzen Pause dazu entschloss, doch weiter zu sprechen.

„Ich weiß nicht, ob das überhaupt eine Aufgabe sein könnte, aber es ist eine Möglichkeit, die mir in den Sinn gekommen ist ... Die lässt mich jetzt nicht mehr los und ich glaube, für den Fall solltest du darauf vorbereitet sein. Ich denke, ähm ... Ich halte es für möglich, dass du bei deiner Lebenslaufprognose, die du im Rahmen des Gesprächs erstellen musst ein Video von Mina vorgespielt bekommst", teilte er ihr etwas holprig und zwischendrin um Worte ringend mit, was ihn beschäftigte.

Aurora reagierte mit einem entgeisterten Gesichtsausdruck und gab keinen Ton von sich, weshalb er ihr erklärte, wie er darauf kam: „Sie war das einzige Kind dort und der Fokus in der Arbeit wird in der nächsten Zeit auf den Lebenslaufprognosen in der Kuppel liegen. Deshalb halte ich es für eine schlüssige Möglichkeit, dass sie bei deiner Beurteilung etwas nehmen, das damit zu tun hat, und Mina ist die logische Wahl. Ich weiß, sie nehmen dafür reale Personen und echte Aufnahmen."

„Ich habe es selbst gesehen. Der Junge ... Der Junge, den ich bewerten musste. Er ...", begann seine Stimme zu stocken, während er auf den Boden blickte und die sanfte Berührung einer Hand auf seinem Knie spürte.

„Schon gut, ich verstehe. Du musst nicht weitersprechen ...", unterbrach ihn Aurora mit leiser, wohlwollender Stimme. „Es ist dasselbe wie bei den Dingen, die ich schon so oft gesagt habe. Wenn du es nicht gemacht hättest, hätte es jemand anderes gemacht und vielleicht wäre diese Prognose sogar um einiges schlimmer für den Jungen ausgefallen", zeigte sie auch mit ihren Worten Verständnis. „Falls es echt um Mina gehen sollte, werde ich mir etwas überlegen. Es wäre auf jeden Fall schwieriger, aber ich werde es hinbekommen, denn selbst ... Selbst wenn ich dann etwas sagen muss, was grausam ist, dann haben wir danach wenigstens die Chance, es auszubügeln und anders zu machen. Es ist doch besser, wenn jemand den Job bekommt, der etwas sagt, das er nicht so meint, als jemand, der dasselbe sagt und es tatsächlich so meint ... Oder?", erklärte ihm Aurora danach, wirkte dabei aber nicht zur Gänze überzeugt.

„Das wird wohl stimmen ...", antwortete er zaghaft, bevor er ihr mit Überzeugung und Entschlossenheit zu verstehen gab: „Falls es so kommen sollte, halte dich nicht zurück, und ich verspreche dir, ich werde Mina vor dem beschützen, was du dort vorgeschlagen hast! Das ist unser Deal, okay?"

Aurora lächelte, nickte und klopfte ihm zustimmend auf den Oberschenkel, doch etwas schien ihn weiterhin zu beschäftigen.

„Der Junge, den ich bewertet habe, bei ihm ist das anders", begann er zu erzählen, während er aufstand, durch das Zimmer wanderte und seinen Blick überall hin wandern ließ außer zu Aurora. „Ich habe ihn danach kein einziges Mal gesehen und als ich die Lebenslaufprognose erstellt habe, habe ich nicht gewusst, dass es sich um einen realen Jungen handelt, der wirklich genau in dieser Situation war. Ich habe das erst erfahren, als es irgendwann bei einem Telefonat von Tim um die 'Evaluierungsgespräche' gegangen ist und ich zufällig mitgehört habe. Ich weiß noch nicht einmal den Namen von dem Kind und ehrlich gesagt hatte ich ihn schon fast vergessen, bis das mit dir und deinen Befugnissen aufgekommen ist. Jetzt fühlt es sich so an, als hätte ich ihm sein Leben und seine Zukunft gestohlen. Ich habe ihm etwas aufgezwungen, von dem er nicht einmal weiß, dass es ihm aufgezwungen worden ist. Ich habe sein Leben kaputt gemacht und habe keine Chance mehr, etwas dagegen zu tun. Es ist fast so, als hätte ich ihn missbraucht, um mir meinen Job zu sichern", gestand er Aurora mit einem nach Verzweiflung klingenden Ton.

Er bemerkte eine in ihm aufsteigende Anspannung und Schuld, die ihn allerdings nicht nervös oder unsicher werden ließen, sondern sich eher wie ein, wenn auch schwacher, kleiner Funken Wut anfühlte.

„Du weißt doch gar nicht, ob du wirklich nichts mehr tun kannst", hatte Aurora wieder einmal eine hoffnungsvolle Antwort parat. „Weißt du, vielleicht ergibt sich noch die Gelegenheit, etwas daran zu ändern. Es ist nicht deine Schuld, sondern die Schuld des Systems, das dir diese Aufgabe gegeben und diese Antwort von dir verlangt hat, damit du eine Arbeit bekommst. Wenn du das Gefühl hast, du hast diesem Jungen das aufgezwungen, dann stimmt das irgendwie auch, nur vergiss dabei nicht, dass dir das genauso aufgezwungen worden ist. Alles, was du jetzt tun kannst, ist zu versuchen, es vielleicht doch noch zu ändern. Wir werden den Namen von ihm schon irgendwie rausbekommen und dann wirst du sehen, was du für Möglichkeiten hast."

„Und was ist, wenn wir den Namen nie herausfinden?", hatte er umgehend eine resignierte Gegenfrage parat, da er doch gehörige Zweifel daran hatte und darin den großen Haken in Auroras ansonsten so kraftvoll wirkenden Ausführungen sah.

„Dann …", begann Aurora ruhig zu sprechen, bevor sie von der Couch aufsprang, auf ihn zuging und ihn an beiden Händen packte. „… machen wir etwas, das dafür sorgt, dass deine Aussage bei diesem 'Evaluierungsgespräch' keine Rolle mehr spielt und dabei ist es egal, ob wir seinen Namen kennen oder nicht", ließ sie ihn voller Elan sowie mit halb ernster Stimme wissen.

Sie führte ihr Gesicht näher an das seine heran und mit jedem von ihr ausgesprochenen Wort schien sie mehr Überzeugung sowie Ernsthaftigkeit zu gewinnen und ein jedes schien sich als ein Funke in ihren Augen zu manifestieren. Er konnte förmlich spüren, wie die Funken in ihre Augen auf ihn übersprangen, als Aurora voller Energie und Entschlossenheit die Worte formulierte: „Wir zeigen den Menschen, dass das jetzige System unmenschlich ist und es jeden treffen könnte! So sorgen wir dafür, dass sich das ganze System ändern wird!"

Im Büro gab es ohnehin schon so einiges an Arbeit zu erledigen und auf einmal schienen sich die Ereignisse beinahe zu überschlagen.

Rund eine Woche nachdem sie mit der Vorbereitung auf Auroras 'Kontrollverhör' - wie sie es mittlerweile beide nannten - begonnen hatten, hatte Captain nicht nur Informationen bezüglich des Termins, wann dieses stattfinden sollte, sondern auch noch andere Neuigkeiten.

„Aurora, dein 'Evaluierungsgespräch' findet nächsten Mittwoch statt!", hatte Captain gerufen, während sie mit großen Schritten und dabei gestresst wirkend aus ihrem Büro gestürmt war. Als sie nun zwischen den Schreibtischen der Mitarbeitenden stand, folgte die nächste Nachricht, die sie zwar in einem etwas leiseren, aber trotzdem weiterhin lauten Ton an Aurora und ihn richtete: „Die Kuppel sollte bald funktionstüchtig sein! Wie man hört, fehlen nur noch wenige Plexiglasscheiben, die noch eingesetzt werden müssen. Das bedeutet, dass ihr zu der Eröffnungsfeier eingeladen seid und ihr dort hingehen werdet. Also natürlich nur wenn du das 'Evaluierungsgespräch' erfolgreich bestehen solltest, Aurora, denn diese Feier findet am Freitag darauf statt. Das sind nur zwei Tage Unterschied. Deshalb habe ich mit der Kommission vereinbart, dass sie uns so schnell wie möglich über die Entscheidung informieren werden und du nicht lange warten musst, bis der Schrieb mit dem Ergebnis eintrudelt. Tja, und falls du es nicht schaffen solltest, müssen wir so schnell wie möglich jemand Neues finden, damit diese Aufgabe nicht zwangsweise zu einer One-Man-Show wird."

Sie nahmen die hastig vorgetragenen Erklärungen zur Kenntnis und Aurora schien mehr an der Eröffnungsfeier interessiert zu sein als an den für sie weit dringlicheren Informationen bezüglich ihres 'Kontrollverhörs'. Ihre Frage, ob sie zu der erwähnten Feier eingeladen wären oder ob es eine Dienstanweisung war, dort hinzugehen, beantwortete Captain mit den Worten: „Wie gesagt, ihr seid eingeladen und ihr werdet hingehen." Was letztlich auch keine wirkliche Klarstellung der Sachlage war. Danach verschwand Captain neuerlich mit großen Schritten und immer noch gestresst wirkend wieder in ihrem Büro.

Sowohl die erste als auch die zweite Ansage Captains machten ihn einigermaßen nervös, denn es blieb nicht mehr viel Zeit. Er schaute kurz auf sein Handy, bevor er Aurora ansah und auf eine Reaktion von ihr wartete. Außer einem kurzen Nicken in seine Richtung kam keine, was ihn nicht überraschte, denn sie hatten es sich mittlerweile angewöhnt, die Dinge, die sie beschäftigten, bei ihren abendlichen Trainings im Bücherzimmer zu besprechen.

So wie er Auroras Nicken interpretierte, wollte sie ihm damit sagen, dass das auch diesmal ihr Plan war. Zur Bestätigung nickte auch er und schaute danach abermals auf sein Mobiltelefon, bevor er schließlich aufstand und auf den Balkon ging.

Das Wetter war zwar nicht mehr ganz so kalt und nass wie in der Woche zuvor, aber angenehm war es trotzdem nicht unbedingt. Der Nebel, der in der Früh noch dafür gesorgt hatte, dass man bei allem, was in drei Metern Entfernung vor einem gelegen war, gerade einmal Umrisse erkannt hatte, hatte sich mittlerweile verzogen und trotzdem fühlte es sich ein bisschen so an, als wäre dieser noch da. Die über den ganzen Himmel gezogenen Wolken lagen tief, was die Weitsicht einschränkte. Die Luft fühlte sich feucht auf seinen Händen an, als er sich eine Zigarette drehte und anschließend anzündete.

„Nächste Woche sollte es ein bisschen besser werden, das wäre doch ein Anfang", dachte er sich, nachdem er sich, ohne zu viel darauf setzen zu wollen, die neuesten Wetterprognosen in Erinnerung rief. Er fühlte sich ein wenig orientierungslos, als er Richtung des Horizonts blickte oder wenigstens glaubte, das zu tun, denn die tiefliegenden Wolken ließen ihn nur erahnen, wo dieser sein sollte.

„Eigentlich trifft es sich perfekt, anders wäre es vielleicht schwierig geworden", ging es ihm durch den Kopf, als er an die zwei Tage Unterschied zwischen Auroras Gespräch und der von Captain ins Spiel gebrachten Eröffnungsfeier dachte.

Er hatte überhaupt keine Lust, daran teilzunehmen, und am liebsten hätte er sich davor gedrückt, aber ihm war klar, dass er nicht drum herumkommen würde. Captains Ansage war für ihn, obwohl es nicht unbedingt danach geklungen hatte, unmissverständlich gewesen und zudem war es klüger, daran teilzunehmen, wenn sie keine Aufmerksamkeit erregen wollten.

„Das werden wir schon irgendwie hinbekommen", redete er sich selbst Mut zu und wusste gleichzeitig, dass Auroras Bestehen des 'Kontrollverhörs' die Voraussetzung dafür war, dass das auch wirklich zutreffen konnte.

Sie hatte in der letzten Woche Fortschritte gemacht, selbst wenn sie immer noch jedes Mal schlucken musste, bevor sie nicht gerade menschenfreundliche Aussagen tätigte, und sich nach wie vor auf ihre Unterlippe biss, wenn sie damit fertig war. Doch das Beißen wirkte bereits unauffälliger sowie weniger nervös und rot war ihr Gesicht an den letzten beiden Übungsabenden auch nicht mehr geworden.

Diese Fortschritte waren es, die ihn zuversichtlich stimmten. Trotzdem wäre es ihm lieber gewesen, sie hätten noch ein paar Tage länger Zeit zur Vorbereitung gehabt. Zumindest war das noch vor einer halben Stunde so gewesen, bevor er erfahren hatte, dass Auroras Evaluierungsgesprächstermin und die Eröffnungsfeier der Kuppel so knapp aufeinander folgten. Ohne Aurora wollte er dieser Feier unter keinen Umständen beiwohnen, aber das hätte er niemals gesagt. Einerseits wollte er ihr keinen zusätzlichen Druck machen und andererseits konnte er nicht einschätzen, wie diese Aussage bei ihr ankommen würde.

Als er fertig geraucht hatte, schaute er ein letztes Mal auf sein Handy oder besser gesagt auf die Hülle, welche ihm eine Textnachricht anzeigte, auf die er schon seit der Ansage Captains gewartet hatte. *„Neue Infos"* war der kurze prägnante Inhalt, auf den er mit *„Melde mich am Abend telefonisch"* antwortete, bevor er zurück in die Büroräumlichkeiten trat.

„Ich hoffe Captains Informationen stimmen, sonst wird es eng", dachte er, als er zu Auroras Schreibtisch ging und ihr kurz auf die Schulter tippte. „Ich muss am Abend noch etwas erledigen, also wird es heute eine Stunde später. Passt das für dich?", flüsterte er in leisem Ton.

„Ähm, ja okay", antwortete Aurora in der gleichen Lautstärke, bevor sie diese erhöhte und ihm mitteilte: „Captain hat gesagt, wir sollen nochmal in ihr Büro kommen, wenn du aus der Pause zurück bist. Sie muss uns noch etwas zu dieser Einladung sagen. Ach ja, und ich soll in Zukunft ein Auge darauf haben, ob du dich schon an die vorgegebene Anzahl der Raucherpausen hältst und nicht zu viele nimmst." Sie war bereits im Begriff, aufzustehen, und gab ihm mit einer Handbewegung zu verstehen, dass sie jetzt gleich in Captains Büro gehen sollten.

„Hihi", kicherte Aurora auf dem Weg dorthin. „Ich zeige dir einfach immer mit den Fingern an, bei der wievielten Raucherpause du gerade bist, wenn du bei meinem Schreibtisch vorbeigehst. Das wäre doch was, oder?"

„Wenn du das tust, dann schenk ich dir ein Paar Fäustlinge und wenn du die angezogen hast, kannst du mit deinen Fingern so viel anzeigen, wie du möchtest. Das wäre doch auch was, oder?", hatte er einen nicht ernst gemeinten Gegenvorschlag.

Aurora lachte kurz auf, setzte dann aber einen ernsten Gesichtsausdruck auf und mahnte ihn mit einer Geste zur Konzentration, bevor sie an Captains Bürotür klopfte. Nachdem sie ein lautes „Kommt rein", vernahmen, welches sogar Tim, der an seinem Schreibtisch saß und in irgendeine Schreibarbeit vertieft war, noch hören konnte, traten sie in das Büro ein.

„Ihr braucht euch nicht zu setzen, es geht schnell!", informierte sie Captain umgehend und wartete keine Reaktion ab. „Falls euch das nicht klar sein sollte. Die Eröffnungsfeier an dem Freitag findet am Abend statt und es gibt die Möglichkeit, dort zu übernachten! Am Samstagnachmittag endet sie dann offiziell!"

Noch bevor Worte aus Auroras Mund kamen, den sie gerade öffnete, präzisierte Captain ihre Aussage: „Ihr werdet dort übernachten und erst zurückfahren, wenn die Feier vorbei ist. Ich will, dass unsere Abteilung einen guten Eindruck hinterlässt! Verstanden?"

„Ja, Captain", antworteten Aurora und er fast zeitgleich und wirkten dabei wie zwei geläuterte Schulkinder.

„Gut!", war Captain hörbar mit ihrer Reaktion zufrieden und schien dennoch nicht fertig zu sein. „Dafür habt ihr den Donnerstag davor frei und auch den Freitagvormittag, bis ihr zur Kuppel losfahrt. Am Montag darauf informiere ich euch, wie wir es dann mit den Lebenslaufprognosen für dort handhaben und dann werden wir gleich mit diesen loslegen. Da wird dann mehr als genug zu tun sein und die Stunden später abzubauen wäre somit schwierig", schlug sie jetzt versöhnliche Töne an, klang dabei ruhiger als zuvor und vermittelte trotzdem noch einen gewissen autoritären sowie fordernden Eindruck. „Ich weiß, es ist knapp mit den Informationen bezüglich der Lebenslaufprognosen für die Kuppel", redete Captain weiter und sah zuerst ihn an und dann Aurora, an die sie noch eine letzte Aussage adressierte, die wieder weniger versöhnlich klang: „Aber ich mache mir nicht die Mühe, euch das alles zu erklären und zu zeigen, wenn du dann dein Gespräch verbockst und keine Freigabe erhältst, auch wenn ich dir das nicht wünsche ... Deswegen mache ich es lieber etwas knapp und dafür weiß ich dann, dass ich es kein zweites Mal erklären muss."

„Das verstehe ich, Captain, aber keine Sorge, ich schaffe das schon", antwortete Aurora mit überzeugter Stimme und sah danach zu ihm, der ihre Aussage mit einem wohlwollenden Nicken bestätigte. Captain hingegen quittierte es mit einem Gesichtsausdruck, der am ehesten als skeptisch interpretiert werden hätten können, aber da es sich um Captain handelte, hätte dieser genauso wohlwollend gemeint gewesen sein können, wie es sein Nicken war.

„Ihr könnt gehen", war für Captain nun alles gesagt und nach einem erneuten beinahe synchronen „Ja, Captain" kehrten Aurora und er zu ihren Arbeitsplätzen zurück.

Er widmete seine Aufmerksamkeit seinem Computer und den digitalen Archivierungsarbeiten, die er zu erledigen hatte, obwohl er sich schwertat, sich darauf zu fokussieren.

„Das ist vielleicht Glück im Unglück", kam ihm in den Sinn, als er an Captains Erläuterungen zu der

Eröffnungsfeier dachte. *„Den Donnerstag frei zu haben und auch den halben Freitag spielt mir in die Karten, aber dann Robin alleine zu lassen ... Das wird sie nicht sonderlich freuen."*

Der restliche Arbeitstag verging rasch und er machte vergleichsweise wenig Raucherpausen, wie ihm auffiel, als er sich knapp eine Stunde vor Dienstende auf den Balkon begab und ihm Aurora auf dem Weg dorthin von einem provokanten Blick und Grinsen begleitet vier Finger entgegenstreckte. Als Reaktion streckte er ihr ebenfalls provokant dreinblickend einen ganz bestimmten Finger entgegen, woraufhin sie beide ausgelassen lachten.

„Nehmt euch ein Zimmer!", war Tims kühle Reaktion. Anscheinend fühlte sich ihr Mitarbieter gestört, was zur Folge hatte, dass ihr Gelächter nur noch lauter und ausgelassener wurde.

Er grinste immer noch, als er vom Balkon zurückkehrte und sich zu seinem Schreibtisch setzte, doch sobald er saß, wurde sein Gesichtsausdruck ernst. Es war der Ausdruck von gesteigerter Konzentration, die er nun von sich selbst verlangte, da er diese für die letzte Stunde benötigte. Es war nicht die Arbeit, der diese Konzentration galt, sondern viel mehr die Vorbereitung auf das Telefonat, welches er später noch führen wollte.

„Ich darf nichts auslassen und muss jede Kleinigkeit wissen. Das ist wichtig", war ihm klar und trotzdem verzichtete er darauf, sich Fragen aufzuschreiben. Er hielt es für klüger, es nicht zu tun.

Nicht einmal in seinem analogen Notizbüchlein wollte er etwas festhalten, weshalb sein Kopf als Speicherplatz ausreichen musste. Frage für Frage ging er durch und immer wieder poppte eine neue auf, die er dann mehrfach für sich wiederholte, um sie bloß nicht wieder zu vergessen.

Wohl auch deswegen verging die letzte Stunde der Arbeitszeit schnell und er machte pünktlich Schluss. Er hatte es eilig und verabschiedete sich ohne großes Tamtam von Aurora und Tim und rief „Bis morgen" in den Raum, und zwar laut genug, dass es Captain durch ihre geschlossene Bürotür ebenfalls hören können sollte.

Den Nachhauseweg nutzte er, um die Fragen erneut durchzugehen, und als er in seiner Wohnung ankam, hatte er das Gefühl, alles Notwendige im Kopf zu haben. Es beruhigte ihn ein wenig, dass keine neuen Fragen aufgekommen waren, seit er das Büro verlassen hatte. Er aß schnell ein Stück leeres Brot, um den ärgsten Hunger in den Griff zu bekommen, und verzichtete darauf, zu duschen. Stattdessen begab er sich schnurstracks und ohne viel zu trödeln, in das Bücherzimmer, wobei er sich zuvor noch eine Kippe, die er beim Fenster seines Zimmers hinaus rauchte, gegönnt hatte.

Dort angekommen setzte er sich erst gar nicht auf die Couch, sondern zückte umgehend sein Handy, suchte über die Hülle des Geräts die Nummer und drückte auf anrufen. Er ging im Raum umher, um seiner Nervosität Abhilfe zu schaffen, denn es klingelte doch eine Weile, bevor am anderen Ende der Leitung jemand abhob. Auch danach setzte er sich nicht hin, sondern wanderte weiterhin durch das Zimmer.

Am Ende fragte er sich, wie viele Kilometer er wohl spaziert war, als er sich nach gut einer Stunde auf die Couch fallen ließ, nachdem er fertig telefoniert hatte. Er fühlte sich geschlaucht, wobei das nicht an den zurückgelegten Schritten lag, sondern daran, dass er über die gesamte Dauer des Telefonats die Konzentration so hoch wie möglich gehalten hatte. Angestrengt hatte er versucht, sich jedes kleinste Detail, das er erfahren hatte, zu merken, weshalb sein Kopf nun ganz schön rauchte.

Kurz bevor seine Augen dabei waren, von selbst zuzufallen, klopfte es an der Tür des Zimmers und er vernahm Auroras Stimme. „Ich bin es!", hörte er sie rufen. Einigermaßen verwundert raffte er sich noch etwas gemächlich auf und öffnete die Tür.

Aurora begrüßte ihn mit einer Umarmung und entledigte sich ihrer Jacke, die sie einfach über die Rückenlehne der Couch schmiss. Anschließend ließ sie sich selbst auf dem Sofa nieder. Es kamen ihm Zweifel, ob er heute mit ihrem Energielevel mithalten konnte, als er sich langsam neben sie setzte und zuerst einmal kräftig gähnen musste.

„Habe ich dich etwa aufgeweckt?", fragte Aurora mit einem Grinsen und wirkte fast schon schadenfroh, als er nur Sekunden später ein zweites Gähnen folgen ließ.

„Nein, nein hast du nicht, keine Sorge", antwortete er mit müder Stimme. „Es war nur ein anstrengender Tag heute und ich bin nach der Arbeit noch keine Minute zum Abschalten gekommen."

„Ah, stimmt", wurde Aurora hellhörig. „Was hast du denn so Wichtiges zu tun gehabt?"

Er lachte, weil er bereits in dem Moment, als er ihr im Büro diese Information zugeflüstert hatte, gewusst hatte, dass diese Frage als Erstes kommen würde, wenn sie sich später trafen. Er ging nicht darauf ein, sondern war an etwas anderem interessiert.

„Wie bist du denn unten bei der Haustür hineingekommen?", fragte er sie, denn er hatte weder die Klingel in seiner Wohnung läuten gehört, die man in dem Bücherzimmer laut und deutlich wahrnahm, noch hatte es hier geklingelt.

Eine eigene Klingel war ein weiterer Vorteil daran, dass es sich bei dem Raum bekanntlich um eine Garconniere handelte, die lediglich zu einer Mini-Bibliothek umfunktioniert worden war.

„Tja, weißt du, einem Glückskind stehen einfach alle Türen offen!", lachte Aurora und deutete mit beiden Händen auf sich selbst, bevor sie ihm wohl als Reaktion auf seinen weiterhin fragenden Blick doch noch eine ernstgemeinte Antwort gab: „Es ist mir so ein älterer Herr mit einem kleinen Hund entgegengekommen, der hat mich unten hineingelassen."

„Ah, ich weiß, wen du meinst. Den habe ich schon länger nicht mehr gesehen. Ich weiß gar nicht, wie der heißt ... Eigentlich weiß ich von niemandem im Haus den Namen", gab er nach einer kurzen Pause zu.

„Echt jetzt?!? Also, wenn ich hier wohnen würde, wüsste ich den Namen von jeder einzelnen Person, die hier in dem Haus lebt", konnte es Aurora kaum fassen.

„Das ist mir bewusst, dass du das wüsstest. Und dazu noch die Namen von sämtlichen Verwandten, den Haustieren und Bekanntschaften von ihnen", antwortete er und zog dabei nicht nur eine Augenbraue hoch, sondern irgendwie auch ihre Feststellung ins Lächerliche.

„Haha, schon klar ... Haha", widersprach ihm Aurora gar nicht, sondern schien sich sogar über sich selbst zu amüsieren.

Sie überlegte kurz. „Würde es dich gar nicht stören, wenn niemand in dem Haus deinen Namen kennen würde?"

„Ich denke, es wäre mir sogar recht, es muss nicht jeder wissen, wie ich heiße", antwortete er, ohne zu zögern.

Dabei dachte er an die Vorteile des Unter-dem-Radar-Fliegens und der damit verbundenen geringeren Angriffsfläche, die man dadurch bot.

„Sollen wir nochmal über die Kuppel sprechen, bevor wir mit den Übungen beginnen?", wechselte er das Thema.

„Meinst du wegen dieser Eröffnungsfeier?", stellte Aurora die Gegenfrage und wirkte belustigt. „Hehe, eines weiß ich sicher, nämlich dass es nicht schwierig sein wird, einen guten Eindruck zu hinterlassen. Da können wir uns noch so danebenbenehmen, im Vergleich zu den Eltern wird das gar nichts sein. Ich sehe die Mutter und den Vater schon oben ohne auf den Tischen tanzen."

Gerade wegen dieser Vorstellung war ihm nicht unbedingt zum Lachen zumute, denn das Verhalten der Eltern hatte er nach wie vor in seinem Kopf präsent.

„Hast du dir schon überlegt, was es heißt, einen guten Eindruck zu hinterlassen, beziehungsweise bei wem wir einen guten Eindruck hinterlassen sollen?", fragte er Aurora mit ernstem Gesicht, die doch etwas verdutzt dreinblickte, da es ihn zu ihrer Verwunderung kein bisschen amüsierte.

„Nein, habe ich nicht, noch nicht. Oh nein …", antwortete Aurora und hielt sich augenblicklich beide Hände vor das Gesicht, als sie fertig gesprochen hatte.

„Oh nein, echt jetzt? Ich sehe uns schon gemeinsam mit der Mutter und dem Vater auf den Tischen tanzen", konnte sie es diesmal auf eine andere Art kaum fassen, während sie ihm ihre wohl gerade erst realisierte Befürchtung mitteilte.

Im nächsten Moment hatte er das soeben von ihr gezeichnete Bild vor seinen Augen und musste plötzlich laut loslachen. „Haha, Entschuldigung, aber die Vorstellung ist dermaßen absurd, hahaha …", versuchte er sich zu rechtfertigen und anschließend das Lachen zurückzuhalten, weil er es eigentlich für die völlig falsche Reaktion hielt.

„Du hast gut lachen ... Von dir weiß ja auch kaum jemand den Namen", antwortete Aurora zuerst protestierend und mit einem kleinen Seitenhieb, bevor sie selbst laut loslachen musste. „Du hast recht, das wäre echt absurd, hahaha. Stell dir vor, dann mache ich gemeinsam mit der Mutter diese Dance Moves", hörte sie gar nicht mehr auf zu lachen, sprang auf und imitierte mit ihrem Kopf und ihren Armen die Bewegungen eines Huhns.

Es sah unfassbar komisch aus und er verschluckte sich beinahe vor lauter Gelächter, als dieses wie von selbst und von einem Moment auf den anderen aus seinem Gesicht verschwand. Die Ausgelassenheit fühlte sich nicht richtig an, denn jemand fehlte, der zu dieser dazu gehörte.

„Mina ...", sagte er, ohne darüber nachzudenken, und mit melancholischer Stimmlage. Umgehend verstummte auch Aurora. „Ich habe nur gerade daran denken müssen, als ihr Jonathan beim Versteckenspielen erschreckt habt. Die Stimmung war so ähnlich wie jetzt gerade ...", erklärte er Aurora bedrückt und hatte dabei ein etwas gequält wirkendes Lächeln im Gesicht.

„Wir werden bei dieser Feier schon die Zeit finden, um sie zu sehen", antwortete Aurora mit einfühlsamer Stimme und legte eine Hand auf seine Schulter, bevor sie sich wieder hinsetzte. „Es wird ihr bestimmt gut gehen, wenn wir dort sind."

„Du hast recht, das wird es", stimmte er ihr plötzlich bestimmt und mit einer ungewohnten Entschlossenheit in den Augen zu, die einen fast an Auroras Blick erinnern konnte, wenn sie sich etwas in den Kopf gesetzt hatte.

Etwas unvermittelt wechselte er das Thema und wartete gar nicht erst Auroras Reaktion ab.

„Jedenfalls stimmt es, was Captain gesagt hat. Ich habe davor mit Sonja telefoniert, weil ich wissen wollte, ob sie dieselben Informationen wie Captain hat und sie sagt dasselbe. Die Kuppel ist so gut wie fertig! Sonja meint, die letzte Scheibe des Plexiglaskonstrukts könnte theoretisch zwar schon ein paar Tage vor der Eröffnungsfeier eingesetzt werden, aber sie wollen damit warten und dieses Einsetzen des letzten Stücks als Teil einer Eröffnungszeremonie für die Feier durchführen. 'Damit alle Gäste Zeugen dieses geschichtsträchtigen Moments sein können'. Das sind Sonjas Worte, nicht meine, und sie hat sie von ihrer Quelle innerhalb der Kuppel. Ihre andere Quelle hat ihr das ebenfalls bestätigt", erklärte er Aurora relativ nüchtern.

Aurora schien einen Moment lang nicht zu wissen, wie sie reagieren sollte, ehe sie sich aufraffte und nachdenklich wirkend sagte: „Dieser Satz mit dem 'geschichtsträchtig' klingt echt stark nach etwas, das die Eltern sagen würden, wenn ich es mir so überlege. Die sind anscheinend mächtig stolz auf ihr riesengroßes Spielzeug."

„Da hast du recht ...", war er erneut der gleichen Meinung und wurde sogar hämisch. „Sie sind stolz darauf, so wie es ihre Selbstbezeichnung von ihnen verlangt. Sie sind wohl diese Art von Eltern, die unglaublich stolz auf das neu gekaufte Auto sind und ihre Kinder gleich wissen lassen, dass es fortan deren Aufgabe ist, sich um dieses Auto zu kümmern. Die Kinder werden dann eingespannt dafür Sorge tragen, dass ja kein Dreck hineingerät, es unter keinen Umständen einen Kratzer bekommt und es immer auf Hochglanz poliert in der Garage steht. Vor allem aber werden sie dafür verantwortlich gemacht, falls etwas mit dem Auto sein sollte ... Diese Menschen sind Eltern eines Autos und nicht die von Kindern. Genauso ist es mit der Mutter und dem Vater ... Sie sehen sich als die Eltern der Kuppel und nicht als Eltern der Menschen, die jetzt schon dort arbeiten und die dann dort leben werden müssen."

Aurora wanderte mittlerweile im Zimmer umher, nachdem sie sich noch während er geredet hatte, gestreckt sowie ordentlich geschüttelt hatte und danach aufgestanden war. Es wirkte so, als wollte sie die von ihm ausgesprochenen Worte nicht an sich heranlassen, was er allerdings auch als Signal verstand, dass sie jedenfalls nicht komplett anderer Meinung war als er. Dass sie diese Aussagen im Raum stehen ließ und gar nicht erst versuchte, dagegen zu argumentieren, war das zweite Indiz dafür.

„Was hat Sonja sonst noch gesagt?", wollte sie nun von ihm wissen.

„Naja, am Montag nach der Eröffnungsfeier startet das Projekt endgültig, hat sie mir noch erklärt und gemeint, dass dann im Laufe der darauffolgenden Woche die für dort vorgesehenen Menschen mit Bussen hin gekarrt werden. Die ersten Kinder folgen dann eine Woche später. Deshalb will Captain erst an dem Montag mit uns besprechen, was wir genau zu tun haben werden, weil wir noch eine Woche Zeit haben, bis es zur Umsetzung kommt. Ansonsten hat Sonja nichts Interessantes oder für uns Neues zu erzählen gehabt. Also nichts, was wir uns nicht ohnehin schon selbst gedacht haben", informierte er Aurora weiter und glaubte in ihrem Gesicht eine gewisse Enttäuschung über seine Worte herauslesen zu können.

„Okay, alles wird gut!", sagte Aurora zwar etwas unverständlich, aber doch hörbar, auch wenn sie es eindeutig an sich selbst gerichtet hatte.

Anschließend sprach sie in einem zweiten Anlauf deutlich und diesmal klar an ihn gerichtet: „Schritt für Schritt. Es bringt nichts, sich deshalb Gedanken zu machen oder Überlegungen anzustellen, solange ich nicht dieses nervige 'Kontrollverhör' hinter mich gebracht und bestanden habe. Ich muss mich jetzt zu allererst einmal darauf konzentrieren, bevor ich mir wegen anderer Dinge Gedanken mache. Ich schaffe das nicht alles gleichzeitig und wenn ich das eine erledigt habe, kann ich mich um die nächste Sache kümmern oder mir für diese etwas überlegen. Also, was ist für das heutige Training geplant?"

Es verwunderte ihn zwar einigermaßen, dass Aurora so auf seine Ausführungen reagierte, denn er hätte darauf wetten können, dass sie augenblicklich ihre ganze Energie und ihren vollen Fokus weg von dem 'Evaluierungsgespräch' hin zu den Vorgängen in der Kuppel verlagern hätte wollen. Doch das tat sie nicht und er war froh darüber, denn die von ihr vorgeschlagene Herangehensweise war seiner Meinung nach nicht nur der klügere, sondern vor allem auch der einzig zielführende Weg.

„Anscheinend hat sie die erste Lektion schon verinnerlicht", dachte er sich, als er sie ansah und sie anschließend aufklärte, was er für den heutigen Abend geplant hatte. Zuerst erklärte er ihr nochmals ausführlich die kleinen Hinweise in ihrer Gestik und Mimik, die ihm immer wieder verrieten, wenn sie entweder gerade dabei war, zu lügen, oder wenn sie zuvor gelogen hatte.

Neben dem Erröten und dem mittlerweile schon zaghaftere Beißen auf die Unterlippe, gab es mehrere kleinere davon, die ihm zunächst gar nicht so aufgefallen waren. Er hatte sie erst im Laufe der letzten Woche im Rahmen der Übungen bemerkt. Als er sie entdeckt hatte, fühlte es sich seltsam warm in ihm an, denn es zeigte ihm, dass Aurora ihn so gut wie noch nie belogen hatte. Die Dinge, die sie verraten konnten, wie etwa das Reiben des Daumens an den Fingern ihrer linken Hand hörte sie heute zum wiederholten Male von ihm und dennoch nickte sie gewissenhaft und machte den Eindruck, hochkonzentriert zu sein.

„Ihr ist die Wichtigkeit von diesem Prozedere bewusst geworden", fiel ihm auf, nachdem er ihre weiterhin ernste Gefühlslage beobachtet und ihr gerade noch einmal erklärt hatte, dass sie früher oder später auch Mina als theoretische Aufgabe mitsamt einer von Aurora erstellten Lebenslaufprognose behandeln müssten, wenn sie Aurora so gut wie möglich auf dieses 'Evaluierungsgespräch' vorbereiten wollten.

Wenn es ihr mit dem Meistern dieser Hürde tatsächlich ernst war, musste sie da leider durch. Die bis zum Beginn des Trainings angesprochenen Themen rückten schnell in den Hintergrund, als sie damit begannen, mögliche Szenarien durchzugehen. Aurora schien es ernster zu meinen als jemals zuvor.

Bisher hatte sie noch an jedem der gemeinsam verbrachten Trainingsabende zuerst mit einem Seufzen begonnen. Dann hatte sie mit Wut in der Stimme erklärt, was für Möglichkeiten diese fiktiven Kinder - die er sich für die Erstellung von Lebenslaufprognosen ausgedacht hatte – doch hätten, wenn sie genügend und die richtige Unterstützung erhielten. Erst danach hatte sie sich um die an sie gerichtete Aufgabe gekümmert.

Heute war davon keine Spur zu erkennen und sie ging ohne Umschweife dazu über, eine Bewertung abzugeben, ohne dabei Rücksicht auf das imaginäre Kind oder dessen Umfeld zu nehmen. Sie tat also genau das, was von ihr verlangt wurde. Selbst wenn ihr nach wie vor anzumerken war, dass es ihr nicht leichtfiel und sie immer wieder aufpassen musste, dass ihr zwischendurch nicht ihre tatsächliche Meinung hinaus rutschte, wie die doch zahlreich vorkommenden „Ähmms" oder „Hmmms" während ihrer Ausführungen andeuteten.

„Noch ein bisschen Übung und du schaffst das ohne Probleme!", war sein zufriedenes und ehrlich gemeintes Resümee am Ende des Abends.

Und das, obwohl er sich immer noch nicht damit anfreunden konnte, solche Sätze und Aussagen aus ihrem Mund zu hören, die zum Teil brutal klangen und so gar nicht zu ihr passten.

Deshalb konnte er sich auch ein Grinsen nicht verkneifen, als Aurora ihn am Ende schon regelrecht anfuhr und ihm wütend ins Gesicht schleuderte: „Wenn dieser Mittwoch vorbei ist und ich endlich diesen Wisch in den Händen halte, dass ich auf Außendienst gehen und solche bescheuerten Prognosen erstellen darf, dann können die mich alle mal kreuzweise und du gleich mit. Kein einziges Mal werde ich dann so etwas auf diese schreckliche Art für unsere Arbeit machen! Ich werde dafür sorgen, dass diese Kinder weiter eine Chance haben, und das werde ich so verdammt gut und unauffällig machen, dass diese Idioten in ihrer Verhörkammer und du es nicht einmal bemerken werdet!"

Als sie mit ihrer Schimpftirade fertig war und ihr auffiel, dass er der falsche Adressat dafür war, erschrak sie beinahe vor sich selbst und hielt sich mit einer Hand den Mund zu. Das hatte zur Folge, dass sich sein Grinsen in schallendes Gelächter verwandelte. Aurora stieg in dieses mit ein und er spürte eine Verbindung, die keine Worte benötigte, als sie von einem Moment auf den anderen miteinander lachend auf der Couch saßen.

Dass sie sich ihre Hand vor den Mund gehalten hatte, reichte als Entschuldigung für ihn und zeigte ihm, dass sie gar nicht ihn gemeint hatte. Sein Gelächter zeigte ihr, dass ihm klar war, dass in ihrer Äußerung die ganze Wut gesteckt hatte, die sie zuvor während der Übungen hinunterschlucken hatte müssen. Ihr gemeinsames Lachen wiederum zeigte ihnen nichts anderes, als dass sie sich nah waren und verstanden, ohne dafür auch nur ein Wort wechseln zu müssen.

„Ja, ich schaffe das!", sagte Aurora nach fast einer Minute pausenlosen Gelächters und noch mit Tränen in den Augen, die von diesem übriggeblieben waren. „Und ich bin froh, wenn ich es dann endlich hinter mich gebracht habe, und auch, dass du mir dabei hilfst", ergänzte sie, nachdem sie sich besagte Tränen aus dem Gesicht gewischt hatte und ihre Hand freundschaftlich auf die seine legte.

„Ich auch ...", antwortete er mittlerweile ebenfalls wieder beruhigt und überlegte für einen kurzen Moment, ob er ihr von den restlichen Dingen erzählen sollte, die er von Sonja erfahren und mit ihr besprochen hatte. Er sah Aurora an, zögerte, zog seine Hand unter der ihren weg und stand schließlich auf, um sich auf eines der Bücherregale zu konzentrieren, bevor sie bemerken konnte, dass ihn irgendetwas beschäftigte.

„Gut, ich glaube für heute haben wir genug geübt. Dann machen wir morgen weiter ...", sagte er, während er in dem Regal zwischen den Büchern die perfekte Ausrede für sein sich plötzliches Erheben entdeckte. Er zog ein kleines Buch hervor, drehte sich um und sagte zu Aurora, während er ihr das Buch reichte: „Mir ist davor eingefallen, dass du damals in der Kuppel gesagt hast, du kennst Kiddy & Kid-Kad nicht. Das ist der erste Band mit den ersten Geschichten."

„Ach, das stimmt!", war Aurora zunächst begeistert, bevor sie doch zögerlich wurde und ihre Hand, mit der sie schon fast dabei gewesen war, zuzugreifen, wieder zurückzog. Es wirkte, fast so, als würde sie bewusst und noch etwas ungeschickt einem natürlichen Reflex widerstehen, genauso wie sie es schon den ganzen Abend lang mit ihren Worten getan hatte.

„Ich denke, es ist besser, wenn ich zuerst einmal meinen ganzen Fokus auf das 'Kontrollverhör' richte und bis dahin wirklich gar nichts anderes mehr in meinen Kopf lasse. Ich muss das jetzt einfach durchziehen!", erklärte sie ihr Verhalten und für einen kurzen Moment hatte er die Befürchtung, Aurora auf den falschen Weg geführt zu haben.

Die Wahl ihrer Worte kannte er, wenn auch unter anderen Umständen, nur zu gut von sich selbst. Gerade als er überlegte, ob er ihr sagen sollte, dass sie gar nichts tun 'müsse', sondern, wenn schon, nur etwas tun 'solle' oder am besten nur etwas tun 'wolle', sie aber nach wie vor die Möglichkeit hätte, sich für den Innendienst zu entscheiden und einfach nicht vor diese Kommission zu treten, verflüchtigte sich seine Sorge wieder.

Aurora sprang auf, stellte sich mit großen Augen vor das Bücherregal und teilte ihm aufgeregt mit: „Aber sobald ich das erledigt habe, lese ich sie alle … Da wird Mina staunen! Leider geht es sich bis zu der Eröffnungsfeier nicht aus, aber bis zum übernächsten Mal, wenn wir sie dort sehen, schaffe ich es bestimmt!"

Zur weiteren Beruhigung seiner kurz aufgeflackerten Befürchtungen trug bei, dass es Auroras Neugierde nicht schaffte, ganz ohne irgendwelche Informationen zu Kiddy & KidKad auszukommen, weshalb er ihr nochmals die grundlegendsten Dinge der Bücher erklärte, während sie sich zum Aufbruch bereit machte.

Als sie sich schließlich verabschiedeten, hatte er sogar den Eindruck, dass die Bücher eine Motivation für sie waren und sie diese als eine Art Belohnung sah, wenn sie die Herausforderung gemeistert hatte. Die Vorfreude darauf war ihr anzusehen und mittlerweile artikulierte sie diese auch mit Worten wie „auf diese Stelle bin ich schon gespannt" oder

„ob das echt genau so drinsteht, wie Mina es mir erzählt hat".

„*Ob der Autor der Bücher sich jemals gedacht hätte, dass sich jemand so freuen könnte, seine Geschichten zu lesen?*", ging es ihm kurz durch den Kopf, während Aurora durch die Tür ging. Doch sobald er diese hinter ihr geschlossen hatte, folgten andere Gedanken.

„*Es ist besser, wenn sie es noch nicht weiß*", kam ihm etwas in den Sinn, das sich nicht als endgültig anfühlte.

„*Jetzt würde sie das nur ablenken. Wenn sie das 'Kontrollverhör' erledigt hat, sage ich es ihr oder besser sogar erst nach der Eröffnungsfeier ...*", versuchte er für sich einen Zeitpunkt zu finden, an dem er Aurora von dem restlichen Gespräch mit Sonja und den Gründen, die dahinterstanden, erzählen konnte. „*Oder ist es vielleicht doch am besten, wenn ich ihr gar nichts sage*", übernahm plötzlich eine ihm vertraute Stimme in seinem Kopf, die einen letzten Rat an ihn bereithielt: „*Ich muss aufpassen, wenn ich sie wirklich beschützen möchte.*"

☼

Die Zeit verging wie im Flug und der für Aurora und ihn so bedeutsame Mittwoch rückte immer näher. Seine Tagesabläufe bestanden eigentlich nur noch aus Schlafen, Arbeiten und der Vorbereitung Auroras auf das 'Evaluierungsgespräch'.

Die wenige Zeit, die er dazwischen hatte, nutze er, um nachzudenken. Er musste sich dabei immer wieder bremsen, um sich nicht zu sehr in Details zu verrennen, die ihn unweigerlich in negative Gedankenstrudel gezogen hätten. Diese wiederum hätten ihn gelähmt, wie er aus Erfahrung wusste. Das wollte er erstens ganz einfach nicht mehr und zweitens konnte er es jetzt gerade überhaupt nicht gebrauchen.

Ihr zu helfen war alles, was er wollte, und um das tun zu können, durfte er unter keinen Umständen in altbekannte Muster verfallen, die ihn für das, was zu tun war, handlungsunfähig machten.

„Es ist ein schmaler Grat zwischen so gut wie möglich vorbereitet sein und die ganze Sache durch zu viel nachdenken selbst zu sabotieren", dachte er sich nicht zum ersten Mal, als er am Samstag gerade dabei war, sich in einem der besagten Details zu verlieren und dabei wieder einmal feststellte, wie viele nicht kontrollierbare Faktoren es bei dem ganzen Vorhaben gab.

„Es ist unmöglich, alles zu bedenken, und selbst wenn ich das tue, kommt es am Ende auch auf das nötige Glück an", bemerkte er, während er den aufkommenden und schwer zu widerstehenden Drang verspürte, sich den Gedankenkreisen hinzugeben, um dadurch vielleicht doch etwas Kontrolle über die zur Genüge vorhandenen Unsicherheitsfaktoren zu erlangen.

Trotz der Versuchung und mit ein bisschen Bauchweh tat er es nicht.

„Das ist dann wohl die alles entscheidende Probe, ob an Auroras Glückskindtheorie tatsächlich etwas dran ist", beschloss er stattdessen für sich.

Da Samstag war, war der Teil „Arbeit" aus seinem Tagesablauf hinausgefallen, was dazu führte, dass er an diesem Tag besonders anfällig für diese Gedankenkreise war, da vergleichsweise viel und vielleicht sogar zu viel Zeit zur Verfügung stand, in der er sich von diesen vereinnahmen hätte lassen können. Für den Tag darauf hatte er mit Aurora vereinbart, sich schon untertags zu treffen, um in die finale Phase der Vorbereitung für das 'Kontrollverhör' zu gehen. Deshalb sollte das Problem, zu viel Zeit zu haben für den Sonntag wegfallen.

Heute hingegen war ihr tägliches Treffen wie üblich für den Abend angesetzt, weshalb er versuchte, den

Tag und die Stunden bis dahin so gut es ging mit Beschäftigungen und Erledigungen zu füllen. Einige davon hatte er sowieso machen müssen, andere wiederum streute er extra ein, obwohl sie nicht unbedingt notwendig waren. Bei allen ließ er sich Zeit und trödelte dabei sogar, um möglichst lange dafür zu brauchen.

Er besorgte einen drahtigen Stuhl aus Aluminium ohne Lehnen für das abendliche Training, kaufte einen kleinen Stoffpinguin als kleines Präsent, den er ihr schenken wollte, wenn sie es hinter sich gebracht hatten und sich selbst sogar ein Paar neue Schuhe. Er wusste ganz genau, welches Paar Schuhe er haben wollte, denn er kannte es von ihrer Dienstreise in die Kuppel.

Bei den Wissenschaftlern schien dieses Modell beliebt zu sein, denn er glaubte sich erinnern zu können, es an einigen Füßen in der Forschungsstation gesehen zu haben, und bei Peter und Dr. Braunhofer war er sich sicher. Ihm hatte die dunkelgrüne Farbe, die auf den ersten Blick fast schwarz gewirkt hatte, gefallen, was jetzt - zu seinem Glück - wohl der Grund war, weshalb er diese noch so bildlich in seinem Gedächtnis hatte. Damals hatte er nicht damit gerechnet, sich Monate später genau diese Schuhe zu kaufen. Aber das war auch noch, bevor er durch Aurora verstanden hatte, was es bedeutete, ein Glückskind zu sein.

Nachdem er mit den Besorgungen fertig war, verlor er nochmal ordentlich Zeit, wobei das im Gegensatz zu den bewussten Trödeleien zuvor unbeabsichtigt geschah. Er kam an einem riesigen Plakat vorbei und blieb eine ganze Weile davor stehen.

Darauf zu sehen war die fertiggestellte Kuppel inmitten einer schönen, strahlenden Landschaft, wobei es sich dabei eindeutig nicht um den tatsächlichen Standort gehandelt hatte. Darüber prangte der Schriftzug *„Die Zukunft beginnt heute!"* und zusätzlich waren daneben noch prominent und gut sichtbar die Logos der Bread & Butter Company sowie des Volkskanzlerministeriums abgebildet.

Von mehr Worten oder gar einem erklärenden Text, was zumindest ein wenig inhaltlichen Aufschluss zu der Kuppel gegeben hätte, fehlte jede Spur. Das war allerdings nicht verwunderlich, denn gerade in der Politik wurde schon seit geraumer Zeit auf Texte oder Sätze verzichtet, die aus mehr als fünf Worten oder nicht aus aneinandergereihten Parolen bestanden. Das hatte die Politiker und allen voran den Volkskanzler allerdings noch nie daran gehindert darauf zu beharren, dass es sich dabei sehr wohl um Inhalte handelte.

Er stand kopfschüttelnd vor dem Plakat, von dem weitere unzählige Kopien in den verschiedensten Größen nicht nur in der ganzen Stadt, sondern überall im ganzen Land aufgestellt worden waren.

Sein Kopfschütteln galt nicht nur dieser neuesten, sondern auch anderen früheren Informationskampagnen - wie sie offiziell genannt wurden -, an die er sich erinnert gefühlt hatte.

„Lieber heiß statt Ökoscheiß!", waren jene Worte, die vor langer Zeit auf einem der ersten Plakate einer solchen sogenannten Informationskampagne abgedruckt gewesen waren. Das dazugehörige Bild hatte eine aus Vater, Mutter und Kind bestehende Kleinfamilie in Badekleidung gezeigt, die allesamt lachend ein riesengroßes Eis in der Hand hielten. Dass die darauf abgebildeten Eltern nicht nur übertrieben durchtrainiert waren, sondern ihre Badebekleidung für einen Familienausflug doch auch seltsam aufreizend angemutet hatte, hatte ihn damals in seiner jugendlichen Leichtsinnigkeit eher belustigt und lediglich ein Stirnrunzeln gekostet. Die daraus resultierenden Folgen hatte er nicht für möglich gehalten.

Jene Darstellung hatte damals diese neue Phase der Bevölkerungsinformation eingeläutet und zu dieser Zeit war von 'Umbruch' oder etwas Ähnlichem noch keine Rede. Da *„Lieber heiß statt Ökoscheiß!"*, so wie es jetzt bei der Information zur Kuppel der Fall war, nicht nur auf Plakaten, sondern auch in derselben Ausführung in Zeitungen, auf Internetseiten oder in ungefragt zugesendeten Postzustellungen zu sehen war, konnte man diesen Spruch seiner Meinung nach getrost als den Anfang des modernen inhaltsleeren Parolen-Populismus bezeichnen.

Die darauf abgebildete eigentlich nicht als solche zu bezeichnende 'Lösung' war so schön einfach gewesen. Wahrscheinlich hatten deshalb so viele Menschen etwas damit anfangen können und in weiterer Folge war die Kampagne wohl gar nicht so unbeteiligt daran gewesen, dass nichts gegen den Klimawandel unternommen worden war.

Dass die Erde selbst sowie die hunderten Millionen Toten oder ein zur Gänze im Meer versunkener Kontinent nichts mit dieser 'Lösung' anfangen konnten, hatte gut ein Drittel der Befürworter gar nicht erst mitbekommen oder als erfunden hingestellt. Ein zweites Drittel war diesen Folgen direkt oder indirekt selbst zum Opfer gefallen und das dritte Drittel hatte die Schäden sowie die Todesopfer als 'Kollateralschäden' eines Phänomens, gegen das man sowieso nichts unternehmen hätte können, bezeichnet.

„Seine eigenen Kinder, Enkelkinder oder Eltern als Kollateralschäden zu bezeichnen ist auch eine eigentümliche Interpretation", war es ihm durch den Kopf gegangen, während er darüber nachgedacht hatte.

Diese Argumentationslinie war immer wieder einmal ins Feld geführt worden, wie beispielsweise als „Lieber Privat statt Gesundheitsdiktat!" plakatiert worden war und kurz darauf die öffentlichen Gesundheitsleistungen abgeschafft worden waren. Über die Jahre hatte es immer wieder verschiedene Formen angenommen, doch die Gemeinsamkeit war die Kürze der Aussagen, sowie ein bei genauem Hinsehen gar nicht dazu passendes Bild und vor allem die Kurzsichtigkeit von dem, was darauf vermittelt wurde.

Besonders skurrile Züge hatte es immer dann angenommen, wenn Wahlen angestanden waren. *„Er für dich!"*, *„Sie für euch!"*, *„Du für sie!"* oder *„Ihr für ihn!"* war praktisch auf jedes Plakat gedruckt worden, das man zu Gesicht bekommen hatte. Darauf zu sehen war stets der Spitzenkandidat oder die Spitzenkandidatin der verschiedenen Parteien gewesen, die lachend sowie mit ausgestreckten Armen einfach in irgendeiner schönen Landschaft gestanden waren.

Beliebt waren auch bewundernswerte Charaktereigenschaften wie *„Stark!"*, *„Mutig!"*, *„Menschlich!"* oder *„Gerecht!"*, die den Kandidaten einfach angedichtet und auf mit deren Gesichtern bebilderten Sujets gedruckt worden waren, ohne dass diese solche Eigenschaften jemals tatsächlich gezeigt hätten.

Skurril waren diese Vorgänge, weil je nach Wahl bis zu zehn verschiedene Parteien oder Listen teilgenommen hatten. Doch irgendwann hatte es den

Eindruck gemacht, als wären alle Plakate von einer Partei, weshalb es sogar ein Stück weit nachvollziehbar war, dass so mancher das Gefühl bekommen hatte, es mache sowieso keinen Unterschied mehr, wen man wählte. Oder ob man überhaupt wählen ging oder eben nicht.

Die Parteien hatten entgegen ihrer immer wieder einmal ausgesprochenen Behauptungen auch nicht wirklich den Eindruck gemacht, diese Entwicklung stoppen zu wollen und hatten einfach immer so weitergemacht. Bei einer der letzten Wahlen hatte das zu einem fast schon satirisch wirkenden Vorfall geführt, nämlich dass gleich vier verschiedene Parteien mit dem Slogan „*Normal wie du!*" geworben hatten.

In den letzten Jahren war es bei dieser Form der Kommunikation in Mode gekommen, vermehrt auf Begriffe zu setzen, die nach vorne gerichtet waren und auf irgendeine Weise eine Verbindung zum Hier und Jetzt herstellten. Das lag vielleicht auch daran, dass so etwas wie Wahlen im Grunde obsolet geworden waren, da niemand wusste, wann die nächsten stattfinden würden oder ob es überhaupt noch einmal welche geben würde.

So entstanden stattdessen Sujets mit den Worten „*Morgige Freiheit durch jetzige Kontrolle!*", als nach dem 'Umbruch' die Überwachung ausgebaut worden war oder eben das nun aktuell forcierte *„Die Zukunft beginnt heute!"*.

Zwischendrin wurden allerdings immer wieder einmal klassische Parolen wie *„Unsere Moneten für unsere Kinder"* lanciert, bei dem sich nach wie vor die Fragen stellten, was mit 'unser' gemeint war und um welche Moneten beziehungsweise um welches Geld oder welche Kinder es sich überhaupt handelte. Das darauf abgebildete Kleinkind, welches - anhand seines so freudigen Lachens erkennbar - anscheinend einen Heidenspaß daran hatte, mit Geldscheinen zu spielen, hatte dafür gesorgt, dass diese Fragen in den Hintergrund gerückt waren. Es hatte doch so glücklich und süß ausgesehen.

Auch die zu anfangs so beliebte und mittlerweile etwas aus der Mode gekommene Reimform mit Sprüchen wie *„Liebevolle Pflege statt importierter Zwangsehe!"* oder *„Natürliche Geschlechterdominanz statt überheblicher Genderarroganz!"* wurden zwar in kleinerem Ausmaß und nicht mehr so prominent, aber doch immer noch propagiert. Bei diesen wurden mittlerweile auf Bilder verzichtet und die Reime standen für sich allein.

„Vielleicht weil diese Reime so bescheuert sind, dass sie nicht einmal mehr Bilder dazu finden. Stattdessen stellen sie jetzt einfach zwei Sachverhalte gegenüber, die in keinster Weise in Verbindung miteinander stehen, oder verlassen sich auf die unterstellten

Attribute wie 'natürlich' versus 'überheblich', obwohl die nichts mit der Sache zu tun haben", waren seine Gedanken dazu, als er sich an diesen erst kürzlich auf einer Internetseite gesehenen Schriftzug ohne ein Bild erinnerte.

Was die gut erkennbare Verbindung zwischen all den unterschiedlichen Arten dieser Informationskampagnen war und bis heute auf keinem Einzigen der besagten Plakate gefehlt hatte, war das Rufzeichen am Ende der abgedruckten Worte oder Parolen. Es war dieses Rufzeichen, das so sinnbildlich für so vieles war und verdeutlichte, was Aurora zu tun hatte, wenn sie vor diese Kommission treten musste. Einen jeden Satz, ohne zu zögern und so hart auszusprechen, als ob ein Rufzeichen am Ende davon stünde.

Dieser Rückschluss erinnerte ihn schließlich daran, dass er eigentlich etwas anderes zu tun hatte, und brachte ihn dazu, nicht länger vor dem Plakat zu verweilen, sondern – weiterhin innerlich kopfschüttelnd - weiterzugehen.

Auch wenn es aufgrund dieses Intermezzos mit dem Plakat einen Moment lang nicht den Anschein machte, reichten die Ablenkungen dennoch aus, um die Gedankenkreise nicht zu aufdringlich sowie die Unsicherheit in ihm nicht zu groß werden zu lassen. In der Zeit, die noch zu überbrücken war, führte er ein - für ihre Verhältnisse - langes

Gespräch mit Nico Robin, bevor Aurora an diesem Abend in dem Bücherzimmer eintraf.

Aurora hatte hart an sich gearbeitet und die kleinen verräterischen Zeichen, die zeigten, dass sie log oder das Gesagte in Wirklichkeit ganz anders meinte, so gut wie abgelegt. Am Sonntag schaffte sie es dann sogar zum ersten Mal, bei keinem einzigen Beispiel eines davon zu zeigen. Auch die gewünschten Einschätzungen, deren Inhalte sie persönlich geradezu abstoßend fand, trug sie ohne größere Pausen oder das Nutzen von Füllwörtern vor, welche Unsicherheit vermittelt hätten. Sogar ihre Hände und Füße hielt sie ruhig, während sie auf dem extra gekauften, drahtigen Aluminiumstuhl saß und geradezu referierte. Nichts gab etwas über ihren inneren Zustand preis.

Er war sich so gut wie sicher, dass sie es schaffen würde, wenn sie nicht ausgerechnet Mina als Aufgabe bekommen sollte. Dieses Szenario spielten sie am Montag- und Dienstagabend durch und Aurora bekam es am Ende durchaus überzeugend hin. Doch weder er noch sie wussten, wie sie reagieren würde, wenn sie ein Video von Mina vorgespielt bekommen sollte und sie dieses ihnen bekannte und ans Herz gewachsene Gesicht vor sich sehen würde und dabei vielleicht sogar etwas zu ihrer Geschichte erfahren könnte.

Es war einer dieser Unsicherheitsfaktoren bei Plänen oder Vorhaben, auf die man sich nicht hundertprozentig vorbereiten konnte, denn sie hatten nicht einmal ein Bild von Mina, geschweige denn ein Video. Und von ihrer Vergangenheit wussten sie gar nichts. Als Aurora am Dienstagabend nach Hause ging und er ihr ein letztes Mal Mut zusprach, war ihnen beiden anzumerken, dass sie eine gewisse Sehnsucht nach dem Donnerstag verspürten, denn da wüssten sie beide endlich, ob alles so wie geplant geklappt hatte.

Tim war die gesamte Woche nicht vor Ort, also waren sie, als der Mittwoch gekommen war, vorerst alleine im Büro. Es war früher Vormittag und Captain wollte erst in ungefähr einer Stunde kommen, um Aurora abzuholen und sie zum 'Evaluierungsgespräch' zu begleiten.

Captain hatte darauf bestanden, das zu tun, und sie hatten bereits gerätselt, was es damit auf sich haben könnte. Seine Vermutung war, dass es etwas mit dem Geheimnis um das als kleine goldene Sonne getarnte Abhörgerät zu tun hatte, von dem Captain glaubte, dass nur sie und Aurora es teilten.

„Vielleicht will sie kontrollieren, ob du ja keine Miniaturabhörvorrichtung auf deiner Kleidung anbringst, bevor du dort hineinspazierst", hatte er am Vorabend noch gewitzelt und Aurora damit ein kurzes Schmunzeln entlockt, welches dennoch von einer merklichen Nervosität gekennzeichnet gewesen war.

Vielleicht wollte Captain Aurora auch einfach nur zur Seite stehen, um ihr so etwas von der Nervosität zu nehmen. Es musste ihr aufgefallen sein, dass Aurora zunehmend mit ihren Nerven zu kämpfen hatte, je näher der Mittwoch gerückt war. Ihm machte das allerdings keine Sorgen, denn sobald sie in die Rolle geschlüpft war, die sie bei dem 'Kontrollverhör' einnehmen wollte, war die Nervosität wie wegzaubert und Aurora spulte geradezu automatisch ihr Programm herunter. Er war sich sicher, dass sie genau das auch dort in dem dunklen, kalten Raum tun würde, doch bis es soweit war, kam ihre Gefühlslage vermehrt zum Vorschein.

Die Nervosität kam in einer gewissen Zerstreutheit zum Ausdruck und Captain hatte diese hautnah miterlebt, als sie am Vortag auf ihre von Aurora zubereitete Tasse Kaffee verzichten musste. Aurora hatte schlicht vergessen, in der Pause einen aufzukochen. Und das, obwohl sie bereits in der Teeküche gestanden war und sogar den großen Espressokocher auf dem Herd platziert hatte. Allerdings befand sich weder Wasser in dem Kocher noch hatte sie den Herd aufgedreht. Als das Malheur schließlich aufgefallen war, war die Pause so gut wie vorbei und Captain hatte keine andere Wahl gehabt, als sich zwischen einem Kaffee oder dem korrekten Einhalten der von ihr vorgegebenen

Pausenzeiten zu entscheiden. Ihre Wahl fiel wenig überraschend auf Zweiteres.

Gut eine halbe Stunde später war Captain dann vor Auroras Schreibtisch gestanden und hatte verkündet, sie zu dem 'Evaluierungsgespräch' zu begleiten, um, wie sie es ausgedrückt hatte: „ … sicherzustellen, dass wir dann wirklich gleich am nächsten Tag wissen, ob du es geschafft hast oder nicht."

„Vielleicht werde ich irgendwann doch noch aus Captain schlau", hatte er sich gedacht, als er die Szene beobachtet hatte. Ihm war dabei aufgefallen, dass Captain eine beinahe schon übertrieben freundliche Stimmlage gewählt hatte, die er so noch nie bei ihr wahrgenommen hatte.

„Ich glaube sie möchte nicht, dass ich schon vor dem Gespräch ins Schwitzen komme", erklärte ihm Aurora nun, während sie auf Captains Ankunft warteten und nochmal die Begleitung durch sie thematisierten.

„Ins Schwitzen kommst du so oder so", antwortete er, während er Auroras Kleidung betrachtete. Wie er feststellte, hatte sie bei der Auswahl von dieser wohl eindeutig nur den Eindruck, den das Getragene machte, in den Mittelpunkt gestellt und nicht auf das Wetter geachtet. *„Oder sie hat, bevor sie aus dem Haus gegangen ist, auf den Kalender und nicht* *aus dem Fenster geschaut"*, kam ihm eine weitere Erklärung in den Sinn, die er sich allerdings nicht traute laut auszusprechen, um nicht Gefahr zu laufen, Aurora zusätzlich zu verunsichern.

Die dunkle lange Jeanshose, die Aurora trug und in die sie ein weißes Hemd gesteckt hatte, war aus dickem Stoff und wirkte warm. Für die dunkle Jacke, die ein wenig an ein Jackett erinnerte und die sie über dem Hemd trug, galt dasselbe. Ihre streng zusammengebundenen Haare komplettierten den Eindruck einer Frau, die eine gewisse Härte sowie Strenge ausstrahlte und dem Anschein nach auch Wert auf das Einhalten von Regeln legte. Was noch fehlte, um die Täuschung perfekt zu machen, war der passende Gesichtsausdruck, der sich noch nicht so richtig einstellen wollte.

So wie Aurora eingepackt war, war das allerdings kein Wunder. Pünktlich in der Früh war eine Novemberhitzewelle eingetroffen und es hatte schon beinahe fünfundzwanzig Grad. Die Temperatur sollte sich laut den Meteorologen im Laufe des Tages bei etwa dreißig Grad einpendeln und bis zur nächsten Woche sollte es so bleiben. Wenn eine solche Welle erst einmal da war, konnte man davon ausgehen, dass diese auch wirklich für ein paar Tage bleiben würde. Sogar in der Nacht sollte die Außentemperatur nicht auf unter fünfundzwanzig Grad fallen.

Einzig die ebenfalls angekündigten Gewitter, die laut Prognose durchaus heftig ausfallen konnten, würden immerhin vorübergehend für etwas Abkühlung sorgen, wenn sie denn wie vorhergesagt eintreffen sollten. Er war beinahe erleichtert über das genau jetzt auftretende seltsame Novemberwetter, welches im Grunde gar nicht mehr so ungewöhnlich war. Er hatte sich ein solches sogar gewünscht. Aurora jedoch kämpfte aufgrund ihrer Kleiderwahl sichtlich damit, wie nicht nur an ihrem latent gequälten Gesichtsausdruck zu erkennen war, sondern auch an einzelnen Schweißperlen, die ihr auf der Stirn standen.

„Ich habe mich gefragt, wie Captain sich zu so einem Anlass anziehen und stylen würde", antwortete Aurora kleinlaut auf seine nun doch gestellte Frage, weshalb sie genau dieses Outfit ausgewählt hatte.

Als er bemerkte, dass er sie mit der Frage, und das obwohl er sie extra vorsichtig formuliert hatte, anscheinend wieder in Richtung Unsicherheit und Nervosität getrieben hatte, beruhigte er sie, indem er ihr vor Augen führte, dass sowohl Captains Auto als auch die dortigen Räumlichkeiten klimatisiert und kühl waren.

„Das ist auch notwendig, dort laufen doch immer alle so herum wie du heute", hatte er seine Ausführung mit einem Augenzwinkern beendet und es somit für Aurora glaubhaft gemacht. Sie antwortete zwar nicht mehr darauf und schien sich lieber auf sich selbst zu konzentrieren zu wollen, doch sie tat das ruhig und ohne ein kleinstes Anzeichen von Stress oder Hektik zu zeigen.

Er war erleichtert, dass sie die Argumentation wieder beruhigt hatte. Auch wenn er wusste, dass Auroras Aufregung und Nervosität eine Herausforderung für sie waren, war er weiterhin guter Dinge, was das erfolgreiche Absolvieren des 'Evaluierungsgesprächs' anging.

Sie war gut vorbereitet und er ging davon aus, dass sich die trainierten Mechanismen ab einem bestimmten Punkt wie von selbst einschalten und zu laufen beginnen würden. Dann würde sie diese nach außen präsentieren, selbst wenn es in ihr drin gänzlich anders aussah. So stellte er es sich jedenfalls vor, denn so kannte er es von sich selbst.

Trotzdem hätte er gerne mehr für sie getan. Immer wieder und lange hatte er die letzten Tage vor dem Einschlafen überlegt, wie er ihr noch helfen könnte, doch er wusste, dass sie ab dem Zeitpunkt, wenn Captain das Büro betrat, auf sich alleine gestellt war. Mitzukommen war keine Option. Selbst wenn Captain es erlaubt hätte, hatte er keine Zeit, denn er hatte heute noch etwas anderes zu tun, das seine volle Aufmerksamkeit erforderte.

Dennoch wollte er Aurora bei dieser schweren Aufgabe zumindest auf irgendeine Weise zur Seite stehen. Er erhob sich von seinem Stuhl und ging langsam auf Aurora zu, die an ihrem Tisch saß und in ihren Gedanken gerade das auf sie zukommende Prozedere durchzugehen schien. Sanft fasste er ihr an die Schulter, um sie nicht zu erschrecken.

„Aurora", sprach er sie leise an, holte sie zurück in die Realität, griff nach einer Schere, die auf ihrem Tisch lag und ließ sie mit ruhigem sowie einfühlsamem Ton wissen: „Ich habe etwas für dich!"

Er hatte lange gegrübelt, was er ihr geben könnte, um ihr beizustehen, und irgendwann wurde ihm klar, dass er nichts besaß, was als Präsent für die eine Person, der er so viel zu verdanken hatte, geeignet war. „Nichts außer ...", war ihm vorgestern Nacht in seinem Bett schließlich doch noch etwas eingefallen.

Er nahm die Schere in seine linke Hand, führte diese zu seinem rechten Handgelenk. Zaghaft und ein bisschen tollpatschig durchschnitt er den Knoten des weißblauen Armbands, welches nun schon einige Zeit darauf geruht hatte und eigentlich schon zu einem Teil von ihm geworden war. „Egal, wie das heute ausgeht, ich werde es nicht mehr brauchen, um mich an seine Bedeutung zu erinnern. Deshalb ist es bei ihr besser aufgehoben", dachte er sich, denn sein Entschluss stand fest.

Aurora blickte ihn etwas verwirrt und fragend an, nachdem sie ihn dabei beobachtet hatte, wie er mit der Schere in seiner linken Hand, mit der er so gut wie noch nie etwas durchschnitten hatte, herumhantierte. Schließlich hatte er es geschafft, sich des Stoffarmbands zu entledigen.

Als ob das Herunterschneiden nicht schon Herausforderung genug gewesen wäre, hatte er auch noch darauf geachtet, es so zu durchschneiden, dass die Enden lang genug blieben, um es auf einem dünneren Handgelenk als seinem befestigen zu können.

„Dieses ... Dieses Armband ...", holte er seufzend und ein wenig melancholisch aus. Er sammelte sich kurz. „Dieses Armband ... Es ist alles, was ich habe. Es ist das Einzige in meinem Besitz, das von Bedeutung für mich ist. Wenn ich an mir zweifle, sehe ich es an und weiß wieder, wer ich bin. Wenn ich Angst habe, greife ich nach ihm und finde wieder Mut. Es gibt mir die Kraft, die ich benötige, um in dieser Welt wieder Mensch sein zu können. Denn es erinnert mich an diejenigen, die an mich glauben und gibt mir Vertrauen in mich selbst ... Ein ganz besonderer Mensch hat es mir einmal geschenkt und eigentlich hatte ich vor, niemals zuzulassen, dass es jemals wieder von meinem Handgelenk verschwindet, aber ich denke, im Moment brauchst du seine Magie dringender als ich ... Ich hoffe, es hilft dir heute jemand anders zu sein, so wie es mir geholfen hat, wieder der zu werden, der ich bin."

Er fasste nach ihrer rechten Hand, ging auf die Knie und legte das Armband um ihr Handgelenk.

„Aber ... Aber dann hast du es ja nicht mehr", hörte er Auroras zaghafte, leicht bebende Stimme.

„Ich weiß und das ist in Ordnung", antwortete er ruhig. „Es ist ein Teil von mir und ich will nicht, dass du ganz alleine durch diese schwere Prüfung musst ... Ich bitte dich, nimm es zumindest für den heutigen Tag und ich trage es einfach weiter in meinem Herzen."

Er zitterte, als er viel zu lange brauchte, um das Armband mit seinen ungeschickten Handbewegungen an ihrem Handgelenk zu befestigen. Nichtsdestotrotz genoss er jede einzelne Sekunde davon. Ihre Haut fühlte sich weich und zart an und mehr noch als die Berührungen war es die geistige Nähe zu ihr, die er dabei verspürte, die sein Herz plötzlich spürbar schneller schlagen ließ.

„Danke ...", flüsterte Aurora mit stockender Stimme, die fast nach einem Hauch von Sprachlosigkeit klang und wirkte dabei berührt.

„Und ich habe mir gerade richtig Mühe gegeben. Wenn ich dir also wichtig bin, dann trägst du es nach diesem Tag weiterhin", ergänzte er mit einer augenzwinkernden Anspielung auf den Moment, als sie damals das Armband an seinem Handgelenk befestigt hatte. Obwohl er es nach außen nicht so vermittelte, meinte er es innerlich wohl ernster, als es ihm in diesem Moment klar war.

Aurora lächelte und fiel ihm um den Hals. „Danke!", flüsterte sie ihm erneut zu, während sie ihn innig umarmte.

„Wie der Himmel und die Wolken", dachte er sich, als er die innige Umarmung erwiderte und für einen kurzen Moment glaubte, bemerkt zu haben, dass auch ihr Herz schneller schlug.

„Gut, dass sie jetzt das Armband trägt. Es passt doch so wunderbar zu ihren Augen."

☼

„Ach, komm schon, du hast doch gewusst, dass ich mich melde, sobald ich es weiß ...", wirkten Auroras Worte mittlerweile mehr vorwurfsvoll als verärgert, was wohl daran lag, dass sie ihn bereits während der gesamten Fahrt zur Kuppel ihren Ärger spüren hatte lassen.

„Entschuldigung, ich habe echt nicht damit gerechnet, dass du es schon am selben Abend weißt und mein Handy daheim liegen gelassen, als ich losgezogen bin", entgegnete er, nachdem er einmal tief an seiner Zigarette gezogen hatte, zum wiederholten Male.

Seit dem gestrigen Tag hatte er ihr das bereits mehrmals gesagt – sowohl über das Telefon als auch persönlich.

„Ich habe dich doch gestern Vormittag gleich zurückgerufen, als ich deine verpassten Anrufe auf der Hülle gesehen habe, oder nicht?", ergänzte er abermals etwas, das er Aurora bereits einige Male gesagt hatte, und hoffte weiterhin, dass sie das Gesagte doch noch beschwichtigen könnte.

Jetzt, da sie auf einem Parkplatz direkt vor der Kuppel standen und gemeinsam mit rund fünfzehn anderen Personen darauf warteten, dass sie jemand abholte, um sie zu der Untergrundbahn zu geleiten, die sie ins Innere der Kuppel bringen sollte, schienen seine Worte und Argumentationen endlich bei Aurora anzukommen.

„Ja, das hast du, ich weiß", klang sie zum ersten Mal etwas einsichtig und trotzdem schwang Frustration in ihrer Stimme mit. „Ich war mir so sicher, dass du es so schnell wie möglich wissen willst und ich habe mich so darauf gefreut, es dir zu sagen.

Deswegen hat es mich dann gestört, dass du nicht abgehoben hast und ... Und naja, vielleicht habe ich mich mir auch ein wenig Sorgen gemacht", gewährte sie ihm erstmals Einblicke in ihre Sichtweise der Geschichte. Bis jetzt war sie noch nicht dazu gekommen oder vielleicht wollte sie es auch nicht.

„Es tut mir echt leid und du hast ja recht, dass ich es am liebsten sofort und ohne Verzögerung erfragt hätte ... Wenn ich gewusst hätte, dass du es so schnell weißt und mich gleich anrufst, hätte ich extra darauf geachtet, mein Handy einzustecken", erklärte er sich noch einmal, bevor er endgültig einen Punkt hinter das Thema setzen wollte. Während er den Rauch aus seinem Mund entließ, teilte er ihr das für ihn Wesentliche mit: „Nur habe ich das leider nicht. Wie du weißt und ich dir schon am Telefon erklärt habe, habe ich die Nacht weder zu Hause noch alleine verbracht und die verpassten Anrufe von dir erst am Donnerstagvormittag gesehen, als ich nach Hause gekommen bin. Das Wichtigste ist doch, dass du das 'Evaluierungsgespräch' mit Bravour gemeistert hast und jetzt über alle Befugnisse verfügst, oder?"

„Das stimmt schon, das ist das Wichtigste und es geht mich ja eigentlich nichts an, was du an einem freien Abend machst, nur ...", sagte Aurora nun in einer fast kleinlaut klingenden Stimmlage und leicht gesenktem Kopf. Es schien etwas in ihr vorzugehen, denn plötzlich vollzog sie mit ihren Worten eine 180-Grad-Drehung und schien das Thema ihrerseits beenden zu wollen. „Egal, danke jedenfalls, ich weiß echt nicht, ob ich es ohne deine Hilfe geschafft hätte. Obwohl ich froh bin, dass doch nicht Mina meine Aufgabe war! Und jetzt konzentrieren wir uns auf das, was vor uns liegt", ließ sie ihn wissen, während sie ihn anlächelte und mit ihrer Hand auf seine Schulter klopfte. „Außerdem ist das schon irgendwie cool. Jetzt ist da diese Riesenfeier und das direkt, nachdem ich es geschafft habe. Lass uns einfach so tun, als wäre diese Feier für mich, auch wenn ich außer dir fast niemanden kenne", ergänzte Aurora mit einem Augenzwinkern und geradezu euphorisiert, während sie sich aufmachte, um zu den anderen Leuten aufzuschließen, die sich in etwas Entfernung langsam in Bewegung setzten. Mit einem schwungvollen Handzeichen und aufgeregtem Gesichtsausdruck signalisierte sie ihm, das ebenfalls zu tun.

„Okay, dann tun wir so, als wäre das deine Feier", antwortete er mit einem liebenswert gemeinten und trotzdem ungläubig wirkenden Grinsen, bevor er schon im Losgehen seine Zigarette ausdrückte und sich dachte: *„Ob das eine Feier wird, wie du sie dir für dich gewünscht hättest, wage ich aber leider trotzdem zu bezweifeln."* Er hütete sich davor, diese Gedanken laut auszusprechen. Einerseits wollte er nicht den eben erst wiederhergestellten Burgfrieden gefährden, indem er sofort eine neue Diskussion vom Zaun brach, und andererseits gefiel ihm ihr etwas eigenartig klingender Vorschlag sogar ein wenig, wie er verwundert feststellte.

Sie waren gut zwanzig Meter vom Rest der Gruppe entfernt gestanden, während sie gewartet hatten. Sie hatten zwar beide den Moment herbeigesehnt, endlich die eben beendete Diskussion führen zu können, waren dabei jedoch nicht unbedingt erpicht darauf gewesen, währenddessen von anderen Personen belauscht zu werden.

Bei ihrem gestrigen Telefonat hatten sie sich, nachdem er ein erstes Mal die Gründe für seine Nichterreichbarkeit am Vorabend und in der Nacht dargelegt hatte und noch bevor Aurora darauf eingegangen war, darauf geeinigt, die Sache persönlich zu besprechen. Zu diesem Zeitpunkt hatten sie nicht damit gerechnet, dass es bis hierhin dauern sollte, bis sie die Gelegenheit dazu hatten.

Ursprünglich wollten sie sich heute schon früher treffen, doch am gestrigen frühen Vormittag war in der Gegend, in der sie sich nun befanden ein heftiges Gewitter aufgezogen und dann langsam weiter Richtung Stadt gezogen, die es dann kurz vor Mittag erreicht hatte. Eine der Folgen dieses schon als Unwetter zu wertenden Gewitters war, dass Auroras kleines Haus, in dem sie lebte, beschädigt worden war. Die Schäden waren nicht allzu groß und trotzdem reichten sie aus, um die mit der Reparatur beauftragten Handwerker länger zu beschäftigen als ursprünglich angenommen. Diese hatten auch noch am heutigen Vormittag an dem Haus gewerkt, weshalb sich Aurora und er sich erst heute Mittag pünktlich zur Abfahrt treffen konnten, obwohl sie extra ein zeitiges Aufeinandertreffen geplant hatten, um die Sache vor dem Losfahren klären zu können.

Gerade als er ihr dann erklärt hatte, dass er sie gleich zurückgerufen habe, als er am Donnerstagvormittag ihre verpassten Anrufe gesehen hatte, kam auch schon der Kleinbus an, der sie dann hierher zu der Kuppel beförderte. Darin saßen noch fünfzehn weitere Personen. Es war also nicht daran zu denken gewesen, ihren Disput während der Fahrt zu führen. Erst hier auf dem riesigen frisch asphaltierten Parkplatz vor der Kuppel fanden sie die Zeit, sich endgültig auszureden.

Er war erleichtert darüber, denn er hatte das Gefühl, dass Aurora verärgert, wenn nicht sogar richtig böse auf ihn gewesen war. Ob das wirklich stimmte, wusste er zwar nicht, aber er hatte in so mancher ihrer Aussagen eine gewisse Aggression ihm gegenüber wahrgenommen.

Bei ihrem Fluchen aufgrund des Anblicks der umgestürzten Bäume und der Schäden, die das Gewitter in den Wäldern und Gebieten zwischen der Stadt und der Kuppel angerichtet hatte, hatte er diese latenten Schwingungen in seine Richtung noch mit ihren jüngsten sowie noch frischen Erfahrungen bezüglich ihres eigenen Hauses erklären können. Doch bei anderen Aussagen konnte er das nicht mehr. Vielleicht hatte es auch nicht unbedingt geholfen, dass er bei dem erwähnten Fluchen über die Schäden in der Natur nicht so gehandelt hatte, wie sich das Aurora wohl vorgestellt hatte. Anstatt Mitgefühl ihr und ihrer Situation gegenüber zu zeigen, hatte er völlig anders reagiert. Er hatte zwar davon gehört, aber das Ausmaß der doch als mittleren Verwüstung zu bezeichnenden Schäden zu sehen, die der Sturm und das Gewitter gerade in den Bergen und Wäldern zwischen der Kuppel und der Stadt verursacht hatte, hatten seine Augen aufleuchten lassen und ihn geradezu erfreut, was er mit einem schelmischen Schmunzeln und einem beinahe erleichtert klingenden Seufzen zum Ausdruck gebracht hatte.

„Vielleicht bin ich doch auch ein Glückskind ...", hatte er sich sogar kurz gedacht, bevor er Auroras irritierten Blick bemerkt hatte und sich unverzüglich alle Mühe gegeben hatte, das Schmunzeln aus seinem Gesicht verschwinden zu lassen. Seiner Meinung nach war ihm das eigentlich gut und vor allem rasch gelungen.

Ob das der Grund für Auroras bisweilen fast ein wenig feindseligen Gemütszustand gewesen war, es doch seine Nichterreichbarkeit am Mittwochabend oder vielleicht doch etwas ganz anderes war, war im Grunde genommen egal, aber seiner Meinung nach mussten die Ursachen für einige von Auroras weiteren Verhaltensweisen und Aussagen während der Fahrt eindeutig an ihm gelegen haben.

So interpretierte er jedenfalls das Verdrehen ihrer Augen, als sie ihn nach der Person gefragt hatte, mit der er die Nacht von Mittwoch auf Donnerstag verbracht hatte. Er wollte nicht darauf antworten. Aurora bedankte sich dafür mit spitzen Aussagen wie etwa „Du siehst auch nicht so aus, als ob du die letzten zwei Tage genug geschlafen hättest" sowie provokante Fragen wie beispielsweise „Hat sich das Schnarchen deiner Nachtbekanntschaft etwa negativ auf die Qualität deines Schlafes ausgewirkt?".

Er war nicht weiter darauf eingegangen, um nicht zusätzlich Öl ins Feuer zu gießen und das anstehende Gespräch komplizierter zu machen, als es ohnehin schon gewesen war. Das war die richtige Entscheidung, wie er nun für sich beurteilte. Sie hatten das Gespräch hinter sich gebracht und es schien soweit wieder alles im Lot zu sein, was ihm recht war, denn zu zweit als Team waren die kommenden fast vierundzwanzig Stunden mit Sicherheit leichter zu bewältigen als alleine. Abgesehen von der Information, dass es sich um eine Eröffnungsfeier mitsamt Übernachtung handelte, konnten sie nicht wirklich abschätzen, was auf sie zukommen würde.

Als Captain ihnen zum ersten Mal davon erzählt hatte, hatte er sich die Feier in seinem Kopf ein wenig als eine Art Weihnachtsfeier vorgestellt, also passender zu der normalerweise kalten Jahreszeit, in der sie sich eigentlich gerade befanden. Jetzt kam ihm dieser Gedanke absurd und geradezu grotesk vor. Die Sonne stand schon tief, aber es war noch Nachmittag und wie vorhergesagt war es weiterhin deutlich zu heiß für den Spätherbst.

Die gesamte Gruppe, also auch Aurora und er, war sommerlich gekleidet und es machte eher den Eindruck, als wären sie auf dem Weg zu einer Strandparty, nur dass der Strand eine riesige aus Plexiglasscheiben bestehende Kuppel war und sie nicht wussten, welches Wetter und welche Temperaturen sie dort drinnen erwarten würde. Für den Moment hätten sie nicht einmal die Möglichkeit gehabt, sich etwas überzuziehen, denn ihre beiden Reiserucksäcke mussten sie in dem Bus zurücklassen, da diese eigens abgeholt wurden, wie sie von dem Fahrer gehört hatten.

Aurora und er hatten in der Zwischenzeit zu der Gruppe aufgeschlossen, die im Gänsemarsch einem Mann folgte, der in eine Uniform gesteckt worden war. Da sie am hinteren Ende gingen, konnte er den Mann nicht wirklich gut erkennen, doch gut genug, um festzustellen, dass es sich um kein für ihn bekanntes Gesicht handelte und somit auch nicht um Jonathan, den er in Anbetracht dieser Aufgabe erwartet hatte.

„Schade, ich habe gehofft, dass uns Jonathan hier abholt", hatte Aurora den gleichen Gedanken, den sie ihm mitteilte, während sie sich mit ihrem Arm in den seinen einhakte.

Als Letzte der Gruppe schritten sie durch ein großes Tor, hinter dem eine langgezogene Treppe nach unten führte. Es hätte auch noch einen Lift gegeben, der allerdings für weniger Personen ausgelegt war, sowie ein zweites weitaus größeres Tor ein paar Meter weiter. Doch dieses war für den Güter- und Warentransport vorgesehen und nicht für Menschen. So erklärte es ihnen der uniformierte Mann, nachdem sich eine zwar etwas aufgekratzt und trotzdem ordentlich spießig wirkende rothaarige Frau, die bereits im Kleinbus ganz vorne gesessen war und jetzt erneut ganz vorne ging, nach dem zweiten Tor erkundigt hatte.

„Ich habe schon fast wieder vergessen, was die eigentliche Bedeutung dieses Ortes ist", dachte er sich, als der Mann in der Uniform ergänzte, dass die zur Unterbringung in der Kuppel vorgesehenen Menschen ebenfalls über das größere Tor und von der hinter diesem befindlichen Untergrundbahn in das Innere gebracht werden sollten.

Wissenschaftler, extern Angestellte und Gäste durften hingegen den Weg nehmen, auf dem sie sich gerade befanden.

„Wir sind Menschen und die anderen anscheinend nicht ...", kam ihm wenig später in den Sinn, als er sich in der mit gepolsterten Bänken ausgestatteten sowie hell beleuchteten Station umschaute und einen ersten Blick auf die moderne, komfortable Bahn warf, die bereits auf sie wartete.

Diese war innen ebenfalls gepolstert, gut beleuchtet und bei jedem Sitz befand sich ein Gurt, der für die Sicherheit sorgen sollte. Er wollte sich nicht vorstellen, wie die Station sowie die Bahn mitsamt den Waggons ausschaute, die hinter dem anderen Tor vorzufinden waren.

Stattdessen hatte er plötzlich Minas Gesicht vor Augen und fragte sich, ob es ihr gut ging und ob sie vielleicht böse auf ihn war, dass er sich nach der Verabschiedung einfach aus der Umarmung gelöst hatte und gegangen war, obwohl ihr Tränen in den Augen gestanden waren.

„Es wird ihr gut gehen und sie hat doch jemanden, der auf sie aufpasst", beruhigte er sich selbst, ohne das Thema vor Aurora anzusprechen.

Aurora war erstaunlich still und schien anfangs damit beschäftigt gewesen zu sein, mit großen Augen die Umgebung zu begutachten. Nun, da sie nebeneinander auf ihren Plätzen saßen und sich die Bahn in Bewegung setzte, schien sie dasselbe mit ihren Mitreisenden zu tun. Er war gespannt, ob sie zum gleichen Schluss wie er kommen würde. Denn seiner Meinung nach schaute gut die Hälfte der Personen nicht so aus, als wären sie dienstlich unterwegs. Und sie verhielt sich auch nicht so.

Die rothaarige Frau war eine von ihnen. Sie stellte laufend Fragen und machte Anmerkungen, die den Verdacht nahelegten, dass sie überhaupt nichts über die Kuppel wusste. Ein junger Mann in Tanktop, Badehose und Flip-Flops sowie eine Frau, die obenrum etwas trug, von dem er nicht sagen konnte, ob es sich um ein Bikinioberteil oder doch einen BH handelte, waren zwei weitere Beispiele.

„Bikini oder BH?", flüsterte er Aurora zu, als er sah, wie sie mit rauchendem Kopf und gerunzelter Stirn immer wieder aufs Neue auf die Oberweite eben dieser Frau blickte.

„Das versuche ich doch gerade herauszufinden", konnte sie ihm allerdings auch keine Antwort darauf geben.

„Na, dann suchen wir es uns einfach aus ... Es ist ja deine Party, also was sagst du?"

„That's the spirit", war Aurora über seine Anmerkung erfreut.

Sie schmunzelte kurz, bevor sie ihm mit Irritation in der Stimme mitteilte: „Eigentlich ist es mir ja egal und solange es für sie passt, soll sie tragen, was sie möchte, nur würde ich, egal ob es jetzt das eine oder das andere ist, so etwas niemals zu einer dienstlichen Veranstaltung anziehen. Egal ob es sich dabei um eine Feier handelt oder nicht. Das gilt auch für den Typ in der Badehose. Ich meine, wir sind auch sommerlich gekleidet und haben uns schon zu den kurzen Ärmeln und den kurzen Hosen durchringen müssen."

„Da sind wir einer Meinung", kommentierte er vielsagend und ließ Aurora weiter die anderen Personen beobachten.

Er konzentrierte sich auf einen großen Bildschirm, der ganz vorne und etwas erhöht in dem Waggon angebracht war. *„Außentemperatur:", „Innentemperatur:"* und andere Parameter wie etwa Luftfeuchtigkeit, Windstärke, Niederschlagsmenge oder UV-Strahlung für jeweils innen sowie außen war darauf zu lesen. Allerdings fehlten die dazugehörigen Daten. *„Das letzte Teil ist noch nicht eingesetzt, deshalb funktioniert das mit den Daten noch nicht"*, erinnerte er sich daran, was ihnen bei ihrem ersten Besuch in Bezug auf die Daten und die generelle Funktionsweise der Kuppel erklärt worden war.

Nach einem kurzen Aufblinken waren plötzlich zwei Gesichter auf dem Bildschirm zu sehen, die ein kurzes Schaudern in ihm auslösten. Das lag weniger an deren Anblick, sondern mehr an den darunter stehenden Zitaten, die zu den Gesichtern gehörten.

„Mutter Tanja: Sie alle sind wie unsere Kinder und wir werden ihnen helfen, den richtigen Weg zu finden. Vater Janosch: Wir bringen ihnen bei, dass sich Fleiß und Leistung lohnen, und zeigen ihnen, dass sie mit und durch diese Tugenden ein wertvoller Teil der Gesellschaft sein können", stand in geschnörkelter Schrift unter den beiden Gesichtern, die mit ihrem übertriebenen Grinsen und zusammengekniffenen Augen eher an Grimassen erinnerten.

Gerade als er dabei war, innerlich seinen Kopf darüber zu schütteln, ertönte ein Gong und durch Lautsprecher waren Stimmen zu vernehmen, die eindeutig den nach wie vor auf dem Bildschirm zu sehenden Eltern zuzuordnen waren. „Liebe Freunde!", begann die aufgenommene und nun abgespielte Durchsage mit von der Mutter und dem Vater unisono gesäuselten Worten. Bei dem darauffolgenden Rest der Durchsage wechselnden sie sich Satz für Satz ab: „Wenn ihr das hört, bedeutet das, dass ihr zu den Glücklichen gehört, die an unserer Eröffnungsfeier teilnehmen dürfen. Es wird eine lange Nacht bei uns in der weißen Villa werden und es ist von Speis und Trank bis hin zu den Zimmern, in denen ihr nächtigen werdet, alles vorbereitet. Doch bevor es dort in unserem trauten Heim losgeht, wird euch die Ehre zuteil, Zeugen zu werden, wie unserem wunderbaren und so wichtigen Projekt endlich das Leben eingehaucht wird, das es benötigt, um in Zukunft so vielen Menschen helfen zu können. Zu diesem Zweck werdet ihr nach dem Eintreffen bei der Station von unseren bereits vor Ort befindlichen Helfern mit Autos zu dem Bereich der Fassade gebracht, bei dem im Rahmen der Eröffnungszeremonie das letzte fehlende Stück der Kuppel eingesetzt wird. Es wird eine spektakuläre, unvergessliche und feuchtfröhliche Nacht werden, die ihr gemeinsam mit uns erleben dürft! Um richtig in diese starten zu können, gibt es vor eurer Weiterfahrt noch einen kurzen Aufenthalt bei einer kleinen Verpflegungsstation. Lasst uns diesen geschichtsträchtigen Moment gemeinsam feiern und bejubeln, denn die Zukunft beginnt heute!"

Auch wenn er jetzt wenigstens einordnen konnte, wie diese Feier ungefähr ablaufen sollte, hörte sich das Gesagte für ihn weniger nach einem netten Empfang, sondern mehr nach einer Art Drohung an. Das Wissen, dass im Gegensatz zum letzten Mal die Hälfte der Begrenzung nicht mehr aus in den Boden gezeichneten Linien bestand, sondern alles aus massivem bruchsicherem Plexiglas, verstärkten diese Einschätzung. Er spürte das kurze Aufflackern eines Gefühls der Beklemmung in sich.

Er sah zu Aurora, die sich von der Durchsage scheinbar nicht aus der Ruhe bringen ließ, sondern sogar darüber belustigt wirkte. Wenn er die Eltern mitsamt ihrer Art nicht mehr so eindrücklich von ihrem letzten Besuch in Erinnerung gehabt hätte und nicht gewusst hätte, was in dieser Kuppel geplant war, hätte er vielleicht ähnlich reagiert.

Es hatte schon fast groteske Züge, wie der Vater und die Mutter sich bei den abwechselnden gesprochenen Sätzen in der Tonalität zu übertrumpfen versuchten. Die übertriebenen Betonungen von Wörtern und ein fast zufällig wirkendes Auf und Ab in ihren Stimmen wirkte wie ein Wettbewerb darum, wer die größere Aufmerksamkeit sowie Zuspruch erhalte. Dass der letzte Satz genauso wie der Anfang erneut gleichzeitig von den beiden gesprochen wurde, ließ vermuten, dass sie sich nicht darauf einigen hatten können, wem denn nun das letzte Worte gebührte.

„Wenn ich nicht dazu gezwungen wäre, bei denen im Haus zu übernachten, und die Möglichkeit hätte, jederzeit abzuhauen, könnte ich mich vielleicht auch darüber amüsieren", ging es ihm durch den Kopf, während er weiterhin Aurora beobachtete.

Diese war damit beschäftigt, nicht in einen kompletten Lachkrampf zu verfallen, und sichtlich froh, als die Untergrundbahn zuerst langsamer wurde und schließlich stehen blieb.

„Das war knapp", ließ sie ihn mit leisem Ton wissen, während sie die Bahn verließen und direkt danach eine breite Treppe nach oben stiegen. „Das war einfach so komisch und dazu noch dieses bescheuerte Bild von den beiden auf dem Bildschirm, hihi ... Aber ich wollte keine Aufmerksamkeit erregen, weil die anderen Leute so ehrfürchtig zugehört und sie zum Teil so ausgeschaut haben, als würden sie die Eltern geradezu anbeten", ergänzte Aurora kichernd.

Dabei sprach sie lauter als zuvor, da sie abermals mit etwas Abstand am Ende der Gruppe gingen. Dafür mischte sich in das Gesagte ein leichtes Keuchen. Die Treppe zog sich länger, als es zuvor den Anschein gemacht hatte.

„Tja. Jetzt weißt du, wie all die Propheten ausgeschaut haben, als plötzlich die Götter zu ihnen gesprochen haben", antwortete er etwas schneller atmend und mittlerweile schwitzend.

Aurora kicherte neuerlich, während sich auch auf ihrer Stirn Schweiß bildete, denn es wurde von Stufe zu Stufe heißer. Endlich kamen sie am Ende der Treppe an und traten durch ein kleines und dennoch schmuck wirkendes Gebäude, in dem sich allerdings nur Toiletten befanden, nach außen.

Es war heiß und die Luft war unglaublich drückend und trocken. Es erinnerte an eine Sauna. Dass sie mitten auf einer riesigen asphaltierten Fläche standen, die wohl als Parkplatz vorgesehen war, welche die Hitze zusätzlich von unten zurückwarf, machte es nicht angenehmer.

Zu ihrem Glück befand sich die in der Durchsage erwähnte Versorgungsstation nur in ein paar Metern Entfernung. Sie bestand aus einer großen aufgespannten Plane, die Schutz vor der direkten Sonneneinstrahlung bot, und unter dieser befanden sich Ventilatoren sowie andere mobile Kühlanlagen und zur Getränkeausgabe bestimmte Tische.

„Die Kuppel funktioniert noch nicht, solange die letzte Plexiglasscheibe nicht eingesetzt ist, deshalb befinden wir uns jetzt anscheinend in einem riesigen Gewächshaus", sprach Aurora das aus, was er sich gerade selbst gedacht hatte, während sie mit zügigem Schritt zu der provisorischen Verpflegungsstation marschierten. Wasser suchten sie dort allerdings vergeblich. Es gab hinter den zwei zu einer Bar umfunktionierten Tischen zwar, von niedrig- bis hochprozentig, jegliche Formen von Alkohol, doch andere Getränke konnten sie nicht erspähen. Glücklicherweise entdeckte Aurora zwischen den verschiedenen Flaschen und sogar Fässern einen vergleichsweise unscheinbaren Korb mit Obst. Eine schüchtern, wenn nicht sogar eingeschüchtert wirkende Frau in Uniform reichte ihnen diesen, auf Auroras Nachfrage hin, und vollführte dabei einen Knicks.

Einen geteilten Apfel sowie eine ebenfalls geteilte halbe Mango später waren sie allerdings immer noch durstig und er hatte sich innerlich schon damit abgefunden, dass das auch so bleiben sollte, als eine laute Stimme ertönte. Sie stammte von einem der fünf Fahrer, die in gut dreißig Metern Entfernung aufgefädelt bei fünf unterschiedlich lackierten Geländewagen standen. Sie waren in etwas andere Uniformen gekleidet als jene, die sie bis dahin gesehen hatten.

„Abfahrt in zehn Minuten", teilte ihnen die gut hörbare Stimme mit, was auf einige Personen der Gruppe anscheinend wie ein Startschuss wirkte. Während es der Mann mit der Badehose und den Flip-Flops als den Beginn eines Trinkwettbewerbs verstand, den er sich nun mit einem anderen bis jetzt eher unscheinbar auftretenden Mann lieferte, und sich währenddessen sein Tanktop vom Leib riss, da er es mit Bier vollgeschüttet hatte, war die Frau mit dem Bikini-BH-Oberteil augenblicklich damit beschäftigt, sich so viele volle Flaschen, wie sie nur konnte, zu krallen und zwischen die Arme zu klemmen. Die Rothaarige, die stets in der ersten Reihe stand, hatte mittlerweile ihre Spießigkeit verloren, was wohl auch an den fünf leeren Schnapsgläsern lag, die bereits vor ihr standen. Neben ihren Haaren hatte sie noch die ersten Knöpfe ihrer Bluse geöffnet.

Auch Aurora schien etwas vorzuhaben, denn sie schnappte sich zwei leere Tequila-Flaschen, rief ihm ein eiliges „Komm! Mir nach!" zu und lief los. Ein wenig perplex folgte er ihrer Aufforderung.

„Füll du die zweite Flasche mit Wasser auf!", gab sie ihm die Anweisung, als sie in der Damentoilette des kleinen Gebäudes über der U-Bahn-Station verschwand.

„Ähm, okay", antwortete er immer noch etwas perplex und hörte noch ein „Und spül sie vorher besser ein bisschen aus!" durch die bereits zufallende Tür.

Er nutzte den Aufenthalt auf dem Klo gleich auch noch aus, um sein Geschäft zu verrichten, und nachdem er die Flasche bei dem Waschbecken mit Wasser aufgefüllt hatte, wartete Aurora bereits auf ihn.

„Du bist der Wahnsinn! Das war die beste Idee überhaupt!", ließ er sie voller Begeisterung und Anerkennung wissen.

„Schon, oder?!", erwiderte Aurora und war dabei sichtlich stolz auf ihren Einfall, bevor sie wieder nach draußen traten.

„Wer ist der Sieger?! WER IST DER SIEGER?!?!", hörten sie eine sich wiederholende testosterongeladene Stimme rufen, die ihnen signalisierte, dass der unscheinbare Mann nach Beendigung des Trink-wettbewerbs gar nicht mehr so unscheinbar war.

Sie waren gerade am Weg zurück und die Gruppe hatte sich bereits aufgemacht und war zu den be-reitgestellten Geländewägen mitsamt Fahrern un-terwegs. Erneut waren sie die Schlusslichter, was sich als Glücksfall erwies, denn als sie bei den Wä-gen ankamen, hatten sich bereits Fahrgemein-schaften gebildet. Vier Autos waren bereits voll und zum Teil sogar übervoll besetzt.

„Das ist kein Problem, ich kann am Schoß des Fah-rers sitzen", begründete die rothaarige Frau ihre Entscheidung in einem Auto mitzufahren, das be-reits mit vier anderen Personen besetzt war. Am Ende musste sie sich mit dem Schoß eines anderen Mitreisenden zufriedengeben.

Schlussendlich blieben Aurora und er sowie ein letzter Geländewagen mitsamt einer Fahrerin übrig und sie nahmen auf dem Rücksitz Platz. Das Dach des Wagens hätte theoretisch geöffnet werden kön-nen, doch damit die Klimaanlage funktionierte, blieb es geschlossen, erklärte ihnen ihre Chauffeu-rin, bevor sie losfuhren.

Er war froh, etwas Ruhe vor dem Trubel zu haben, selbst wenn er wusste, dass es sich nur um eine kurze Zeit handelte. Ebenso wusste er, dass das bis hierhin Erlebte erst der Anfang war.

Er war plötzlich hundemüde, denn er hatte vorletzte Nacht überhaupt nicht geschlafen. Er hatte durchgemacht und auch gestern hatte er nicht wirklich viel Schlaf gefunden. Obwohl der Grund ein erfreulicher war, half ihm dieser jetzt, da er mit zufallenden Augenlidern zu kämpfen hatte nicht dabei, diese offen zu halten.

„Ist schon okay. Ruh dich nur aus. Ich wecke dich, wenn wir angekommen sind", hörte er Aurora mit behutsamem und fürsorglichem Ton flüstern.

Ein kurzes „Danke" brachte er noch heraus, bevor er einnickte und noch kurz vernahm, wie Aurora mit einer wohl extra leisen Stimmlage mit der Fahrerin zu sprechen begann.

Als er von einer sich nach Aufregung anfühlenden Berührung an seiner Schulter geweckt wurde, war ihr Gefährt bereits zum Stehen gekommen. Er wusste nicht, wie lange er eingenickt war, aber er fühlte sich nicht verschlafen, sondern sogar ein wenig erholt. Das war untertags normalerweise nur der Fall war, wenn er nicht länger als zwanzig Minuten geschlafen hatte. Er nahm einen Schluck aus einer der mit Wasser gefüllten Tequilaflaschen und sah anschließend Aurora an.

Ihr Gesicht sagte etwas Ähnliches aus wie die Berührung, mit der sie ihn zuvor geweckt hatte. Bei genauerem Hinsehen sah es sogar nach einem kleinen Schock sowie einem Hauch von Panik aus, den ihre Gesichtszüge zum Ausdruck brachten.

„Ist etwas passiert, du schaust aufgeregt aus?", fragte er beinahe schon ängstlich.

„Ähm, ja ...", antwortete Aurora ebenfalls ängstlich und vor allem leise, während sie nach vorne schaute und die Fahrerin beobachtete.

Als diese ausgestiegen war und die Tür hinter sich zuwarf, nachdem sie die Fahrt mit einem „Wir sind da!" für beendet erklärt hatte, wurde Aurora redseliger.

„Die Fahrerin hat mir erzählt, dass hier gestern eine riesengroße Aufregung geherrscht hat ... Ähm, sie hat gemeint, dass ähm ... Anscheinend ist ein Kind verschwunden, hat sie gesagt", stammelte Aurora sichtlich beunruhigt und besorgt.

Er wusste augenblicklich, was in Aurora vorging und umarmte sie. „Okay, ganz ruhig", versuchte er sie auch mit seinen Worten zu beruhigen und forderte sie mit einer sanften Berührung sowie einer Handbewegung auf, aus dem Auto zu steigen. Er hielt es für keine gute Idee, im Geländewagen über dieses Thema zu sprechen.

Als sie ausgestiegen waren, dröhnte bereits Musik in ihre Ohren, die von einer Bühne herüber schallte, die circa hundert Meter von ihnen entfernt stand und sich vor dem Ausgang der Station jener U-Bahn befand, die die Kuppel mit der Forschungsstation auf dem Berg verband. Der Rest der Gruppe sowie die Fahrer der hier abgestellten Geländewägen waren bereits losgegangen und auf dem Weg zu besagter Bühne. Auch die Fahrerin ihres Wagens hatte dasselbe Ziel angesteuert und war ihnen ein gutes Stück voraus.

Es war nach wie vor drückend heiß, doch dieser Umstand rückte für Aurora und ihn in den Hintergrund. Er legte beide Hände auf Auroras Schultern und sah sie eindringlich an, als er vorsichtig und trotzdem mit einer gewissen Vehemenz nachfragte: „Hat sie gesagt, dass es Mina ist, die verschwunden ist?"

„Nein, das nicht, aber wer sollte es sonst sein ... Sie war doch das einzige Kind hier und Captain hat gesagt, die anderen Kinder kommen erst später hier an", erklärte ihm Aurora mit zittriger Stimme. „Ich mache mir echt Sorgen. Was ist, wenn sie abgehauen ist oder einfach nur zum Spielen in den Wald gehen wollte, sich verirrt hat und dann in das Unwetter gekommen ist? Du hast die umgestürzten Bäume und die Verwüstungen gesehen. Das kann für ein achtjähriges Kind nicht gut ausgehen."

Er konnte Auroras Aufregung und Sorgen verstehen und trotzdem wollte er mehr wissen. „Was hat die Fahrerin denn genau gesagt?"

„Eigentlich nicht viel. Nur dass hier gestern eben große Aufregung geherrscht hat, weil anscheinend ein Kind verschwunden ist, aber sie hat keinen Namen gewusst, weil sie selbst erst seit ein paar Tagen hier ist und in dieser Zeit nur für die Eröffnungsfeier eingeschult worden ist. Sie hat aber mitbekommen, dass schon am späten Abend am Tag davor Menschen ausgerückt sind, um nach dem Kind zu suchen. Als dann das Gewitter aufgezogen ist, haben sie die Suche abgebrochen und zuerst auch nicht mehr aufgenommen, bis sie es dann doch nochmal versucht haben", erklärte ihm Aurora zuerst mit etwas ruhigerer Stimme, bevor diese mit jedem fertig gesprochenen Wort wieder aufgeregter geworden war.

„Okay, okay, ganz ruhig", versuchte er Aurora ihre Befürchtungen zu nehmen und erklärte ihr mit ruhiger Stimme, obwohl er selbst nervös wurde: „Erstens hat sie 'anscheinend' gesagt, also war es eventuell gar kein Kind und durch die stille Post ist aus irgendeinem Erwachsenen ein Kind geworden. Vielleicht sind doch schon andere Kinder hier oder, selbst wenn es Mina sein sollte, könnte sie sich irgendwo hier auf dem Gelände verstecken. Sogar wenn sie da draußen gewesen sein sollte, heißt das nicht, dass ihr etwas zugestoßen ist, okay? Es gibt tausende Möglichkeiten und die Fahrerin hat nicht gesagt: 'Das Mädchen namens Mina, die schon einige Zeit hier ist, ist verschwunden und gestern ist sie tot oder schwer verletzt gefunden worden und ich habe es selbst gesehen.' Deshalb dürfen wir jetzt nicht zu viel spekulieren und den Teufel an die Wand malen. Verstehst du das?"

„Okay ...", sagte Aurora mit um Ruhe bemühter Stimme, während sie tief einatmete und anschließend ganz langsam ausatmete.

Es machte auf ihn den Eindruck, als würde sie ihm nur zustimmen, um ihn zu beruhigen und nicht, weil sie ihm tatsächlich glaubte. *Sie denkt sich jetzt sicher, dass das die Erklärung ist, weshalb Jonathan uns nicht draußen abgeholt hat, und sieht das als Beweis dafür, dass mit Mina etwas Schlimmes passiert sein muss"*, war seine gedankliche Schlussfolgerung.

„Aurora, ich verstehe deine Befürchtungen, aber lass uns zuerst versuchen, mehr Informationen zu sammeln, bevor du zu sehr zu überlegen beginnst und dich in etwas verrennst ... Was sagst du zu diesem Vorschlag?", versuchte er es deshalb mit einem neuen Ansatz.

„Okay, gut, das klingt zumindest halbwegs nach einem Plan. Tun wir das. Und das, was du davor gesagt hast, stimmt. Die Fahrerin hat nicht gesagt,

dass sie tot oder verletzt aufgefunden worden ist",
antwortete Aurora mit entschlossener Stimme und
klang schon wieder viel mehr nach ihr selbst.

Gerade als sie beide noch einmal einen Schluck
Wasser nahmen, bevor sie sich ebenfalls zu der
Bühne begeben wollten, schienen Aurora doch wieder Zweifel zu kommen. „Was ist, wenn sie auf ein
wildes Tier getroffen ist? Dann ist vielleicht nichts
mehr von ihr übrig, was sie finden hätten können.
Stell dir vor, sie ist einem Wolf begegnet", schien
Aurora fast schon in solche Gedankenkreise zu rutschen, wie er sie zur Genüge von sich selbst kannte.

„Erstens hätten sie in so einem Fall mit Sicherheit
irgendetwas gefunden, weil es Schreie und jede
Menge Spuren gegeben hätte", erwiderte er mit
ernstem Ton und fügte, nachdem er bemerkte, dass
dieses rationale Argument Aurora bereits etwas beruhigt hatte, augenzwinkernd und dennoch völlig
ernst gemeint hinzu: „Und zweitens, wenn Mina
wirklich auf einen Wolf getroffen wäre, hätte dieser
sie beschützt und sie nicht angegriffen."

Aurora lächelte, denn ihr schien in diesem Moment
wieder eingefallen zu sein, dass er ihr am Ende einer ihrer Übungsabende seine Interpretation von
Wolfsgeheul nähergebracht hatte und dabei regelrecht von diesen Geschöpfen der Nacht geschwärmt
hatte.

„Okay, falsches Beispiel, schätze ich ...", sagte sie immer noch mit einem Lächeln auf den Lippen zu ihm, bevor es aus ihrem Gesicht verschwand und sie wieder ernst wurde. „Aber du hast schon recht, es wäre sofort aufgefallen, wenn es einen Vorfall mit einem Wildtier oder so etwas Ähnliches gegeben hätte."

Er legte ihr einen Arm um die Schulter, als sie schließlich doch noch losmarschierten und sagte ihr noch, ehe die Musik so laut wurde, dass es schwer wurde, sich richtig unterhalten zu können: „Auf die Gefahr hin, dass ich jetzt so klinge, wie du es immer tust, aber ich bin mir sicher, Mina geht es gut."

„Das stimmt! Also beides, was du sagst, stimmt!", bestätigte ihn Aurora, während sie ihm auf den Rücken klopfte und dabei wieder einen gewissen Elan versprühte.

Je näher sie der Bühne kamen, desto mehr fiel ihm auf, wie viele Menschen eigentlich hier vor Ort waren. Er fragte sich bereits, ob diese überhaupt alle in der weißen Villa Platz finden könnten. Vor ihnen waren bereits um die zwanzig Gruppen angereist, die ungefähr die gleiche Größe wie die ihre hatten.

Aurora hatte ihm das gesagt, denn in der Zwischenzeit hatte sie ihm auch von den anderen Inhalten ihres Gesprächs mit der Fahrerin berichtet und am

Ende schon mehr geschrien als gesprochen. Das musste sie auch, um sich gegen die von Schritt zu Schritt lauter werdende Musik durchsetzen zu können. Sie hatte ihn auch noch darüber informiert, dass sie beide unter den letzten Ankömmlingen waren, weshalb keine weiteren Gäste mehr zu erwarten waren.

„Wenigstens hat Captain eingefädelt, dass wir als Letzte hier ankommen, wenn sie uns schon zwingt überhaupt hier zu sein", dachte er, während er die Leute beobachtete.

In der Menschenmenge konnte er Personen in weißen Kitteln erspähen, genauso wie nicht wenige in den mittlerweile für seine Augen bekannten Uniformen, die er heute bereits einige Male zu Gesicht bekommen hatte. Auch einige anders Uniformierte waren darunter. Es mussten sich beinahe alle Menschen, die sich momentan in der Kuppel befanden, vor oder bei dieser Bühne aufhalten, wie er vermutete, als er seinen Blick weiter über die Menge schweifen ließ. Es waren bestimmt mehrere hundert Personen, die er vor Augen hatte.

Einige Meter schräg hinter der Bühne wurde ein Teil der Fassade mit Scheinwerfern beleuchtet, was aufgrund der langsam einbrechenden Dunkelheit auch notwendig geworden war. So konnte man dort noch gut das letzte Loch in Form einer letzten über dem Boden fehlenden Plexiglasscheibe der ansonsten bereits komplett geschlossenen Konstruktion erkennen.

Auch den vormals schmalen Weg zur Forschungsstation auf dem Berg, auf dem sich dieses letzte Loch befand, konnte man deutlich sehen. Es sah so aus, als wäre dieser in letzter Zeit häufig benützt worden, denn er wirkte – vor allem vor und hinter dem kleinen verbliebenen Durchgang in der Fassade - breiter und um einiges abgetretener als das letzte Mal, als er hier war.

Ein achtjähriges Mädchen, welches gerade noch so aufrecht durch diese letzte verbleibende Öffnung der Kuppel gepasst hätte oder einen Butler mit Halbglatze und Schnauzbart, der sich durch dieses bereits hindurchzwängen hatte müssen, waren zwischen den Feiernden oder in der Umgebung rund um die Szenerie allerdings weit und breit nicht zu sehen.

„Ich guck mich mal ein bisschen um und komme dann wieder hierher, wenn ich fertig bin", teilte ihm Aurora mit und wiederholte es mit lauterer Stimme, nachdem er ihr beim ersten Versuch achselzuckend zu verstehen gegeben hatte, dass er sie akustisch nicht verstanden hatte.

Er kam nicht drum herum, die Vermutung aufzustellen, dass ihre Worte lediglich eine

Umschreibung dafür waren, dass sie sich eigentlich auf die Suche nach Jonathan und Mina begab.

„Tu das!", ermunterte er sie trotzdem, da er sie nicht aufhalten wollte, wenn es ihr das Gefühl gab, etwas tun zu können, bevor er ihr doch noch etwas zu sagen hatte und mit einem Finger auf eine Stelle deutete, die nicht direkt vor der Bühne lag, sondern in etwas Abstand sowie seitlich abseits.

„Treffen wir uns dann dort drüben, ich glaube da ist es angenehmer!", schrie er währenddessen schon fast, damit Aurora ihn überhaupt verstehen konnte.

„Okay, gut, bis später!", war Aurora im selben lauten Ton einverstanden und Sekunden später bereits in der Menschenansammlung verschwunden.

Er hingegen begab sich mit gemächlichem Schritt zu dem Platz, auf den er zuvor mit seinem Finger gezeigt hatte. Dort war es zwar auch nicht unbedingt leise, aber immerhin nur so laut, dass man sich noch halbwegs gut unterhalten konnte, ohne beinahe schreien zu müssen.

Außerdem hatte dieser noch zwei weitere Vorteile. Erstens hatte er von dort aus einen besseren Überblick über das Geschehen und zweitens befand er sich jetzt in unmittelbarer Nähe einer mobilen Klimaanlage, was sehr angenehm war. Er zündete sich zunächst eine Zigarette an, nachdem er sich zuvor bei einem Fremden in Uniform erkundigt hatte, ob das denn erlaubt sei.

„Heute schon!", hatte ihm dieser geantwortet und ihm danach sogar Feuer angeboten. Im Grunde hätte er gar nicht fragen müssen, denn ein Blick hätte genügt, um zu demselben Schluss zu kommen.

Man sah Menschen, die ausgelassen tanzten, andere schienen sich voll und ganz auf den Konsum von Alkohol zu konzentrieren und wiederum andere wagten immerhin den Versuch, sich zu unterhalten, selbst wenn das ein schwieriges Unterfangen war, während die Musik weiterhin lautstark aus den Boxen von der Bühne dröhnte. Nicht wenige konsumierten während dieser unterschiedlichen Tätigkeiten Zigaretten oder andere Tabakwaren. Diese Beobachtung allein hätte ihm bereits als Erlaubnis ausreichen können, um sich selbst ebenfalls eine Kippe anzuzünden.

Trotzdem hatte er vorsichtshalber lieber nachgefragt. Er wollte unter keinen Umständen auffallen oder irgendwie die Aufmerksamkeit auf sich lenken. Vor allem aber wollte er zu jederzeit eine gewisse Kontrolle haben, weshalb es ihm beinahe unerlässlich schien, nach außen wie ein regeltreuer Mann zu wirken, egal wie eine solche Regel aussah. Dieser Plan galt nicht nur für den Augenblick, sondern so lange bis er wieder zu Hause wäre. Er hatte sich diesen bereits zurechtgelegt, als er von dort losgegangen war.

„Und wenn hier die Regel herrschen sollte, sich maßlos besaufen zu müssen, muss es so wirken, als würde ich genau das tun", war ihm in Anbetracht seines Vorhabens klar, genauso wie ihm klar war, dass sich richtig zu betrinken im Widerspruch zu der gewünschten Kontrolle stand.

Die mit Wasser gefüllten Tequilaflaschen waren ein guter Anfang für ebenjene Täuschung, wie er fand. Zumindest waren sie das, solange er dafür Sorge tragen konnte, dass nur er und sonst niemand - außer vielleicht Aurora - daran nippte. Früher oder später war ohnehin ein wenig echter Tequila vonnöten, um seinem Atem die passende Duftnote zu verleihen, wenn es zu Unterhaltungen mit anderen Personen käme.

„Oder die sind dann sowieso alle schon dermaßen betrunken, dass sie das nicht einmal mehr bemerken", dachte er sich kurz, bevor er sich die Trinkfestigkeit der Eltern ins Gedächtnis rief, die sie bei ihrem damaligen Abendessen bewiesen hatten.

Danach war er sich sicher, dass sie einen nicht nach Alkohol riechenden Atem nicht nur sofort bemerken, sondern einen solchen wahrscheinlich sogar als einen persönlichen Affront aufnehmen würden.

Für einen Moment verlor er sich in den Vorstellungen, wie die Party in der weißen Villa aussehen könnte, die noch auf sie wartete. Er bezweifelte, dass es überhaupt noch alle, die hier am Gelände waren, bis dorthin schaffen sollten, als er dabei zusah, wie sich ein muskelbepackter Mann, der nur noch mit einer Unterhose bekleidet war, unter einer Mischung aus Applaus und Gelächter der rundherum stehenden Menge mitten auf der für das Tanzen vorgesehenen Fläche übergab.

Innerlich schüttelte er den Kopf, wohl wissend, dass vor gar nicht allzu langer Zeit dieser Typ genauso gut er selbst hätte gewesen sein können. *„Bis auf die Muskeln und ich würde auch nie so eine Unterhose tragen"*, fand er dabei schmunzelnd doch noch Unterschiede, als er bei genauerem Hinsehen erkannte, dass auf der roten Unterhose des Mannes ein Bild mit dessen eigenem Konterfei aufgedruckt war.

Gerade, als er beobachtete, wie sich eine kleine Gruppe gegenseitig mit Bier vollspritzte, und rätselte, ob sie das mit Absicht taten oder nicht, ging plötzlich ein Raunen durch die Menge. Er hingegen seufzte sogar erleichtert, denn dieses wurde durch das merkliche Leiserdrehen der Musik verursacht. Es wirkte so, als ob sich Einige erst an diesen neuen Umstand gewöhnen mussten, denn er hörte krächzende Schreie von so manch einer heiseren Stimme, die den Worten nach zu einer gewöhnlichen oberflächlichen Konversation gehörten.

„Ach, wenn das nicht endlich einmal ein mir bekanntes Gesicht ist", vernahm er plötzlich eine Stimme von der Seite, die nicht darauf wartete, dass er sich zu ihr umdrehte. „Wenn ich mich recht erinnere, haben wir uns genau dort, wo jetzt der Scheinwerfer steht, schon einmal unterhalten. Welch ein Zufall."

„Guten Tag, Dr. Braunhofer", begrüßte er den Mann in weißem Kittel und mit eckiger Brille sowie grauen, fast weißen zurückgegelten Haaren, nachdem er sich diesem zugewandt hatte. Er hatte den Doktor gleich erkannt, selbst wenn die Haare und der Bart länger waren als bei ihrem letzten Aufeinandertreffen.

„Und natürlich auch Hallo, Peter", ergänzte er in Richtung der Person, die direkt neben Dr. Braunhofer stand und die genauso aussah wie beim letzten Mal. Peter war wie Dr. Braunhofer ebenfalls mit einem weißen Kittel bekleidet und trug dieselben dunkelgrünen Schuhe, allerdings wirkte er noch nervöser, als er es ohnehin schon immer getan hatte, und brachte es nicht einmal zu Stande, die Begrüßung zu erwidern.

„Du musst Peter entschuldigen ...", übernahm Dr. Braunhofer das Wort. „Er ist zurzeit ein bisschen aufgebracht, weil ihm etwas abhandengekommen ist, obwohl das überhaupt kein Problem ist. Oben in der Forschungsstation wird doch sowieso alles mit aufgezeichnet, aber es stört ihn anscheinend trotzdem."

„Sch... Schon gut, Herr ... Herr Doktor", unterbrach Peter nun angespannt sowie mit zittriger Stimme und wirkte dabei, als hätte sich etwas in ihm aufgestaut.

„Das muss man doch nicht jedem sofort unter die Nase reiben!", entlud sich Peters Wut Augenblicke später in Worten, mit denen er Dr. Braunhofer anschnauzte. Die Wut war nicht nur der Aussage des Molekularbiologen zu entnehmen, sondern war auch in den stampfenden Schritten zu erkennen, die dieser machte, als er, noch während er sprach, im wahrsten Sinne des Wortes abdampfte.

„Ich weiß nicht, was der schon wieder hat ... Das ist doch nicht so schlimm", schien Dr. Braunhofer mehr mit sich selbst zu reden als mit ihm, während sie beide Peter hinterherschauten.

„Naja egal, dann rede ich wohl besser nicht darüber", murmelte der Doktor weiter, nachdem Peter bereits aus ihrem Blickfeld verschwunden war und wollte sich dessen Worte scheinbar zu Herzen nehmen. „Ich denke, er ist so aufgebracht, weil er heute das letzte Mal über den Weg zur Kuppel spazieren konnte ... Die andere Lappalie kann es doch nicht sein ... Ja genau, das muss es sein, er ist so gerne hierher spaziert und dann konnte es der Arme in den letzten zwei Tagen nicht einmal mehr genießen wegen dem Aufruhr in der ganzen Gegend", sprach Dr. Braunhofer aber trotzdem weiterhin über den Molekularbiologen.

„Das kann ich schon verstehen, immerhin ist das schon eine ziemlich große Veränderung, vor allem wenn ihm das so wichtig war", zeigte er dem Doktor gegenüber zunächst Verständnis für Peters Stimmungslage, obwohl ihm bereits etwas anderes auf der Zunge brannte.

„War hier so ein Trubel wegen der Eröffnungsfeier?", stellte er nach einer kurzen Pause und mit doch einer gehörigen Portion Herzklopfen eine Frage, die nicht konkret auf das abzielte, was er wissen wollte. Trotzdem erhoffte er sich dadurch, die Antworten zu erhalten, auf die er eigentlich aus war.

„Das schon auch, aber hier auf dem Platz war durch die ganzen Leute, die extra für die Feier rekrutiert worden sind, doch alles sehr schnell aufgebaut", war Dr. Braunhofers erste Antwort nicht das, was er hören wollte, doch ohne, dass es eine weitere Nachfrage oder Aufforderung gebraucht hätte, kam diese noch. „Die Aufregung war gar nicht so sehr hier drin, sondern da draußen. Das kleine Mädchen, das schon seit einiger Zeit hier war, ist am Mittwochabend plötzlich verschwunden."

Er versuchte sich nichts anmerken zu lassen, doch irgendetwas schien ihn verraten zu haben, denn der Wissenschaftler stoppte für einen Moment und schien ihn zu mustern.

„Stimmt, du kennst sie ja, die kleine Mina, du und deine Kollegin habt ja sogar mit ihr gesprochen ... Wenn ich mich recht erinnere, hat es das jedenfalls geheißen", stellte der Doktor mit etwas unkoordiniert wirkenden Handbewegungen fest.

„Alles gut, er hat nicht gemerkt, dass es mich nervös macht. Er hat nur in seiner Erinnerung gekramt", sprach er sich in seinem Kopf beruhigende Worte zu, bevor er sich neuerlich eine Zigarette anzündete und mit extra emotionsloser Stimme antwortete: „Ja, das haben wir. Das Kennenlernen und das Gespräch mit dem Mädchen war damals Teil des Arbeitsauftrags und des Protokolls. Ich hatte sie eigentlich als ein tüchtiges Kind eingeschätzt, auch wenn sie manchmal ein wenig aufgekratzt gewirkt hat. Aber ich bin davon ausgegangen, dass das am Fehlen von gleichaltriger Gesellschaft liegt. Ob ich damit richtig liege, werden wir dann ja sehen, wenn mehr Kinder hier sind ... Für diese Aktion wird sie

wohl eine ordentliche und redlich verdiente Strafe ausgefasst haben, die kleine Mina."

Er versuchte sich nichts anmerken zu lassen, während er auf eine Reaktion von Dr. Braunhofer wartete.

„Du könntest recht haben, was deine Einschätzung mit den fehlenden anderen Kindern angeht, nur werden wir das wohl nie erfahren und eine saftige Strafe wäre die Folge, wenn sie wieder auftauchen sollte. Fürs Erste muss jetzt erst einmal der arme Jonathan das Schlamassel ausbaden, weil er für sie verantwortlich war", folgte diese prompt.

„*Jonathan ...*", schoss es ihm augenblicklich in den Kopf.

Reflexartig lächelte er gequält, obwohl er innerlich kräftig schlucken musste. Er griff an die Stelle an seinem rechten Handgelenk, an der vor kurzem noch ein weißblaues Armband befestigt gewesen war, und selbst wenn es nicht mehr da war, half es ihm nun dennoch dabei, die Contenance zu bewahren, während er weiterhin Dr. Braunhofers Ausführungen lauschte.

Dieser schien voll und ganz auf seine Erzählung fokussiert zu sein und redete sich geradezu in einen Monolog hinein, der keinerlei Nachfragen oder Reaktionen seinerseits erforderte: „Ja, der kann einem schon leidtun, der gute Jonathan. Eine Mitarbeiterin von unserer Forschungsstation hat Mina vor ein paar Wochen einmal an einem Mittwoch genau zu der Zeit, als hier die Versammlung für die Mitarbeitenden stattgefunden hat, über den Weg aus der Kuppel hinaus spazieren gesehen. Da ist schon das Gerücht aufgekommen, dass sie das öfters macht, aber immer zurückkommt. Das ist dann irgendwann bis zu Mutter und Vater durchgedrungen und sie haben Jonathan deshalb die Order gegeben, Mina zu dieser Zeit immer in ihrem Wohnbereich einzusperren. Der wird sich schon gedacht haben, dass sie sowieso zurückkommt und sich nicht die Mühe gemacht haben, das dann wirklich zu tun. Und plötzlich war sie am vorgestrigen Abend nicht mehr aufzufinden, als die Versammlung vorbei war. Wenn du mich fragst, also ich glaube, die Kleine hat auf einmal realisiert, dass sie endgültig hier eingesperrt ist, wenn die letzte Scheibe eingesetzt ist und ihre letzte Chance zur Flucht wahrgenommen, auch wenn das für ein Kind in dem Alter schon etwas außergewöhnlich ist."

Der Wissenschaftler lachte kurz auf. „Haha. Entschuldigung, dass ich bei so einem ernsten Thema lache, aber es ist irgendwie grotesk. Hier wird ein Hightechkonstrukt mit endlosen Möglichkeiten zur Überwachung stehen und es sind schon unzählige Geräte wie Autos, Drohnen oder Hubschrauber hier, mit denen es ein Leichtes wäre, eine Person aufzuspüren. Dann verschwindet ein Mädchen und, hahaha, nichts von alldem passt durch diese kleine Öffnung oder hätte in einem Stück über die Untergrundbahn nach draußen transportiert werden können. Sie haben dann noch versucht, die Hunde aus dem Sicherheitszentrum einzusetzen, doch da waren sie reichlich spät dran. Die sind auch nicht als Spürhunde ausgebildet, sondern für anderes. Zu allem Überfluss ist dann noch das Unwetter aufgezogen."

Die Stimme des Doktors wurde mit jedem Satz ernster. „Dann haben sie es endgültig aufgegeben und sogar damit gestoppt, die großen Maschinen in Einzelteilen über die Güter-Untergrundbahn nach draußen zu schaffen, um sie dort zusammenzubauen und nach Spuren zu suchen. Als sie dann damit begonnen haben, alles wieder zurück hineinzuschaffen, kam gestern Mittag plötzlich noch einmal die Wende und sie haben es doch wieder durchgezogen und die Suche auf einmal sogar intensiviert. Durch den Sturm, den Regen und die dadurch verursachten ganzen Schäden in der Umgebung war aber gar nichts mehr zu finden, was ihnen irgendwie weitergeholfen hätte. Mina ist einfach weggelaufen. Und ich fürchte, sie könnte tragischerweise in dieses Unwetter umgekommen sein ... Für mich stellt sich leider nur noch die Frage, ob man ihren Körper überhaupt noch finden wird, und nicht einmal das glaube ich, wenn ich mir die Gegend da draußen so anschaue."

Für einen Moment wirkte Dr. Braunhofer betroffen, als er plötzlich andere Töne anschlug und fast schon wütend klang. „Jedenfalls haben sie dann plötzlich einen Sündenbock gesucht und sind gestern Nachmittag sogar zu mir gekommen. Die Fußspuren der kleinen Mina haben anscheinend genau dort in den Wald geführt, wo öfter Mitarbeiter aus meinem Bereich unterwegs sind, wenn sie sich ihre wohlverdienten Pausen gönnen. 'Da waren überall nur Abdrücke von dem Mädchen und Wissenschaftlern' haben sie gesagt und wollten uns die Schuld geben, dass Mina den vorhandenen Abdrücken nachgelaufen ist, aber wegen des Gewitters konnten sie diesen Spuren nicht mehr weiter folgen. Naja, also ist am Ende nur noch Jonathan übriggeblieben, den sie dafür verantwortlich machen konnten, und was jetzt aus ihm wird, weiß niemand so genau."

Der Wissenschaftler beugte sich näher an ihn heran und erst jetzt bemerkte er an dessen Atem, dass dieser schon eine ordentliche Menge an Wein und wohl auch Schnaps intus haben musste. Der Doktor schaute sich kurz um und sprach dann beinahe im Flüsterton weiter, da in ein paar Metern Entfernung eine Person in Uniform an ihnen vorbeiging. Die Lautstärke machte es schwer für ihn, zu verstehen, was der leitende Wissenschaftler sagte, auch wenn just in diesem Moment ein etwas ruhigeres und somit auch leiseres Lied abgespielt wurde.

„Es wird gemunkelt, dass Mutter ihn gerne als einen der Nachfolger für ihre persönlichen Bediensteten hätte. Ihre jetzigen dienen gerade ihre letzten Tage ab - wenn ich das so salopp ausdrücken darf - und es gibt zwar schon neue, doch anscheinend wollen sie die Anzahl sowieso erhöhen ... Es schwirrt sogar das Gerücht herum, dass dieses ganze Verschwinden inszeniert worden ist, um Jonathan zu einem persönlichen Bediensteten machen zu können. Er ist nämlich ein extern Angestellter und da können sie nicht so einfach über ihn verfügen, wie es ihnen gerade passt. Das war ihr und Vater schon immer ein Dorn im Auge. Da brauchen sie schon einen triftigen Grund, damit sie ihn in das geplante System hineinziehen können", vernahm er die akustisch schwer zu verstehenden Worte des Doktors.

Und diese wurden immer spekulativer. „Peter hat anscheinend sogar gehört, wie Vater darüber gesprochen hat, dass es zwar schade sei, aber es egal ist, wenn Mina weg ist, weil genügend andere Kinder nachkommen werden. So hat es anfangs auch gewirkt, bis sie dann eben gestern gegen Mittag auf einmal so einen Aufstand gemacht haben und Mina plötzlich doch wieder wichtig war. Da kennt sich ja niemand mehr wirklich aus, um was es da jetzt eigentlich geht ... Ich vermute, es ist ihnen einfach irgendwann aufgefallen, dass die ganze Sache eine Chance ist, Vorgänge auszutesten und dann haben sie es als eine Art Generalprobe für einen möglichen

Ernstfall gesehen. Also quasi eine Art unbeabsichtigter Probealarm."

Er war zwar immer noch damit beschäftigt, die ganzen Informationen zu verarbeiten, die, seit Dr. Braunhofer zu sprechen begonnen hatte, auf ihn einprasselten, doch mittlerweile hatte er sich wenigstens innerlich wieder ein wenig beruhigt. Jonathan wollte ihm allerdings nicht mehr aus dem Kopf gehen. Außerdem überlegte er bereits, wie und wann er Aurora von alldem erzählen sollte, und hatte dabei Bedenken, wie ihre Reaktion darauf ausfallen könnte. Doch das war - wenn auch nahe - Zukunftsmusik.

Für den Moment war er einfach nur erstaunt über die doch recht offenherzigen Ausführungen des leitenden Wissenschaftlers, selbst wenn diese mit Sicherheit zu einem guten Stück auf den so deutlich in dessen Atem riechbaren Alkohol zurückzuführen waren. Ohne eine bestimmte Intention dahinter schaute er Richtung Himmel oder besser gesagt zur Decke der Kuppel, was der Doktor sogleich als Frage oder als Aufforderung, etwas zu erzählen, interpretierte.

„Ja, bald ist es soweit …", wurde dieser sogar melancholisch und wirkte dennoch zwiegespalten. „Wenn die letzte Scheibe eingesetzt ist, wird die Kuppel das Betriebssystem hochfahren, und innerhalb von wenigen Minuten braucht es dann nichts mehr von diesem ganzen Zeug, was du vor dir siehst. Keine Boxen auf der Bühne und auch keine Kühlanlagen, weil das die ersten Dinge sein werden, die über die Kuppel und ihr System funktionieren werden. Mutter und Vater haben sich auch noch etwas Besonderes ausgedacht, um gleich ein paar Funktionen zu nutzen." Eine Nüchternheit kehrte in die Stimmlage zurück. „Das wird dann zuerst einmal die vorerst verfügbaren Kapazitäten des Systems binden, bevor es damit beginnen kann, die restlichen Funktionsweisen hochzufahren. Als Allerletztes werden dann die Überwachungssysteme in Betrieb genommen, was ungefähr morgen Abend oder spätestens in der Nacht auf Sonntag abgeschlossen sein sollte. Somit bleibt uns noch den ganzen Sonntag lang Zeit, letzte Testläufe zu machen, bevor es am Montag endgültig ernst wird und das Projekt wie geplant beginnt."

Dr. Braunhofer pausierte kurz, seufzte und fixierte, nervös wirkend, seinen Blick auf das letzte verbliebene Loch der Fassade. „Und dann … Naja, am Ende werden die Historiker der Zukunft entscheiden müssen, ob ich als Genie oder doch als Wahnsinniger in die Geschichte eingehen werde."

Der Doktor nahm einen großen Schluck aus einem Flachmann, den er wie als Beweis dafür, dass er bereits einiges intus haben musste, aus seinem Kittel hervorgezogen hatte, und wirkte ernst sowie nachdenklich.

Er hingegen verkniff sich die Frage laut auszusprechen, ob es in Wahrheit nicht die künstliche Intelligenz war, die sich Gedanken über ihre zukünftige Wahrnehmung unter den Historikern machen musste. Stattdessen fragte er ziemlich unverblümt und ohne Umschweife: „Also können, während die Feier läuft, noch keine Video- und Audioaufzeichnungen gemacht werden, wenn die Überwachungssysteme erst ab frühestens morgen Abend funktionieren?"

„Ja, genau so ist es." Abermals nahm der Wissenschaftler einen Schluck aus dem Flachmann, sah ihn anschließend nochmal an und erklärte: „Das war von Vater und Mutter erstaunlicherweise sogar gewünscht, und selbst wenn es das nicht wäre, wäre es nicht anders gegangen, weil diese Komponenten von der KI als Letztes hochgefahren und vorbereitet werden. Da gibt es noch einiges anderes, das zuvor konfiguriert werden muss, das man gar nicht auf dem Schirm hat. Normalerweise wäre das alles innerhalb eines halben Tages passiert, wenn man die Kuppel zunächst mal in Ruhe hochfahren hätte lassen, aber da sie bestimmte Dinge schon für die Feier nutzen wollen, kann der Rest dann im Hintergrund nicht mit voller Kraft hochgefahren werden. Deshalb verzögert sich alles ein wenig. Ein bisschen Spielraum haben wir schon, was die Reihenfolge des Hochfahrens der Teilsysteme angeht, aber den Rahmen gibt trotzdem die künstliche Intelligenz vor. Und die Überwachungssysteme hat sie als nicht veränderbaren Schlusspunkt vorgesehen."

„Ich verstehe." Er meinte damit verstanden zu haben, dass er sich für die Zeit während der Feier keine Gedanken darüber machen musste, von der Kuppel ausspioniert oder abgehört zu werden. Die Erklärung dahinter versuchte er gar nicht erst in ihrem vollen Umfang nachzuvollziehen, auch wenn er es sich irgendwie wie ein riesiges Computerupdate vorstellte. Im Moment war er einfach erleichtert, dass das Überwachungssystem noch nicht dazu in der Lage war, alles aufzuzeichnen, was hier drin vor sich ging. Denn das wäre für die eine Sache, die er vorhatte und von der er noch nicht wusste, wie genau er es anstellen sollte, mehr als nur hinderlich gewesen.

Dr. Braunhofer tat ihm beinahe leid. Er beobachtete wie dessen Blick erneut Richtung des von Scheinwerfern beschienenen Lochs in der Fassade gerichtet war und dabei eine fast schon spürbare innerliche Zerrissenheit ausstrahlte. So interpretierte er es jedenfalls. Immerhin kannte er dieses Gefühl nur zu gut, genauso wie er es nur zu gut kannte, zu versuchen, es in Alkohol zu ertränken.

„So verschwindet es für ein paar Stunden und sobald der Kater vorbei ist, ist es wieder da, und wenn du Pech hast sogar doppelt so stark", dachte er

gerade, als er ein etwas erleichtert klingendes und seufzendes „Hey, da bist du ja!" vernahm.

Es war Aurora. Auf eine sehr förmliche Art und Weise grüßte sie auch den Doktor, der - wohl aufgrund des Alkoholpegels - nicht ganz so förmlich zurückgrüßte.

„Ich habe schon kurz befürchtet, ich finde dich nicht mehr bei all den Leuten. Dabei habe ich genau gewusst, wo ich dich suchen muss", klärte sie ihn darüber auf, weshalb ihre Stimme nach Erleichterung klang. „Ich habe sie leider nirgends gesehen, aber bei der Menge kann es auch sein, dass sie hier trotzdem irgendwo sind", erzählte Aurora gleich noch von einer erfolglosen Suche nach jemandem. Sie meinte damit wohl Mina und Jonathan.

Er hütete sich davor, nachzufragen, ob sie tatsächlich die beiden meinte, und wagte es nicht einmal, die zwei Namen in den Mund zu nehmen. Er wollte nicht, dass Dr. Braunhofer ihr auch noch die ganzen Details des gestrigen Tages mitsamt den aufgestellten Vermutungen sowie den sich im Umlauf befindlichen Gerüchten erzählte. Das hätte Aurora sicher gehörig unter Stress gesetzt.

„Am besten ist, wenn es so hinüberkommt, als wäre es uns völlig egal, sonst wirken wir noch verdächtig und das werden wir dann unter Umständen nie

wieder los", hatte er sich den geeigneten Umgang mit der Situation bereits überlegt.

Hier unter so vielen Menschen konnte er diesen allerdings schlecht mit Aurora besprechen. Deshalb hoffte er, sobald als möglich einen ruhigen Moment mit ihr zu finden, in dem er ihr das Gehörte erzählen konnte. Anschließend könnten sie noch die von ihm auserkorene weitere Verhaltensweise in der Sache besprechen.

Einen Augenblick lang hatte er diesen Plan schon durchkreuzt gesehen, als Dr. Braunhofer ansetzte, um nachzufragen. Mehr als ein „Nach wem" hatte dieser allerdings – und für ihn glücklicherweise – nicht herausgebracht.

Die Musik stoppte plötzlich und im Anschluss daran begann ein Teil der Menschentraube vor der Bühne zu grölen und zu kreischen. Es war nicht die Lautstärke dieses Jubels, denn die war nicht unbedingt höher als die zuvor abgespielte Musik, sondern wohl mehr die Überraschung über die gezeigte Reaktion der Menge, die Dr. Braunhofer mitten im Satz stoppen ließ.

„Die reagieren ja wie bei einem Rockkonzert", sprach Aurora perplex wirkend das aus, was er und wahrscheinlich auch der Doktor sich ebenfalls gedacht hatten.

Das, was für Erstaunen und eigentlich schon mehr Irritation sorgte, war, dass der Empfang nicht irgendwelchen berühmten Musikern galt, die auf die Bühne traten, sondern zwei etwas korpulenten Personen, die mit einem ähnlichen Gang zu zwei bereitgestellten Mikrofonen auf der Bühne schritten. Dabei machten sie dieselben Raum einnehmenden Gesten.

Die Mutter und der Vater suhlten sich geradezu in der Aufmerksamkeit, während sie mit ihren Händen die Menge dazu aufforderten, leiser zu werden und den Applaus sowie das Gejohle einzustellen, und dennoch mit allen anderen Fasern ihres Körpers die gegenteilige Botschaft vermittelten. Sie waren chic, geradezu festlich gekleidet oder wollten das zumindest sein, stellte er fest, als er darauf wartete, dass der Applaus endlich abebbte, während er selbst wie auch Aurora lustlos seine Hände aneinanderschlug, ohne dass diese dabei einen merklichen Ton erzeugen konnten. Dr. Braunhofer verzichtete sogar darauf, denn dieser benötigte seine Hände, um sich erneut einen kräftigen Schluck aus seinem Flachmann zu gönnen.

„Danke, danke! Danke, liebe Freunde, ich danke euch so sehr!", tönte die Stimme des Vaters aus den Boxen, nachdem dieser die Position vor einem der Mikrofone auf der Bühne eingenommen hatte.

Der Vater war in einen weißen Anzug gekleidet, in dessen Brusttasche eine rote Blume steckte, und zusätzlich blitzte der spitze Kragen des roten Hemdes, welches er trug, über dem weißen Sakko hervor.

„Ihr seid so wunderbar, danke, es freut uns so sehr, euch zu sehen!", folgte nun die ins zweite Mikrofon gesprochene Stimme der Mutter, was für ein erneutes kurzes Aufbranden des Jubels sorgte.

Die Mutter trug ein kurzes rotes Kleid, wobei der Stoff an ihren Hüften jeweils von zwei weißen Streifen geziert wurde. In ihrem künstlich gelockten, hochgesteckten Haar war eine in die Frisur eingearbeitete weiße Blume zu finden.

„Die haben schon bei der Auswahl ihrer Outfits sichergestellt, dass sie gemeinsam im Mittelpunkt stehen ...", waren seine Gedanken zur Bekleidung der beiden, bevor er die Menschen vor der Bühne genauer betrachtete. Es war auffällig, dass diejenigen, die sich direkt vor dieser befanden, legerer gekleidet waren - wenn sie überhaupt noch alles anhatten - als andere, die wie Aurora, Dr. Braunhofer und er etwas abseits standen. Es schien beinahe so, als gäbe es zwei Gruppen. Er hätte die prozentuelle Aufteilung auf etwa fünfzig fünfzig geschätzt. Auch der Alkohol schien, wenn man vom Doktor absah, bei der Gruppe direkt vor der Bühne deutlich mehr zu fließen als bei der anderen.

„Haha, später, meine Lieben …", wisperte die Mutter in ihr Mikrofon, sodass es alle hören konnten, wobei er nicht eindeutig sagen konnte, was genau sie damit meinte.

Eigentlich wollte er es gar nicht wissen, denn ihre Reaktion war ein mehr oder weniger obszöner Zwischenruf Richtung Bühne durch eine bereits angetrunkene Frau in der ersten Reihe sowie eindeutige und dazu passende Hüftbewegungen des Mannes neben dieser vorausgegangen. Wenn er zuvor schon nicht unbedingt das größte Interesse gehabt hatte, an der offiziellen Eröffnungsfeier oder, wie es auf ihn mittlerweile viel eher den Eindruck machte, an der inoffiziellen After-Party in der weißen Villa teilzunehmen, war dieses soeben auf unter null gesunken.

„Zum Glück verschwinde ich nach der Zeremonie wieder nach oben", merkte Dr. Braunhofer mit hörbarer Genugtuung an und schüttelte sich anschließend einen letzten Tropfen aus seinem schon so gut wie leeren Flachmann in den Mund.

„Bist du nicht in die weiße Villa eingeladen? Ich habe gedacht dort ist dann die Eröffnungsfeier", fragte er ein wenig verdutzt nach. Auch Aurora schien die Antwort zu interessieren, denn sie drehte sich um und sah den Wissenschaftler neugierig an.

„Ich war es, aber habe das zum Glück noch abwenden können", erklärte dieser beinahe stolz wirkend und fuhr mit frohlockender Stimme fort: „Ich habe Mutter und Vater gesagt, dass die hier angestellten Wissenschaftler und andere Helfer nur freie Plätze in der weißen Villa blockieren, die doch viel besser von externen Personen außerhalb eingenommen werden könnten. Ihnen hat der Vorschlag gefallen und wir dürfen uns das jetzt sparen. Naja, und da zuvor schon die Einladungen an die Geschäfts- und Netzwerkpartner rausgegangen sind, haben sie die frei gewordenen Plätze an Freunde, Verwandte, Bekannte oder wie gemunkelt wird sogar an irgendwelche Fremde, die sie irgendwo getroffen haben und denen sie wohl imponieren wollen, vergeben ..."

Aurora und er sahen sich an und waren sprachlos. Trotzdem schienen sie sich mit ihrem Gesichtsausdruck gegenseitig sagen zu wollen: „Herrje, das wird noch was werden."

In der Zwischenzeit hatte sich die jubelnde Menge, die er nach den eben erhaltenen und etwas Licht ins Dunkel bringenden Informationen mit anderen Augen sah, beruhigt und es begann der offizielle Teil des Abends. Das war vor allem daran zu erkennen, dass die Eltern nun ernster und weniger auf die erste Reihe fokussiert agierten und auch ihre Sprache hatten sie wieder mehr an die Position, die sie in diesem Projekt innehatten, angepasst. Trotzdem sah es nach wie vor nach einer Show aus, die vor allem dazu gedacht war, die Eltern zu feiern und nicht die Eröffnung der Kuppel oder den kurz bevorstehenden Beginn des Projekts.

„Eigentlich sollte überhaupt nichts von alledem ge- feiert oder in irgendeiner Form gewürdigt werden", ging es ihm durch den Kopf, während der Vater die Anwesenden mit von Superlativen getränkten Sät- zen aufklärte, dass sie sogleich einen ge- schichtsträchtigen Moment, der ein neues Zeitalter einläuten werde, bezeugen dürften.

Die Mutter hatte zuvor schon von etwas Noch-nie- da-Gewesenem gesprochen und betont, wie wertvoll dieser Ort für die Gesellschaft und vor allem für die Menschen, die hier leben sollen, sein werde. Nach- dem der Vater Grußbotschaften des nicht anwesen- den Volkskanzlers sowie des ebenso abwesenden Richard Scheinschmids ausgerichtet hatte, hatte sich die Mutter abschließend noch geradezu über- trieben klingend für die Unterstützung aller anwe- senden Personen bedankt, ohne deren Hilfe das al- les nicht möglich gewesen wäre.

Wie genau die Unterstützung des Mannes in der ro- ten Unterhose mit dem eigenen aufgedruckten Kon- terfei aussah, war ihm zwar etwas schleierhaft, aber mittlerweile wusste er immerhin, dass viele hier anwesende Personen irgendeine Rolle im Pri- vatleben eines Elternteils spielten oder gespielt hat- ten. Und sei es, wie er sich kurz vorstellte, lediglich die des Schulschwarms, der einen der beiden vor Jahrzehnten verschmäht hatte und dem jetzt ins Gesicht gerieben werden konnte, wie weit im Leben sie es gebracht hatten.

„Unter Umständen hätte man auch erwähnen können, dass hier niemand freiwillig leben wird", flüsterte ihm Aurora, so leise wie sie nur konnte, ihre Meinung zu, als die Stimmen aus den Boxen verstummt waren.

Die Eltern hatten sich mittlerweile in Richtung der Scheinwerfer und somit zu dem letzten sich in der Plexiglaskonstruktion verbleibenden Loch aufgemacht und wirkten dabei nicht so, als hätten sie es sonderlich eilig. Er gab Aurora mit einem unauffälligen Nicken zu verstehen, dass er ihre Meinung teilte, auch wenn es ihn keineswegs überraschte.

„Hahaha, ich kann nicht mehr! Die machen das jetzt wirklich so", lachte Dr. Braunhofer plötzlich los und zeigte mit dem Finger auf eine Gruppe von Menschen, die sich ebenfalls zu den Scheinwerfern begab.

Im Gegensatz zu den Bewegungen der Mutter und des Vaters herrschte dort jedoch sehr wohl Eile sowie ein überaus hektisches Treiben. Mehrere Personen in Uniformen schoben einen Wagen, auf dem man das letzte Plexiglasteil erkennen konnte, und es war nicht zu übersehen, dass sie sich dazu bereit machten, dieses einzusetzen.

„Verzeihung", entschuldigte sich Dr. Braunhofer, nachdem er wohl bemerkt hatte, dass diese spontan ausgestoßenen Worte für andere nicht involvierte Menschen schwer nachzuvollziehen sein mussten. „Mutter und Vater haben mich gefragt, ob man die letzte Scheibe auch händisch einsetzen könnte und ich habe ihnen gesagt, dass das schon möglich ist, aber echt nicht gedacht, dass sie das wirklich so machen. Die ganze Fassade besteht aus mehreren zigtausend von diesen Scheiben und jede wurde automatisiert und ohne jegliches, menschliches Zutun eingesetzt und jetzt lassen sie es so wirken, als hätten Menschen mit ihren Händen das alles zusammengebaut. Haha, das ist doch zum Totlachen ... Wenn das immer so vonstattengegangen wäre, wäre die Kuppel vermutlich in zehn Jahren noch nicht fertig."

Für ihn klang es nach nichts weiter als Ironie, dass den Doktor gerade dieser Umstand so sehr belustigte, und gleichzeitig tat ihm dieser erneut sogar ein wenig leid. Dr. Braunhofer schien das nicht einmal zu bemerken.

Je näher die Eltern dem Loch in der Fassade kamen, desto gespannter und ruhiger wurde die Menge, die zuvor noch gejubelt und gelärmt hatte. Obwohl er es von dort, wo er stand, nicht wirklich beurteilen konnte, konnte er sich nur allzu gut vorstellen, dass die Eltern es genießen mussten, dass alle Blicke wie gebannt auf sie gerichtet waren und einem jeden ihrer Schritte folgten, bis sie schließlich bei den Scheinwerfern angekommen waren. Kaum waren sie zu stehen gekommen, kam wie auf Befehl ein Mann mit einem Mikrofon herangeeilt, welches er den beiden vor das Gesicht hielt.

„SEID IHR BEREIT?", riefen der Vater und die Mutter nun gemeinsam in das Mikrofon und klangen dabei - wenn auch mit deutlich lauterer Stimme - ähnlich wie bei den aufgezeichneten Durchsagen in der Untergrundbahn. Für einen Moment schien Aurora vergessen zu haben, wie der Tag bis hierhin abgelaufen war, als sie etwas peinlich berührt die Hände vor ihrem Gesicht zusammenschlug.

Doch die neuerliche Reaktion des Publikums, das schrie, applaudierte und grölte, als würde jeden Augenblick das aufregendste Popkonzert des Jahres beginnen, erinnerten sie anscheinend wieder daran, denn sie nahm ihre Hände von ihrem Gesicht und wirkte nur noch fassungslos. Nach einem kurzen Moment, in dem sie sich sammeln musste, schaute sie ihn entgeistert an, was eindeutig an diesem nun endgültig skurril wirkenden Schauspiel lag. Dr. Braunhofer wirkte ebenfalls entgeistert, auch wenn dessen Blick nicht den Vorgängen bei den Scheinwerfern und rund um die Bühne galt, sondern dem mittlerweile komplett geleerten Flachmann in seiner Hand.

In der Zwischenzeit hatten die Arbeiter in ihren Uniformen die Scheibe von dem jetzt neben den Eltern stehenden Wagen gehievt und zu viert an die für sie vorgesehene Stelle befördert. Mit dem Einsetzen warteten sie allerdings, denn diese Ehre wollte sich weder die Mutter noch der Vater nehmen lassen.

Rechts und links stellten sich die beiden neben die Plexiglasscheibe zu den Arbeitern und forderten das Publikum inbrünstig dazu auf, einen Countdown zu initiieren. Bei den Zahlen zehn und neun waren es nur die ganz vorne, die runterzählten, doch es wurden immer mehr und spätestens ab drei zählten alle anwesenden Menschen mit. Sogar er selbst bewegte seinen Mund, gab dabei jedoch keinen Ton von sich.

Als der Countdown schließlich die Null erreicht hatte, hoben die Arbeiter die Scheibe an, während der Vater und die Mutter recht deutlich erkennbar nur ihre Hände daraufgelegt hatten. Es wirkte so, als ob sie nicht einmal die geringste Kraftanstrengung aufwendeten, selbst wenn sie sich sichtlich bemühten ihre Gesichter so aussehen zu lassen, als wäre das Gegenteil der Fall und sie würden tatsächlich etwas zu diesem letzten zu erledigenden

Arbeitsschritt zur Fertigstellung der Kuppel beitragen.

Ein kurzes, schwer zuordenbares und dennoch irgendwie quietschendes Geräusch ertönte, als die Scheibe nahe genug an dem Loch war, und es sah so aus, als würde die Fassade das letzte Stück wie von selbst und fast schon wie von Geisterhand einpassen. Nur wenige Momente später gingen die Lichter der Scheinwerfer aus, die die Stelle beschienen hatten, und es folgte ein weiterer schwer zuordenbarer sowie noch lauterer Ton, der am ehesten an einen Knall erinnerte und im ersten Moment furchteinflößend klang.

Er war froh neben dem leitenden Wissenschaftler zu stehen, denn an dessen Reaktionen konnte er ablesen, ob er sich Sorgen machen musste oder nicht. Und da dieser seelenruhig dastand und fasziniert den Geschehnissen folgte, blieb auch er ruhig, selbst wenn er, ohne es zu bemerken, näher an Aurora herangerückt sein musste, denn er konnte auf einmal ihren Arm an dem seinem spüren. Die Frage, ob es am Ende doch nicht der Wissenschaftler war, der ihn beruhigte, sondern die durch das Berühren ihrer Arme fühlbare Nähe zu Aurora, kam ihm jedoch nicht in den Sinn.

Einige Augenblicke später zuckte wie aus dem Nichts vom Boden ausgehend eine Art bläulicher Blitz wie eine Welle die Fassade entlang nach oben und innerhalb von Sekunden zog er sich weit über ihren Köpfen als Kreis zusammen, bis er von einem weiteren an einen Knall erinnernden Geräusch in sich selbst verschwand und daraufhin jede einzelne verbaute Plexiglasscheibe einen Wimpernschlag lang aufflackerte. Von einem Moment auf den anderen war der Spuk beendet und stattdessen war es plötzlich stockdunkel.

Auch wenn man nun nichts mehr sehen konnte, war zu hören und spüren, dass sich in der Menschenmenge Unruhe breitmachte.

„Vielleicht hätten Mutter und Vater erwähnen sollen, dass das passieren wird und es jetzt bis zu einer Minute andauern kann, bevor die Kuppel startet", hörte er eine ihn beruhigende Stimme. Wenn er diese nicht an ihrem Ton erkannt hätte, hätte er an dem alkoholgetränkten Geruch erkannt, dass es sich um Dr. Braunhofer handelte.

„Danke, das ist gut zu wissen", hörte er Aurora leise sowie nicht beunruhigt klingend antworten, während er weiterhin ihren Arm an dem seinen spürte.

Er schaute nach oben, sah durch die durchsichtige Fassade den hell leuchtenden und von Sternen umgebenen Mond am Himmel stehen und musste kurz für sich schmunzeln. Gerade erst vorgestern war Vollmond gewesen, weshalb es nach einigen Momenten schon gar nicht mehr so dunkel war, wenn sich die Augen erst an die zuvor so abrupt einsetzende Dunkelheit gewöhnt hatten. Er kramte zwei seiner Notfallzigaretten hervor und zündete beide an, bevor er eine davon, ohne zu fragen, Aurora reichte, die diese von einer sachten Berührung ihrer Hände begleitet entgegennahm.

„Danke, das ist lieb von dir", flüsterte sie ihm zu.

So standen sie dicht aneinander und Schulter an Schulter da, zogen an ihren Zigaretten und bestaunten gemeinsam den Nachthimmel, während der durch die Unruhe in der Menschenmenge entstandene Lärm in den Hintergrund trat und immer leiser zu werden schien. Wie viele Sekunden vergangen waren oder ob es gar eine Minute war, die es gedauert hatte, konnte er nicht sagen, doch plötzlich folgte ein weiteres Geräusch, das diesmal einem lauten Summen gleichkam. Sobald es nach ein paar Sekunden verstummt war, war es genauso plötzlich wieder hell, wie es zuvor dunkel geworden war.

Doch es waren keine Scheinwerfer die von der Bühne leuchteten oder sonstiges künstliches Licht, viel mehr war es so, als ob es plötzlich helllichter Tag war und selbst der Himmel sah danach aus. Es war der vertraute Anblick eines blauen Himmels, und selbst wenn keine einzige Wolke zu sehen war, stand dort oben ein kleiner gelber Ball, der wohl nicht nur optisch an eine Sonne erinnerte, denn es war unmöglich diesen direkt anzusehen.

„Das ist es, was die Kuppel kann!", sagte Dr. Braunhofer mit hörbarem Stolz in der Stimme.

Ihm hingegen war in diesem Moment nicht wirklich klar, ob er beeindruckt oder nicht doch eher verängstigt sein sollte, obwohl er durch sein letztes Telefonat mit Sonja gewusst hatte, dass es genau das war, worum es bei der Kuppel ging. Gleichzeitig wurde die Luft spürbar kühler und man konnte fühlen, wie die Hitze, die sich über den Tag aufgestaut hatte, förmlich aus der Kuppel hinaus gesogen und mit kühlerer, wenn auch trotzdem noch warmer Luft ausgetauscht wurde.

„Was sagt ihr dazu, liebe Freunde?", war die Stimme der Mutter zu hören, die jedoch von keiner der aufgestellten Boxen zu kommen schien, sondern von allen Seiten sowie von oben zu ihnen hallte.

„Beeindruckend, nicht wahr?!", folgte auf die gleiche Weise die Stimme des Vaters.

Er beobachtete, wie sich die gesamte Menge kollektiv verdutzt im Kreis umblickte, bevor die nächste Wortmeldung der Mutter kam, die diesmal jedoch wieder von Richtung der Bühne zu kommen schien. An der Fassade hinter der Bühne in ein paar

Metern Höhe konnte er die darauf projizierten überdimensionalen Gesichter der Eltern sehen.

„Die einzelnen Scheiben können das zeigen, was man möchte, also sind auch Übertragungen möglich und die Bilder können dann auf einzelne Scheiben, auf mehrere oder sogar die ganze Kuppel aufgeteilt werden und mit dem Ton verhält es sich ähnlich", informierte sie Dr. Braunhofer erneut und machte dabei den Eindruck glücklich darüber zu sein, Leute neben sich zu haben, denen er diese Dinge erklären konnte.

„Genau so wollen sie dann die wöchentlichen Versammlungen machen und in Kontakt mit den Menschen hier treten", war Auroras Antwort darauf, der nicht nur er zustimmte, sondern auch der Doktor, wie dessen bejahende Geste verdeutlichte.

„Wenn erst alles funktionstüchtig ist, brauchen sie dafür auch keine eigenen Geräte mehr", bestätigte der Wissenschaftler nun mit Worten Auroras Annahme und deutete in Richtung einer unauffälligen und schwer einsehbaren Stelle neben der Bühne. Dort war eine Frau in Uniform mit einer Kamera in der Hand zu sehen, die die Eltern filmte.

„Jetzt ist es zu Mittag, wie ihr sicher schon bemerkt habt", sprach der Vater in die Kamera, bevor die Mutter ergänzte: „Was ein wenig störend ist, denn Feiern finden abends oder nachts statt und vor allem sieht man ein Feuerwerk doch viel besser, wenn es Nacht ist!"

„Habt ihr schon einmal einen halben Tag innerhalb von wenigen Minuten vergehen gesehen?", fragte die Mutter die Menge und wartete auf eine Reaktion, die diesmal jedoch - zumindest im ersten Moment - ausblieb, bevor sich einige wenige zu zaghaften Nein-Rufen hinreißen ließen.

Wenn auch noch so viel Alkohol geflossen war, war den anwesenden Personen anzumerken, dass sie sich in einer ungewöhnlichen, wenn nicht sogar schon einschüchternden Situation befanden, die zu einer plötzlichen, nun zur Schau gestellten Zurückhaltung führte.

„Wollt ihr es denn einmal sehen?", fragte der Vater und abermals kam nur eine zögerliche Reaktion.

„WOLLT IHR ES SEHEN?", rief nun auch die Mutter und es folgte ein für die Eltern wohl noch nicht zur Gänze überzeugender Applaus der Menge.

„Ich habe euch nicht verstanden. Ich habe gefragt: WOLLT IHR ES SEHEN?", ließ die Mutter nicht locker und der Applaus wurde lauter, was die Eltern allerdings immer noch nicht zufriedenstellte.

Sie wiederholten die Frage noch einige Male, bis die Stimmung wieder dort angekommen war, wo sie vor dem Einsetzen der letzten Scheibe gewesen war.

„DANN ZEIGEN WIR ES EUCH!", schrien die Eltern schließlich gemeinsam unter Jubel und tosendem Applaus.

Er schaute nach oben und der kleine Ball, der, wie er wusste, nicht nur optisch an eine Sonne erinnerte, sondern im Grunde eine mit ihren Eigenschaften und Funktionen eigene Miniatursonne für die Kuppel war, setzte sich in Bewegung und begann über das Firmament oder besser gesagt über die Decke der Kuppel zu wandern. Dr. Braunhofer kicherte kurz und weder er noch Aurora mussten Fragen stellen, sondern es reichte, wenn sie den Doktor mit gerunzelter Stirn und fragendem Blick ansahen.

„Es fällt niemandem auf und vermutlich nicht einmal Vater und Mutter, hehe", amüsierte sich der leitende Wissenschaftler köstlich und wirkte dabei sogar ein bisschen kindlich. „Unsere kleine Sonne geht im Norden auf und im Süden unter und wandert nicht von Osten nach Westen. Hehe, ein köstlicher kleiner Scherz, den die künstliche Intelligenz sich da einfallen hat lassen."

Weder er noch Aurora fanden diesen Umstand auch nur ansatzweise so belustigend wie der Doktor, selbst wenn sich Aurora trotzdem ein kleines Grinsen entlocken ließ. Seiner Meinung nach lag das aber mehr an der zur Schau gestellten schelmischen Freude des Doktors als an dessen Worten. Während sie dabei zuschauten, wie die künstliche Sonne innerhalb von wenigen Minuten dem ebenso künstlichen Firmament entlang Richtung Süden wanderte und sich die Lichtverhältnisse trotz konstanter Temperatur dementsprechend anpassten, fiel ihm auf einen Schlag auf, was das eigentlich zu bedeuten hatte.

„Wenn sie wollten, könnten sie vierundzwanzig Stunden lang die Sonne scheinen lassen oder es andersherum auch Nacht sein lassen ... Und das sogar tage- oder wochenlang ... Sie können die Menschen durchgehend arbeiten lassen, ohne dass diese jemals die von der Natur vorgesehen Ruhepausen bekommen, wenn die Sonne untergeht", fiel ihm auf und er kam nicht umhin, sich zu fragen, ob diese Möglichkeiten jemals zu Folterzwecken missbraucht werden würden.

Zu seiner Erleichterung sah er es als einen nicht zu überwindbaren Widerspruch zu dem geplanten Konzept an, es wochenlang dunkel sein zu lassen, um so die hier Lebenden zu drangsalieren und bewusster Folterung auszusetzen. Doch andersherum wäre es aus deren Sichtweise grundlegend logisch, es solange als möglich hell sein zu lassen, um den Ertrag durch den Anbau soweit es ging zu maximieren.

„Wäre es nicht genauso Folter, wenn die Menschen sich halb zu Tode schuften müssten, oder zumindest Sklaverei, wenn es das nicht sowieso schon ist", ging es ihm durch den Kopf, bevor er feststellte, dass es für diejenigen, die das Sagen hatten, weder das eine noch das andere war.

„Sie werden es dann wieder Leistungsprinzip nennen, wenn sie die pro Tag zu arbeitenden Stunden im Konzept weiter nach oben schrauben ... Aus acht, zwölf und fünfzehn Stunden Arbeit werden zuerst neun, dreizehn und sechzehn Stunden und dann immer noch mehr", konnte er die Argumentation schon förmlich hören.

Er musste dabei unweigerlich an den Raum hinter der so unscheinbar wirkenden Tür oben bei der Forschungsstation denken, in den niemand hineinsehen durfte. Noch bevor er für sich zu Ende denken konnte, was für Konsequenzen die dortigen Forschungen, auch in Bezug auf seine vorigen Überlegungen, hatten, holte ihn ein kurzer Griff mit seiner linken Hand auf sein rechtes verwaistes Handgelenk aus seinen Gedanken. Wie er nun bemerkte, war bereits der ganze von den Eltern angekündigte wenig minütige Tag vergangen.

In der Zwischenzeit hatte es nicht zum ersten Mal an dem heutigen Tag und an diesem Ort zu dämmern begonnen und nur Momente später war es auch schon Nacht geworden und dennoch war es nicht dunkel. Der Platz, an dem sie standen, war in ein angenehmes gedämpftes Licht gehüllt, welches ihn an dieses von den Laternen und Fackeln erzeugte Licht bei Sonjas Hüttenpartys erinnerte.

Für einen Moment war er wieder dort und spürte die Freiheit und Vertrautheit, bevor es diesmal nicht ein Griff auf sein Handgelenk war, der ihn zurück in die Realität holte, sondern ein abermaliger von der Menschenmenge gestarteter Countdown. Das angenehme Licht war verschwunden, es war stockdunkel und weder der Mond noch die Sterne waren zu sehen. Die Eltern hatten, während er mit seinen Gedanken woanders gewesen war, ein auf die Innenseite der Fassade der Kuppel projiziertes Feuerwerk angekündigt und es erneut der Menge überlassen, den Start von diesem einzuzählen.

„Das ist dann wohl die Überraschung von der Dr. Braunhofer gesprochen hat", ging es ihm durch den Kopf, als hunderte Menschen „fünf" ausriefen und begannen ihren Blick gebannt Richtung Himmel zu richten. Selbst Aurora ließ sich mitreißen und er hörte, wie sie „vier, drei, zwei" aussprach und dabei näher an ihn heranrückte. Bei „eins" griff sie seine Hand und nahm dabei nicht ihren Blick vom Himmel.

Ein zischendes Geräusch hallte von dort, wo zuvor noch die Gesichter der Eltern auf der Fassade zu sehen waren, in seine Ohren und als er zu der Stelle hinsah, stiegen von dort Raketen und Feuerwerkskörper auf. Sie wurden von eben jenem Geräusch begleitet, bevor sie hoch oben an der Decke der Kuppel angekommen waren, explodierten und verschiedenste Farben und Figuren in den Himmel zeichneten. Es wurden immer mehr und von allen Seiten schienen Raketen nach oben zu wandern, um am Ende unter einem Knall ihre faszinierende Schönheit zu entfalten. Ein leichter beißender Geruch von verbranntem Schwarzpulver lag in der Luft und ebenso war Rauch sowohl zu sehen als auch zu riechen.

„Wie kann das kein echtes Feuerwerk sein?", fragte er sich zuerst selbst, bevor er die Frage nach einer kurzen Pause leise an Aurora stellte, doch er erhielt von dieser genauso wenig eine Antwort wie von sich selbst.

„Die perfekte Nachahmung und Täuschung ... Es ist wunderschön ...", war es schließlich wieder einmal Dr. Braunhofer der ihnen wenigstens eine Art von Antwortet lieferte und dabei gerührt wirkte.

„Es ist wirklich wunderschön ...", gab Aurora diesem recht, während sie weiterhin seine Hand hielt und mit erstauntem Blick das Feuerwerk beobachtete.

Immer wieder aufs Neue vernahm er von den anwesenden Personen „Ahs" oder „Ohs", wenn ein besonders schönes Muster aus einer abgeschossenen Rakete entstand oder - was es in Wahrheit war - wenn ein Film mitsamt dazu passenden Audio- und Geruchseindrücken von einer solchen gezeigt und simuliert wurde.

„Es ist nicht echt ... Selbst wenn es so wirkt, es ist nicht echt", sagte er nicht unbedingt mit vollster Überzeugung zu sich selbst, während nun auch noch festliche Klaviermusik in seine Ohren drang.

Er beobachtete, wie sich manche Menschen fanden, um gemeinsam zu dieser zu tanzen.

„Und trotzdem fühlt es sich so an, als wäre gerade Silvester ...", fand er schließlich den Grund, warum es ihm zuvor so schwergefallen war, sich selbst von dieser faktischen Tatsache zu überzeugen.

Während der dunkle Himmel weiterhin in verschiedene Farben getaucht wurde, gingen uniformierte Personen umher und verteilten bis zum Rand gefüllte Champagnergläser. Auch Aurora und er nahmen sich eines davon, während sich Dr. Braunhofer gleich zwei auf einmal schnappte und eines davon direkt in seine Kehle leerte.

Aurora hingegen sah ihn an und forderte ihn mit einem Lächeln sowie den von einem Augenzwinkern begleiteten Worten „So stelle ich mir meine 'Bestanden-Feier' vor" und ihrem entgegengestreckten Glas dazu auf, mit ihr anzustoßen. Bevor er darauf eingehen konnte, machte sie der Uniformierte, von dem sie das Glas genommen hatten, jedoch darauf aufmerksam, dass das Austrinken der Gläser erst nach der Beendigung des Feuerwerks vorgesehen war.

„Naja, das bestimmen wohl immer noch die Eltern, wie deine Feier abzulaufen hat ...", konnte er sich einen leise ausgesprochenen, blöden Spruch nicht verkneifen, was Aurora mit einem Lachen und den Worten „die Betonung liegt auf 'noch'..." zur Kenntnis nahm.

Sie schauten nach oben und bestaunten noch einmal die künstlerischen Explosionen, die langsam weniger wurden, bis die letzten Raketen schließlich ein golden glitzerndes *„DANKE"* in den Himmel schrieben und somit verkündeten, dass dieser Teil des Abends sein Ende gefunden hatte. Innerhalb eines Wimpernschlags war es so, als hätte dieses Feuerwerk niemals stattgefunden und der Platz war wieder in das dumpfe, wohlige Licht gehüllt.

Auf der Fassade waren wieder die Mutter und der Vater zu sehen. Sie hielten gefüllte Champagnergläser in den Händen. „Ich hoffe, euch hat unsere Überraschung gefallen!", frohlockte die Mutter und war sichtlich von dem eben Gezeigten begeistert.

Anschließend forderte der Vater alle Anwesenden dazu auf, gemeinsam mit ihnen auf das neue nun eingetretene Zeitalter anzustoßen. Dieser Aufruf wurde von der hörigen Menschenmenge sogleich bereitwillig befolgt und bejubelt.

Nach dem Anstoßen in Richtung der Eltern und einem kleinen Schluck holten Aurora und er ihr voriges Vorhaben nach und stießen auf Auroras imaginäre Feier zu Ehren ihres Bestehens des 'Evaluierungsgesprächs' an. Es fühlte sich gänzlich anders an, als es sich das noch vor ein paar Minuten getan hätte, denn es war gezwungener und fremdbestimmt. Mit Dr. Braunhofer stießen sie anschließend ebenfalls an und dieser nutzte die Gelegenheit auch gleich, um sich zu verabschieden.

„Ich habe gesehen, was ich sehen wollte, und mache mich deshalb auf den Weg zurück. In ein paar Minuten stehen alle, die hinaufwollen, bei der Untergrundbahn und ich möchte nicht in einer Schlange warten, bis ich irgendwann hochfahren kann. Und, naja, einen anderen Weg gibt es jetzt bekanntlich auch nicht mehr", ließ sie der Doktor wissen und ging mit doch etwas wackelig wirkenden Schritten los.

Sie schauten dem leitenden Wissenschaftler noch eine Weile hinterher und er musste schmunzeln, als Aurora dessen eingeschlagenen Umweg an einer der aufgebauten Bars mit „aber erst wenn ich endlich wieder meinen Flachmann aufgefüllt habe" kommentierte. Kaum dass sie es ausgesprochen hatte, tat dieser exakt das und torkelte erst anschließend in Richtung der Station der Untergrundbahn.

Gerade als Dr. Braunhofer aus ihrem Blickfeld verschwunden war, begannen die Mutter und der Vater den weiteren Verlauf des Abends zu erklären, was sie, wie bereits zuvor, neuerlich mit abwechselnden Wortmeldungen taten.

Die Wissenschaftler und Mitarbeiter, die nicht zu der Feier in der weißen Villa geladen waren, könnten oder, wie er es wahrnahm, durften nun zurück in ihre Unterkünfte gehen, erklärte die Mutter. Diejenigen, die, wie der Vater es nannte, „zu den glücklichen Auserwählten gehörten, welche mit ihnen weiterfeiern durften", sollten noch mindestens zehn Minuten hier verweilen, bis sie sich zu den ihnen bereits bekannten Wägen mit den ebenso bereits bekannten Fahrern begeben könnten, die sie dann zur weißen Villa bringen würden.

Falls jemand Gepäck mit sich geführt und vor der Kuppel zurückgelassen hatte, wäre dieses schon in die für die jeweiligen Personen vorgesehenen sowie bezugsfertigen Zimmer gebracht worden. In diesen konnte man sich dann frischmachen, bevor man endgültig zur Party stoße, war die letzte vom Vater allein vorgetragene Information. Sie wurde mit einem vergleichsweise verhaltenen Applaus zur Kenntnis genommen. Im Gegensatz dazu wurde die Bemerkung der Mutter, dass falls man das eigene Zimmer nicht finden sollte, auch bei ihr im Bett nächtigen könnte, von der ersten Reihe durch lautes präpotentes Gejohle und zweideutige Zwischenrufe sowie tosenden Applaus geradezu gefeiert.

„Wir sehen uns dann gleich in unserer Villa!" waren die letzten von den Eltern gemeinsam ausgerufenen Worte. Sie verabschiedeten sich und stiegen in einen golden lackierten Wagen, der sofort davonbrauste.

Nachdem die Eltern weg waren, konnte man sogleich die Personen erkennen, deren Ziel nicht die ausgerufene After-Party war. Rasch bildete sich eine Schlange vor der Untergrundbahnstation und eine andere große Gruppe schien zu Fuß ihre Reise zu den Unterkünften anzutreten, die sich nicht in der weißen Villa befanden. Diejenigen, für die die Eröffnungsfeier noch andauerte, schienen es hingegen nicht unbedingt eilig zu haben und bewegten sich, wenn überhaupt, nur langsam von ihren Plätzen.

Aurora und er beschlossen, diesmal eine andere Strategie zu wählen, und wollten unter den Ersten sein, die bei der weißen Villa ankamen, um dort in einem ihrer Zimmer nochmals in Ruhe reden zu können, was ihm die Gelegenheit bot, sie über das von Dr. Braunhofer Erfahrene zu informieren. Bevor sie sich zu dem Geländewagen aufmachten, mit dem sie gekommen waren, steuerten sie, auf seine Initiative hin, allerdings noch jene Bar an, bei der der Doktor zuvor seinen Flachmann aufgefüllt hatte. Schnell schnappte er sich eine Flasche Tequila, die von derselben Marke war, wie die zwei aus denen sie seit geraumer Zeit ihr Wasser tranken.

„Zwei, drei kleine Schlucke, dann sollte niemandem auffallen, dass wir eigentlich nur Wasser aus unseren Flaschen trinken", erklärte er Aurora im Anschluss daran mit der Flasche in der Hand und war bereits wieder beim Losgehen.

Aurora wollte anscheinend keine Zeit verschwenden, denn sie nahm die Flasche, blieb stehen und nahm zwei durchaus kräftige Schlucke, wie ihr verzogenes Gesicht verriet, nachdem sie die Flasche wieder abgesetzt hatte und ihm reichte. Er tat es ihr gleich und musste, ohne es selbst zu bemerken, ebenfalls sein Gesicht verzogen haben, denn Aurora schien sein Anblick zu belustigen, wie ihr schadenfrohes Grinsen verriet.

Fast fünfzehn Minuten waren seit der letzten Ansage der Eltern vergangen, als sie schließlich in den grauen Wagen einstiegen und trotzdem war ihre Fahrerin, die bereits hinter dem Steuer sitzend auf sie gewartet hatte, eine der Ersten, die losfuhr, um die beiden zur weißen Villa zu kutschieren.

Sie redeten kaum etwas während der Fahrt und es herrschte eine seltsame Stimmung in dem Geländewagen. Er hätte diese am ehesten als ein Gemisch aus einer spürbaren Unsicherheit, was noch alles auf sie zukommen könnte, sowie einer gewissen Konzentration, die notwendig schien, um dieser Unsicherheit entgegentreten zu können, beschrieben. Irgendwie schien aber noch etwas anderes in der Luft zu liegen. Jedenfalls empfand er es so und Aurora schien das spätestens ab dem Zeitpunkt, als die Fahrerin auf ihre Frage nach dem genauen Ablauf der nächsten Stunden mit einem „Keine Ahnung" antwortete, ebenfalls zu tun.

„Wenigstens haben wir unsere Zimmer und somit einen Rückzugsort, falls alle Stricke reißen", hatte er sich mit dem Wenigen, was sie bis hierhin wussten, immerhin einen Notfallplan zurechtgelegt, auf den er zurückgreifen konnte, wenn er es für notwendig erachtete.

Die Zeit verging ob dieser vorherrschenden Stimmung nicht sonderlich schnell und es dauerte eine gefühlte Ewigkeit, bis das Auto schließlich vor dem Tor des Zauns, der rund um den Garten der weißen Villa verlief, anhielt.

„Ab hier müsst ihr zu Fuß weitergehen", teilte ihnen die Fahrerin mit, was er mit einem kurzen Nicken zur Kenntnis nahm, während sich Aurora mit den Worten „Okay, super, danke, bis zum nächsten Mal" verabschiedete.

Sie stiegen aus, traten durch das weit offenstehende Gartentor und gingen einige Meter, bis Aurora plötzlich erstaunt stehen blieb. Ihr stand regelrecht der Mund offen. Er konnte es nachvollziehen, denn so hatte er diesen Ort nicht in Erinnerung gehabt.

Der Garten war schmuck, ja geradezu galant dekoriert worden. Überall standen kleine Tischchen mitsamt Stühlen aus weiß gestrichenem Holz und sogar einige ebenfalls aus weiß gestrichenen Brettern gefertigte und gemütlich gepolsterte Hollywoodschaukeln waren an ein paar Plätzen aufgestellt worden. Eine dieser Schaukeln war neben dem Schwimmteich positioniert, um welchen im Zwei-Meter-Abstand brennende Fackeln in den Boden gesteckt waren. Genauso wie der Teich wurden auch die Marmorwege von brennenden Fackeln umrahmt und in den Bäumen hingen dezent funkelnde Lichterketten.

Ansonsten gab es noch einige Laternen, die rund um die Tische sowie die Hollywoodschaukeln platziert waren. Das galt auch für den weißen Pavillon, in dem sie damals vor ihrer Abreise mit den Eltern gefrühstückt hatten und der wie die Bäume mit dezenten Lichterketten geschmückt war.

Der komplette Garten wurde durch all diese kleinen Lichtquellen in dasselbe angenehme gedämpfte Licht getaucht, wie es die Kuppel schon zuvor bei der Bühne simuliert hatte. Auch jetzt tat sie das noch, jedoch in einer abgeschwächten Form, wodurch die Laternen und ebenso die Fackeln besonders schön zur Geltung kamen.

Als ob dem nicht genug gewesen wäre, sah es so aus, als gäbe es zudem jede Menge kleine Glühwürmchen, die hier lebten, denn überall schwirrten kleine leuchtende Punkte durch die Luft, die immer wieder einmal heller aufleuchteten und dann wieder etwas schwächer. Vor allem jene, die direkt über dem Teich flogen, sahen besonders eindrucksvoll aus, wenn sie sich in dem von dem Feuer der Fackeln beleuchteten Wasser spiegelten.

Es war angenehm warm und ein schwacher lauer Wind war in ihren Haaren und auf der Haut zu spüren, was den Eindruck verstärkte, an einem beinahe schon etwas unwirklichen Ort gelandet zu sein. Das gesamte Ambiente strahlte etwas Mystisches aus und hatte auf eine gewisse Weise sogar etwas verführerisch Anziehendes an sich.

„Es sieht so bezaubernd aus ...", fand Aurora immer noch mit offenstehendem Mund jene Worte, die ihr Erstaunen zum Ausdruck brachten.

„Ja, bezaubernd ist der passende Begriff ...", antwortete er. Er sah Aurora an und ließ seinen Blick anschließend erneut über den Garten schweifen.

Wenn er nicht bedacht darauf gewesen wäre, sich nichts anmerken zu lassen, wäre ihm ob des Anblicks vielleicht sogar selbst der Mund offen gestanden. Einige Momente lang sagten sie nichts, bevor Aurora wieder ihren Fokus fand.

„Komm! Gehen wir hinein und dann auf die Zimmer. Hier können wir uns dann noch lange genug umschauen, wenn wir geredet haben", machte sie ihm eine Ansage, schloss zu ihm auf und gab ihm mit einem leichten Klaps auf den Rücken zu verstehen, dass sie weitergehen sollten.

Nach ein paar Metern konnten sie erkennen, dass vor dem Eingang des Gebäudes bereits zwei Personen Aufstellung genommen hatten, die sie am heutigen Tag bisher vermehrt auf Monitoren gesehen und nur durch Lautsprecher reden gehört hatten.

„Bist du bereit?", flüsterte er Aurora in einem extra leisen Ton zu, als sie immer näher auf die Eltern zugingen.

„Klar bin ich das, du auch?"

„Ja, soweit man das sein kann schon, denke ich ...", murmelte er ihr weiterhin leise und bedacht jene Antwort zu, die er sich heute schon einmal selbst gegeben hatte, als er von zu Hause losgegangen war und sich selbst eben jene Frage gestellt hatte.

„Ach, wenn das nicht zwei entzückende Gesichter sind", säuselte die Mutter in ihre Richtung, als sie schließlich bei der schon offenstehenden Eingangstür der Villa angekommen waren. Der daneben stehende Nummer zwei drückte ihnen augenblicklich zwei gefüllte Champagnergläser in die Hand.

„Ähm, danke", antwortete er überrascht und irgendwie auch überrumpelt, was weniger dem überreichten Champagnerglas geschuldet war. Hauptsächlich reagierte er deshalb so, weil er erst jetzt bemerkte, dass Nummer zwei außer einer um den Hals gebundenen Fliege nichts anhatte, das seinen nackten Oberkörper bedeckte. Auch die enge sowie äußerst kurz geratene Hose, die der Bedienstete unterrum trug, erinnerte, wenn überhaupt, noch am ehesten an Unterwäsche. Es fiel ihm schwer, trotzdem versuchte er die Contenance zu wahren und richtete seine Aufmerksamkeit auf die Eltern.

„Vielen Dank für die Einladung, wir freuen uns sehr darüber, heute hier sein zu dürfen. Ich bin schon gespannt darauf, wie die Feier weitergeht ... Der Teil von vorhin ist ja eigentlich kaum mehr zu toppen. Wobei, wenn das jemandem gelingen sollte, dann seid das wohl ihr ...", ging er mit einem aufgesetzten Lächeln im Gesicht gleich darauf über, das Ego der beiden Gastgeber zu streicheln, und achtete darauf, abwechselnd sowohl die Mutter als auch den Vater anzusehen.

„Ach, was für ein Charmeur!", antwortete die Mutter mit erstaunlich hoher und fast schon quietschender Stimme und winkte dabei mit einer Hand ab.

Dennoch schien sie Gefallen an seinen Worten gefunden zu haben, denn augenblicklich wies sie Nummer zwei an, ihm und ihr zusätzlich noch ein gefülltes Schnapsglas zu reichen, was dieser sogleich tat.

Aurora schaute ein wenig irritiert, da die Mutter die Anweisung mit „Nummer eins" eingeleitet hatte, was dem Vater nicht verborgen blieb.

„Haha", lachte dieser kurz auf. „Stimmt, ihr habt sie damals in der anderen Reihenfolge kennengelernt, aber keine Sorge für heute müsst ihr euch diesbezüglich sowieso nichts merken. Seit heute Vormittag und bis zum Sonntag sind sie beide die Nummer eins."

„Ja, das ist ihre Belohnung", übernahm nun die Mutter das Wort, nachdem sie die Schnapsgläser geleert hatten und der männlichen Nummer eins zurückgereicht hatten.

„Am Montag werden sie uns leider schon verlassen und deshalb haben wir beschlossen, dass sie an diesem letzten Wochenende hier bei uns beide die Nummer eins sein dürfen. Ich weiß ja, erzieherisch ist das nicht gut, so etwas zu machen, aber sie haben sich zumindest immer Mühe gegeben und waren fast immer brav. Und wir wissen doch, wie wichtig es ihnen war, die Nummer eins zu sein ... Wir haben halt ein weiches Herz und sind so großzügig, deswegen machen wir an diesem letzten Wochenende diese eine große Ausnahme ... Genauso ist es doch, oder, Nummer eins?", ergänzte sie mit vor Selbstbeweihräucherung triefendem Ton, während sie dem Bediensteten mit ihren Fingern halb über den Arm und halb über die Brust streichelte.

„Die andere Nummer eins werdet ihr auch gleich sehen. Sie wird euch zu eurem Zimmer geleiten, wenn sie wieder da ist", redete jetzt wieder der Vater. „Genau das tut sie gerade mit den vier Leuten, die vor euch angekommen sind. Ich hoffe das Zimmer gefällt euch und keine Sorge, es gibt keine Kameras und Mikrofone, falls euch das davon abgehalten hätte, in der Nacht so richtig Spaß zu haben ... Haha, wir wollen doch, dass sich alle so richtig amüsieren können. Und da wir einige eingeladen haben, von denen wir wissen, dass sie sich schwer damit tun, sich zu vergnügen, wenn sie aufgenommen werden, haben wir dafür gesorgt, dass das bis morgen Nachmittag gar nicht erst passieren kann. Haha, das war eine Diskussion. Jetzt funktionieren in keinem einzigen der Gebäude in der Kuppel die Kameras und Mikrofone, weil die irgendwie zusammenhängen. Aber das passt schon, wenn dafür alle ihre Vorlieben ausleben können, wenn ihr versteht, was ich meine ... Oh, ich hoffe ihr könnt das dann auch oder steht ihr etwa genau darauf gefilmt zu werden?"

Weder Aurora noch er reagierten auf die Frage. Stattdessen wunderte er sich, wie es der Vater soeben geschafft hatte, eine inhaltlich beruhigende und für sie äußerst vorteilhafte Aussage so zu verpacken, dass sie am Ende viel mehr einschüchternd und sogar etwas angsteinflößend bei ihm ankam.

„Ich verstehe, ihr seid immer noch ein wenig schüchtern und wollt euch nicht gegenseitig bloßstellen ... Haha, jedenfalls müsst ihr euch noch gedulden und mit uns Vorlieb nehmen, bis Nummer eins wieder da ist", sagte der Vater nun und hatte dabei wieder einmal eine eigene Erklärung für ihre ausgebliebene Reaktion.

Es klang für ihn schon fast nach einer Drohung, noch länger hier stehen zu müssen, dennoch blieb er nach außen hin ruhig und war erleichtert, als die Mutter das Thema wechselte und ihnen etwas mitzuteilen hatte.

„Das trifft sich ausgezeichnet, dass uns noch etwas Zeit bleibt. Wir müssen mit euch nämlich noch kurz etwas besprechen. Wir haben heute am Vormittag mit Kathryn telefoniert. Ach, wie schade, dass sie es sich nicht einrichten konnte, selbst hierher zu kommen. Ich habe am Telefon gehört und es fast schon gespürt, wie sehr sie das ärgert, weil sie doch so gerne gekommen wäre ... Aber Verpflichtungen sind nun mal Verpflichtungen und es ist ja auch in unserem Interesse, wenn sie sich um die letzten Dinge kümmert, damit wir so bald als möglich und ohne Verzögerung mit der Unterbringung der Kinder starten können", sprach sie mit geheucheltem Ton, der mehr auf Selbstlob als auf Mitgefühl schließen ließ.

„Jedenfalls", fiel ihr der Vater doch recht schroff ins Wort und wählte dann einen um Sachlichkeit bemühten Ton, „werden wir euch morgen, bevor ihr abreist, nochmal das mittlerweile zu Ende gebaute Haus zur Unterbringung der Kinder zeigen. Das letzte Mal war es ja noch nicht fertig und ihr habt deshalb die Schlafräumlichkeiten nicht gesehen. Das wird eine Sache von höchstens ein paar Minuten sein, schätze ich, aber es ist notwendig, damit Kathryn das Protokoll abschließen kann und wir dann innerhalb des Zeitplans starten können."

„Sie ist halt so übervorsichtig, unsere liebe Kathryn, und besteht darauf, damit 'am Ende alles seine Richtigkeit hat' wie sie sagt … Aber ehrlich, was sollte denn schon passieren. Wenn du mich fragst, könnte sie ruhig ein wenig risikofreudiger sein", lästerte die Mutter im Grunde schon über Captain und sah ihn, nachdem sie den letzten Satz schon direkt an ihn gerichtet hatte, am Ende mit einem Blick an, der ihm wohl etwas signalisieren sollte und der doch für ein mulmiges Gefühl in seiner Magengegend sorgte.

„Gut, dann sehen wir uns diese Räumlichkeiten morgen an", antwortete Aurora für sie beide, während er sich nichts anmerken ließ, auch wenn ihm das zunehmend schwerer fiel.

„Okay, das ist gut, dann brauche ich mir keine Gedanken mehr darüber machen, wie ich dort hinkomme …", versuchte er sich auf die für ihn hilfreichen Informationen zu konzentrieren und die restlichen Kommentare und Andeutungen auszublenden.

Er schaute bewusst zum Vater und hoffte, so dem Blick der Mutter entgehen zu können, die ihn weiterhin anstarrte.

Dass er sich ihm zuwandte schien der Vater allerdings sogleich als Frage aufzufassen und antwortete, ohne zu zögern: „Wir wissen doch nicht, inwieweit Kathryn bei ihrer Arbeit kontrolliert wird, und verständlicherweise ist sie auch ein bisschen nervös mit uns zusammenzuarbeiten und möchte deshalb vor uns alles ganz genau und richtig machen."

„Ach, das wird es sein! Sie möchte uns wohl beeindrucken. Das ist doch eigentlich fast schon wieder entzückend …", säuselte die Mutter augenblicklich, nachdem ihr anscheinend ein Licht aufgegangen war und sie für sich endlich eine stimmige Erklärung für Captains Verhalten gefunden hatte.

„Naja, jedenfalls wird dort morgen wegen dieser Sache von vorgestern und gestern …", wollte der Vater gerade weitersprechen, als die Unterhaltung durch das Geräusch von auf den Boden tackernden Stöckelabsätzen unterbrochen wurde. „Egal, das erzählen wir euch dann morgen. Jetzt ist zuerst einmal die Zeit, zu feiern und sich zu amüsieren. Nummer eins, sei so brav und bring unsere Gäste auf ihr Zimmer", beendete der Vater abrupt das Gespräch und wies der weiblichen Nummer eins, die soeben aus dem Gebäude getreten war, sogleich ihre nächste Aufgabe zu.

„Ja, Vater, natürlich, Vater", antwortete diese mit einem halben Knicks sowie gesenktem Kopf, drehte sich um und wartete darauf, dass Aurora und er ihr folgten.

Zuerst verabschiedeten sie sich allerdings noch bei den Eltern und taten das wie der Vater mit einem körperkontaktlosen Nicken, als die Mutter, die eben noch damit beschäftigt gewesen war, die männliche Nummer eins zu instruieren, Champagner für die zwei kleinen Gruppen vorzubereiten, die gerade in den Garten getreten waren, scheinbar doch noch etwas loswerden wollte. „Ich freue mich schon auf später und wie gesagt, bin ich nicht so risikoscheu wie die liebe Kathryn, wenn ich etwas haben möchte", sagte sie mit bestimmendem Ton und schien dabei vor allem ihn anzusprechen.

Umgehend, nachdem sie den Satz fertig gesprochen hatte, glitt ihre Hand über seinen Rücken nach unten und verließ seinen Körper erst, als sie sein Hinterteil nicht nur touchiert, sondern an dieser Stelle nochmal richtiggehend zugepackt hatte.

Zumindest hatte er es im ersten Moment so wahrgenommen, doch im zweiten war er sich schon nicht mehr sicher, ob dem tatsächlich so war. Sowohl die Eltern als auch die männliche Nummer eins machten nicht den Eindruck, als wäre etwas in dieser Art passiert und Aurora hatte ihr Gesicht bereits zuvor zum Eingang gerichtet und hatte somit nichts davon mitbekommen.

„Bis später", sagte er ohne Emotion in der Stimme und mit einem gequälten Lächeln im Gesicht, obwohl das bereits zuvor aufgetretene mulmige

Gefühl in seiner Magengegend wie auf einen Schlag exponentiell angestiegen war.

Er bemerkte, wie seine Atmung flacher wurde, und auch seine Beine machten plötzlich Anstalten, weicher zu werden.

„Es ist egal ... Es muss dir egal sein ...", redete er sich selbst zu.

Ihm war klar, dass wenn das gerade wirklich passiert sein sollte, durfte er in keinster Weise zeigen, dass ihm so etwas nicht recht war. Er durfte den Eltern keinen Grund geben, in ihm etwas anderes zu sehen als einen ihnen dienlichen Mann. Er griff an sein rechtes Handgelenk, dachte an den Himmel und die Wolken und hoffte es dadurch zu schaffen, die aufkommenden Empfindungen verschwinden zu lassen.

„Es geht nicht um mich und es steht zu viel auf dem Spiel ... Ich darf nichts machen, was ihnen missfallen könnte. Wenn es gar nicht anders geht, muss ich es einfach über mich ergehen lassen, sonst fangen sie noch an, genauer hinzusehen. Ich muss es nur einen Abend lang ertragen und dann bin ich wieder weg ... Nicht so wie Jonathan", war ihm klar, wie er zu handeln hatte, bevor ihm wieder einfiel, was ihm Dr. Braunhofer über den vormaligen Haus- und Hofbutler erzählt hatte.

Er fühlte sich diesem gegenüber schuldig. Allein der Gedanke an Jonathans Schicksal grauste ihn. Dennoch war es genau dieser Gedanke, der ihm schlussendlich die Kraft gab, seine Empfindungen zur Seite zu schieben, denn ein Abend und eine Nacht waren gar nichts im Vergleich zu dem, was den Butler erwartete.

Während er mit sich selbst beschäftigt gewesen war, waren sie der weiblichen Nummer eins bereits bis auf die dunkle Holztreppe, auf der im Gegensatz zu ihrem ersten Besuch kein Teppich ausgelegt war, in der Eingangshalle gefolgt. Erst jetzt schien er wieder zur Gänze in sich und seinem Körper angekommen zu sein, woraufhin er erst einmal von oben einen Blick über die Räumlichkeiten warf.

Es waren außer ihnen keine Personen zu sehen, doch dafür konnte er mehrere langgezogene Tische erkennen, die mit etwas Abstand dazwischen in fünf Reihen aufgeteilt standen. Auf einem von diesen war ein Buffet zu sehen. Dieses wirkte mickrig, im Vergleich zu den Unmengen an verschiedenen alkoholischen Getränken, die auf den restlichen Tischen verteilt aufgestellt waren.

Ansonsten war die Eingangshalle mit keiner besonderen Dekoration versehen worden. So blieb es der ohnehin schon vorhandenen Einrichtung wie dem dunklen Holz, den Gemälden, dem Gold oder auch den prunkvollen Kronleuchtern an der Decke überlassen, für eine festliche Stimmung zu sorgen. Einzig das Licht war ihm Gegensatz zu ihrem letzten Besuch abgedämpft und weniger grell. Auf einem der langgezogenen Tische waren zwei nach oben ragende Pole-Dance-Stangen befestigt.

„Das ist dann wohl die Bühne für Nummer eins und Nummer eins ... Zum Abschluss ein letzter demütigender und bloßstellender Tanz in Richtung Freiheit", waren seine Gedanken, als er die besagten Stangen erspähte.

Allerdings waren es nicht nur diese, die ihn zu diesem Schluss kommen ließen, denn auch die weibliche Nummer eins war mit so gut wie nichts bekleidet. Sowohl ihre Unterhose als auch ihr Oberteil bestanden praktisch nur aus Schnüren und lediglich ihre Brüste und ihr Intimbereich wurden von kleinen schwarzen Stofffetzen bedeckt.

Er kam nicht umhin, auf die hochhackigen schwarzen Stiefel zu starren, die der weiblichen Bediensteten bis knapp über die Knie reichten, während Aurora und er ihr entlang eines ebenfalls mit dunklem Holz verkleideten Gangs folgten, nachdem sie im ersten Stock die Treppen hinter sich gelassen hatten. Die Stiefel machten hier kaum Geräusche, aber hinterließen dafür mit jedem Schritt einen kleinen und dennoch gut sichtbaren Abdruck auf dem roten Samtteppich der auf dem langen Gang ausgerollt war. Auf beiden Seiten des Gangs ließ dieser nur wenig Boden zu den dunklen Holzwänden frei.

„Aus dem Stoff eines Stiefels hätte man locker noch dreimal dasselbe Outfit für beide rausbekommen", hatte er einen seltsamen Gedankengang, der ihm wohl mitteilen wollte, dass die Auswahl der Kleidung der zwei Bediensteten nichts mit dem Sparen von Materialkosten zu tun haben konnte.

Sein Blick wanderte zu Aurora, die beinahe schon einen betrübten Eindruck machte und kein Wort sagte. Er verspürte Ähnliches, obwohl er nicht einmal wusste, ob sich die beiden Bediensteten wirklich so fühlten, wie er glaubte, dass sie es tun mussten. Gerade als er überlegte, ob er ein Gespräch beginnen sollte, um das herausfinden zu können, blieb die so spärlich bekleidete Frau stehen und zeigte auf eine helle Holztür, auf der ein goldenes Schild mit der Nummer siebzehn angebracht war.

„Das ist Ihr gemeinsames Zimmer. Die Tür ist offen und die Schlüssel befinden sich auf den Nachtkästchen neben dem Bett. In einer Stunde werden Mutter und Vater eine Ansprache in der Eingangshalle halten. Bis dahin haben Sie Zeit, sich frisch zu machen und einzurichten. Ich wünsche einen schönen Aufenthalt", gab sie Aurora und ihm jene, ein wenig wie auswendig gelernt klingenden Instruktionen, die sie vermutlich allen gab, die sie zu den Zimmern führte.

Danach drehte sie sich um und ging in die Richtung, aus der sie gekommen waren. Weder Aurora noch er brachten mehr als ein knappes und beinahe schon mitleidig klingendes „Vielen Dank" heraus und das obwohl ihnen eigentlich ein und dieselbe Frage auf der Zunge gelegen war.

„Ich hoffe, es passt für dich, dass ich sie nicht gefragt habe, warum wir nur ein Zimmer haben und nicht zwei einzelne. Ich wollte sie nicht in die Situation bringen, deswegen mit den Eltern reden zu müssen und dann deren Reaktion ausgeliefert zu sein, selbst wenn sie nur der Bote ist ... Außerdem habe ich es davor bei diesem seltsamen Monolog des Vaters schon kurz wahrgenommen, aber ich war mir dann nicht sicher, ob ich es richtig verstanden habe. Und nach den Dingen, die er sonst so von sich gegeben hat, wollte ich nichts sagen, was ihn dazu bewegt hätte, weiterzureden ... Überhaupt halte ich es für besser, nichts zu beanstanden", erklärte er Aurora sogleich, nachdem sie das Zimmer betreten und die Tür hinter sich geschlossen hatten.

Noch bevor Aurora antworten konnte, ging er schnurstracks zu den Nachtkästchen, schnappte sich beide Schlüssel und überreichte einen Aurora, während er mit dem zweiten die Tür verschloss.

„Schon gut. Ich verstehe dich, mir ist es doch auch so gegangen ...", erwiderte Aurora schließlich seufzend, nachdem sie gewartet hatte, bis er den Schlüssel im Schloss herumgedreht hatte.

Sie wirkte nach wie vor betrübt. „Ich fühle mich schlecht ... Wegen meiner Aussage vom letzten Mal, als ich gemeint habe, ihre Uniformen sähen aus, als wären sie aus einem Sex-Shop ... So als ob sie eine Wahl hätten. Und irgendwie fühlt es sich jetzt so an, als ob ich es verschrien hätte", gestand sie ihm.

„Das war, bevor du gewusst hast, wie das hier alles läuft und welche aufgezwungene Rolle die beiden hier spielen müssen. Deshalb musst du dich nicht schlecht fühlen ... Okay?", versuchte er Aurora zu beruhigen und überlegte, was er noch tun konnte, um dieses Ziel zu erreichen.

Normalerweise hätte er einen Arm um sie gelegt oder es durch irgendeine andere Form von unterstützendem oder beistehendem Körperkontakt versucht, doch das in diesem Moment zu tun, fühlte sich auf einmal grundlegend falsch an.

Zu seinem Glück schien es außer seinen Worten nichts Weiteres zu brauchen, denn Aurora antwortete mit einem zwar noch bedrückt wirkenden, aber zustimmenden „Da hast du wohl recht". Sie hatte sich zwischenzeitlich anscheinend selbst überlegt, wie sie damit umgehen konnte.

„Was hältst du davon, wenn wir beide noch abwechselnd unsere Sachen auspacken und duschen gehen, um ein wenig Abstand zu den letzten Stunden zu bekommen, und dann reden wir nochmal in Ruhe, bevor wir hinunter gehen? Ich werde mit duschen anfangen, wenn das für dich passt?", formulierte sie ihre Idee und wirkte dabei schon wesentlich kraftvoller und weniger bedrückt als noch vor wenigen Augenblicken.

„Ähm, okay das klingt gut", antwortete er zögerlich und war zugegebenermaßen etwas überfordert, da er nie vorgehabt hatte seinen Reiserucksack, der bereits im Zimmer stand, auszupacken. Alleine der Gedanke daran kam ihm seltsam vor.

„Wenigstens stellen sie einem alles zur Verfügung, was man zum Duschen braucht ...", sah Aurora nach einem kurzen Blick ins Badezimmer bereits wieder die positiven Dinge und begab sich anschließend unter die Dusche.

Während er das Wasser laufen hörte, setzte er sich auf die für seinen Geschmack schon etwas zu weich gepolsterte Couch, die neben dem großen Doppelbett stand, und zog seinen Rucksack zu sich her. Nachdem er diesen eine Minute lang angestarrt hatte, entschloss er sich, es so handzuhaben, wie er es bisher immer getan hatte, wenn er auf Reisen war, und verzichtete darauf, diesen auszupacken. Einen Augenblick lang spielte er mit dem

Gedanken, das riesige Fernsehgerät einzuschalten, welches ihm schräg gegenüber an der Wand hing, doch dann entschied er sich dagegen.

Er ließ sich in die Couch sinken, legte seinen Kopf auf der Lehne ab und rieb sich mit beiden Händen die Augen und das Gesicht.

„Reiß dich zusammen und bleib konzentriert! Solange du hier an diesem verdammten Ort in diesem Plexiglas-Guantanamo bist, gibt es keinen Platz für Fehler!", gab er sich einen Ratschlag, den er sich früher und in unterschiedlichsten Situationen schon oft gegeben hatte.

Allerdings fühlte es sich diesmal anders an. Die an ihn selbst gerichtete Botschaft war zwar dieselbe, aber es fühlte sich fast so an, als hätte sie einen neuen Sinn bekommen. Er wusste, wenn es einen Moment gab, in dem es wirklich das Klügste war, sich zusammenzureißen, sich nichts anmerken zu lassen und vor allem keinen Fehler zu machen, dann war es exakt jener, in dem er sich gerade befand. Immerhin saß er in einem Gefängnis aus Plexiglas, aus dem man nicht mehr einfach so, mir nichts dir nichts, hinaus spazieren konnte.

„Mina ...", kam ihm dazu passend das Mädchen in den Sinn und umgehend fiel ihm wieder ein, dass er noch mit Aurora reden musste. Er überlegte, ob er ihr alles erzählen sollte oder ob es nicht besser

wäre, ihr doch gar nichts zu erzählen, um sie nicht weiter zu beunruhigen.

Nachdem ihm klar geworden war, dass sie im Laufe des Abends und spätestens am morgigen Tag, wenn sie in das Haus, welches Mina eigentlich bewohnen sollte, sehr wahrscheinlich über die eine oder andere Mutmaßung oder das ein oder andere Gerücht stolpern würde, beschloss er ihr alles zu sagen, was ihm Dr. Braunhofer erzählt hatte.

Er war sicher schon einige Zeit damit beschäftigt gewesen, sich zurechtzulegen, wie er ihr welche von dem leitenden Wissenschaftler erhaltene Information am besten und auch am schonendsten beibringen konnte, als Aurora aus dem Badezimmer trat. Sie trug lediglich ein Handtuch um ihren Körper, welches sie mit einer Hand festhielt, während sie in der anderen Hand ihre zuvor getragene Kleidung hatte. Ihre Haare waren noch feucht und sie wirkte so, als ob sie es eilig hätte, das Bad freizuräumen.

„So, du bist dran! Handtücher hängen im Badezimmer. Ich kann mich hier anziehen, während du duschen bist. So sparen wir uns Zeit und haben dann noch genügend davon für unser Gespräch", sagte sie und schien unter der Dusche nicht nur ihren Tatendrang wieder gefunden zu haben, sondern auch bemerkt zu haben, dass sich ihr noch zu führendes Gespräch mit jeder Minute, die sie länger

mit Körperpflege verbrachten, um genau diese ver-
kürzte.

„Gut, dann bis gleich", antwortete er nicht unbedingt motiviert wirkend, während er sich ein bisschen schwerfällig von dem Sofa erhob und sich ins
Badezimmer begab.

„Ah, sorry …! Ich hab ganz vergessen, dass du ja
schon das letzte Mal gar nicht deinen Rucksack
ausgepackt hast. Sonst hätte ich dir den Vortritt
gelassen!", hörte er Auroras frustriert klingende
Stimme rufen, als er bereits unter der Dusche
stand und gerade im Begriff war, das Wasser auf-
zudrehen.

*„Vielleicht ist ihr gerade aufgefallen, dass es umge-
kehrt schneller gegangen wäre, falls ich mir jetzt Zeit
lassen sollte",* dachte er sich und musste für einen
Moment schmunzeln, als er sich Auroras leicht ver-
ärgertes Gesicht vorstellte, während sie diese Er-
kenntnis einholte.

Da es ihm aber genauso ein Anliegen war, die wich-
tigsten Punkte zu klären, beeilte er sich ebenfalls
und war nach fünf Minuten bereits wieder angezogen. Auf das Föhnen hatte er - so wie Aurora - verzichtet, da sich die feuchten Haare bei den vorherrschenden Temperaturen ohnehin angenehmer
anfühlten.

Nachdem er in das Zimmer zurückgekehrt war, ging er als Erstes auf den großen Fernseher zu und inspizierte diesen.

„Keine Kamera und keine eingebaute Spracherkennung ... Einer der Vorteile, wenn hier in Zukunft wohl auch Personen nächtigen sollen, die sich nicht gerne ausspionieren lassen wollen und über genügend Macht verfügen, um das zu verhindern. Umso mehr wundere ich mich, weshalb sie davor so ein Trara um die von ihnen installierten Kameras gemacht haben ... Ich sehe hier nämlich gar keine", klärte er Aurora über etwas auf, das ihm aufgefallen war, als das Wasser unter der Brause dafür gesorgt hatte, dass er wieder besser dazu in der Lage gewesen war, klare Gedanken zu fassen.

„Wenn ich etwas gelernt habe, dann ist es, dass man sich hier weder zu viel wundern noch sich zu viele Gedanken machen sollte. Das ist mir vorher unter der Dusche gekommen", antwortete Aurora, während sie Kleidungsstücke in den großen stabilen Kasten einordnete, der auf der anderen Seite des Bettes stand.

„Hmmm, das stimmt wohl ... Wie ich sehe, hast du dir auch nichts Frisches angezogen", antwortete er.

„Hier ziehe ich mir sicher nichts frisch Gewaschenes an ... So wie das bis jetzt gelaufen ist und bei der Menge an Alkohol, die hier fließt, wird das erstens sowieso niemandem auffallen und zweitens halte ich es fast für unausweichlich, dass ich früher oder später mit irgendeinem Getränk vollgeschüttet werde. Ich meine die Unterwäsche habe ich klarerweise schon gewechselt, aber der Rest wäre mir zu schade", erklärte ihm Aurora, während sie weiterhin mit dem Kasten und ihrem Reiserucksack beschäftigt war.

„Klar, ähmm, natürlich hast du die Unterwäsche gewechselt ... Ähmm, ich meine, wer tut denn das nicht!", antwortete er fast schon stotternd und hoffte dabei nicht übertrieben empört, aber überzeugend genug zu klingen, um die in ihm einsetzende Verlegenheit zu kaschieren.

Zu seinem Glück verzichtete Aurora darauf, nachzufragen, ob er sich überhaupt eine frische Unterhose angezogen hatte. So ersparte sie ihm das plötzlich auf ihn so peinliche wirkende Schicksal, diese Frage verneinen zu müssen. Ihr kurzes prüfendes Aufblicken von ihrem Rucksack mitsamt einem kurz aufblitzenden Grinsen ließ durchaus den Schluss zu, dass sie genau das vermutete.

Es schien ihr allerdings wichtiger zu sein, endlich mit dem eingeplanten Gespräch zu beginnen, was sie ihm mit einem Augenzwinkern und den Worten „Ich packe hier weiter meine Sachen aus und du packst damit aus, was du mir zu erzählen hast. Ich kann dir zuhören, während ich das mache" zu verstehen gab.

„Okay gut ...", nahm er ihren Vorschlag an und sammelte sich nochmals, da es ihm beinahe existenziell vorkam, jetzt die richtigen Worte zu finden, um Aurora nicht zu sehr zu beunruhigen oder gar zu verunsichern.

„Naja, also, bevor du zu uns gestoßen bist, habe ich mit Dr. Braunhofer gesprochen ... Beziehungsweise hat hauptsächlich er gesprochen und ich habe fast nur zugehört ... Jedenfalls hat er mir mehr und Genaueres über diesen Vorfall, von dem vorgestern verschwundenen Kind erzählt, von dem du von der Fahrerin gehört hast ...", holte er reichlich weit aus und ließ Aurora dabei nicht aus den Augen, um beurteilen zu können, wie sie auf das von ihm Gesagte reagierte und was es in ihr auslöste. Sie wirkte vorerst unbeeindruckt und war weiterhin damit beschäftigt, auszupacken, während sie zwischendurch immer wieder einmal nickte, um ihm zu signalisieren, dass sie ihn verstanden hatte. Trotzdem schien ihr aufgefallen zu sein, dass er doch gehörig zauderte und nicht wirklich zum Punkt kam, weshalb sie schließlich abrupt mit ihrer Tätigkeit stoppte.

Sie sah ihn eindringlich an und sagte mit Überzeugung sowie einer deutlich hörbaren Wut: „Raus mit der Sprache! Was weißt du? Du brauchst nicht so herumzueiern, ich verkrafte das schon! Was auch immer es ist, auf das du hinaus möchtest ... Mir war von Anfang an klar, dass die Chancen, dass es sich bei dem Kind um Mina handelt weit höher sind, als dass es nicht so ist und wenn sie es nicht wäre, hättest du wohl kaum so angefangen ... Also spuck es aus!"

„Entschuldige, ich möchte dich nicht beunruhigen, aber du hast recht, es bringt nichts, wenn ich lange um den heißen Brei herumrede. Also ...", sah er ein, dass der von Aurora gewünschte Gesprächsansatz der bessere war.

Nachdem er sich auf die Couch gesetzt hatte, erzählte er ihr alles, was er von Dr. Braunhofer erfahren hatte. Er sparte dabei nicht mit Details, was zu dem etwas ungewöhnlichen Umstand führte, dass Aurora kaum etwas nachfragte und stattdessen wie zuvor immer wieder nickte Mittlerweile tat sie das wohl auch, um ihm zu zeigen, dass sie nun mit der Art und Weise, wie er es vortrug, zufrieden war.

Hin und wieder war es kein Nicken, sondern ein Kopfschütteln, welches sie als Reaktion auf bestimmte von ihm erwähnte Dinge zeigte und es war klar zu erkennen, dass sich dieses Kopfschütteln immer dann einschlich, wenn er von Reaktionen der Eltern in der Sache oder von ihnen dazu Gesagtem erzählte. Insbesondere als er von Jonathan und dem aufgeschnappten Gerücht, dass die

Mutter diesen gerne als persönlichen Bediensteten haben wollte, sprach, schien Auroras Kopf gar nicht mehr mit dem Schütteln aufhören zu wollen. Es erinnerte zu dem Zeitpunkt schon mehr an eine gewisse Ungläubigkeit als an Unverständnis.

„Das ist so unfassbar und eigentlich ... Arrggghhh, es geht ihnen nur um Macht ... Sie sind einfach nur geil darauf, Macht über Menschen zu haben ... Und bei denen, bei denen sie diese nicht ohnehin schon haben, sind sie noch geiler darauf! Diese machtgeilen, Arrrggghhh", zischte Aurora schließlich in Bezug auf besagtes Gerücht, da sie es nicht mehr aushielt, still zu sein.

Es war ihr anzumerken, dass nicht nur das Zischen in ihrer Stimme mit Wut gefüllt war, sondern sie zeigte diese auch in ihrer gesamten Mimik sowie Gestik. In dem Zischen sah sie vermutlich die einzige Möglichkeit, nicht lauthals losschreien zu müssen.

Selbst wenn er sie verstand, versuchte er sie zu beschwichtigen: „Ich weiß, aber wir müssen trotzdem aufpassen ... Am Ende ist alles, was wir bisher mitbekommen haben und wahrscheinlich sogar alles, was wir noch hören werden, ein Wirrwarr aus Fakten, Gerüchten und Mutmaßungen ... So schlimm manches davon auch klingen mag und so sehr es dich ärgert oder traurig macht ... Wir dürfen uns nicht dazu verleiten lassen, zu sehr auf diese

Gerüchte und Mutmaßungen einzugehen, sondern wir sollten uns an die Fakten halten, die wir bis jetzt gehört haben und die sind: Mina ist abgehauen oder verschwunden. Sie ist noch nicht gefunden worden und Jonathans Aufgabe wäre es gewesen, sie einzusperren, was er anscheinend - warum auch immer - nicht getan hat, und jetzt drohen ihm deshalb Konsequenzen. Das sind die Fakten, alles andere sind Gerüchte und Mutmaßungen und wir sollten diese nicht zu sehr an uns heranlassen, auch wenn manche durchaus naheliegend sind und zum Teil sogar logisch klingen."

Aurora antwortete nicht, sondern stand mit eiserner Miene und verschränkten Armen da. Trotzdem hatte er das Gefühl, dass es in ihr arbeitete und seine Worte bei ihr angekommen waren, weshalb er weitersprach: „Um ehrlich zu sein, ich bin der Meinung, wir sollten die Füße stillhalten und unter keinen Umständen auffallen. Wenn wir Partei ergreifen oder uns zu sehr an Mina oder Jonathan interessiert zeigen, kommen sie vielleicht auf die Idee genauer bei uns beiden hinzusehen und das wäre alles andere als gut. Also, ich habe die Hülle von Sonja auf meinem Handy mit dabei und möchte nicht, dass sie die finden ... Verstehst du? Ich will Sonja nicht in etwas hineinziehen, bei dem man im Moment leider überhaupt nichts tun kann. Außerdem sind wir in einem gottverdammten Plexiglasgefängnis und im Gegensatz zu Mina haben wir nicht mehr die Möglichkeit, einfach durch eine Öffnung zu verschwinden ... Wir sind darauf angewiesen und davon abhängig, dass sie uns wieder hinauslassen."

Aurora schien seine Worte erst verdauen zu müssen, denn sie setzte sich auf das Bett und seufzte mehrmals tief und fest.

„Arrgghh, ich weiß ... Ich weiß, was du meinst, und vermutlich hast du recht und wir können im Moment sowieso nichts tun, sondern erst wenn wir wieder von hier weg sind", gab sie sich einsichtig und wirkte dennoch unzufrieden und geladen.

Sie stand auf und begann im Raum umherzuwandern. Mit jedem Schritt schien etwas in ihr hochzukommen, bis sie schließlich die Faust ballte und noch geladener sowie neuerlich zischend sagte: „Ich sage es dir. Am liebsten würde ich in dem Drecksladen hier alles kurz und klein schlagen. Das ist doch unglaublich! Als ob nicht alles schon schlimm genug wäre mit dem gesamten Vorhaben hier ... Jetzt das mit Mina und Jonathan! Diese Mutter und dieser Vater führen sich auf, als wären sie Götter in dieser Kuppel. Arrgggh, das macht mich echt unfassbar wütend und ich weiß nicht, ob ich es schaffe oder ob ich es überhaupt möchte, den ganzen Abend und die halbe Nacht hier herumzulaufen und so zu tun, als wäre mir das völlig egal, was die hier für einen Dreck abziehen. Das ist dann doch so, als würde ich das alles gutheißen. Arrrggghh!"

„Das ist alles zusammen sowas von beschissen!",
konnte Aurora nicht mehr aufhören und schrie beinahe schon, als sie vor dem Bett stehenblieb.

Sie nahm ein Kopfkissen und schmiss dieses von
einem halb in sich hinein verschluckten „Aaarg-
ggghhh" begleitet gegen die Wand. Er sagte nichts,
stand auf, ging ruhig zu dem Kissen, hob es auf und
legte es zurück auf das Bett. Der kleine Wutaus-
bruch hatte Auroras Stimmung verändert. Sie hatte
sich in der Zwischenzeit wieder auf das Bett gesetzt
und wirkte ruhiger, wenn nicht sogar resigniert.

„Ich habe Sonjas Hülle auch dabei und ich sehe es
wie du ... Ich möchte sie genau so wenig in Schwierigkeiten bringen wie du, nur weiß ich echt nicht,
ob ich es heute noch schaffe, bei dieser verdammten Feier herumzuspazieren, ohne jemandem zu
zeigen, was ich von alldem halte", gestand sie ihm
schließlich völlig energielos wirkend ein und war
dabei so anders, als er es normalerweise von ihr
kannte.

„Das musst du auch nicht ...", versuchte er ihr gut
zu zureden und setzte sich neben sie. „Wir gehen
hinunter, hören uns die Ansprache der Eltern an
und dann machst du noch eine Runde, damit dich
die Leute überall einmal kurz gesehen haben. Du
musst mit niemandem reden und danach kannst
du hier ins Zimmer zurück. Ich erzähle dann allen,
dass du, seitdem wir in der Stadt losgefahren sind,

reichlich getrunken hast und einfach schon viel zu viel intus hast. Das wird gerade die Eltern eher belustigen, als dass es ihnen verdächtig vorkommt. Sie werden nichts sagen oder nachfragen, so wie sie es damals bei mir nach der Fahrt vom Berg hinunter auch nicht getan haben ..."

„Naja und ich werde den ganzen Abend und die halbe Nacht herumlaufen und so tun, als wäre mir das hier alles egal. Ich habe das für eine so lange Zeit gemacht, da kommt es auf eine Nacht mehr oder weniger auch nicht mehr an", ergänzte er fest entschlossen und dennoch ein wenig bedrückt, während er zu Boden blickte.

Kaum hatte er fertig gesprochen, spürte er Auroras Hand auf seinem Arm, doch dieses Mal war ihm diese Berührung zu viel, weshalb er aufstand, zu der Couch ging und sich wieder setzte.

„Es gibt noch etwas, das wir bereden sollten, bevor wir nicht mehr dazu kommen", teilte er Aurora mit und sprach einfach weiter, ohne eine Antwort abzuwarten. „Wenn wir morgen in dem zukünftigen Schlafbereich der Kinder sind, muss ich irgendwie in Minas Zimmer hinein und brauche dann genügend Zeit, um dort nach etwas zu suchen. Es gibt da eine Zeichnung, die bezüglich unseres Vorhabens, keine Aufmerksamkeit auf uns zu lenken, zu einem Problem werden und mich eher in den Mittelpunkt rücken könnte, wenn ich sie nicht finde ...

Ich hoffe, die Zeichnung ist noch da und ich kann sie verschwinden lassen und wenn sie nicht mehr da ist, wäre das zumindest gut zu wissen."

„Okay, abgemacht!", klang Aurora wieder mehr nach sich selbst, während sie aufstand, sich anschließend streckte und einmal kräftig schüttelte.

„Dann machen wir das so. Ich komme mit runter und ziehe mich ins Zimmer zurück, sobald ich merke, dass mir das ganze inszenierte Theater hier zu viel wird. Und morgen helfe ich dir dabei, diese Zeichnung zu finden, bevor wir dann endlich von hier abhauen. Danach besprechen wir, wie wir mit allem weiter machen. Vielleicht kann ja Captain dabei helfen Mina zu finden und, wenn sie gefunden worden ist, kommt sie woanders hin und die Konsequenzen für Jonathan bleiben aus, weil sie wieder aufgetaucht ist", ließ sie ihn an ihren Vorstellungen der Zukunft teilhaben, was er mit einem Stirnrunzeln zur Kenntnis nahm.

„Und bevor du etwas sagst, ich weiß, dass das eine Wunschvorstellung ist, aber es ist auch nicht ausgeschlossen, dass es so kommt!", ermahnte sie ihn mit erhobenem Zeigefinger, entschlossenem Gesichtsausdruck und dennoch freundlicher Stimme.

„Okay", antwortete er erstaunt, da er sich bezüglich der Zeichnung doch eine längere Diskussion oder jedenfalls die ein oder andere Nachfrage erwartet hätte, bevor er sich dachte: *„Ich hoffe diese Vorstellung wird nicht eintreten, Aurora, auch wenn du es dir noch so sehr wünschst ..."*

Plötzlich wurde Aurora aufgeregt, nachdem sie einen Blick auf ihre Uhr geworfen hatte. „Oh, ich hätte fast die Zeit übersehen! Wir müssen los, in fünf Minuten beginnt die Ansprache!", sagte sie fast schon erschrocken, während sie einmal fest in die Hände klatschte und ihn danach am Weg zur Zimmertür noch voller Überzeugung wissen ließ: „Um das Thema abzuschließen, mittlerweile bin ich irgendwie froh darüber, dass Mina die letzte Chance ergriffen hat, um von hier abzuhauen. Egal wo sie jetzt ist, es wird ihr dort besser gehen, und sie ist nicht tot, da bin ich mir sicher ... Ich weiß das einfach, ich spüre das!"

Er sagte nichts mehr, sondern folgte ihr, nachdem er sein Handy auf einem der Nachtkästchen abgelegt und statt diesem eine mit frischem Wasser befüllte Tequilaflasche in die Hand genommen hatte, aus dem Zimmer hinaus auf den Gang. Er schloss die Tür hinter sich und versperrte sie.

Selbst wenn sie keine Ahnung gehabt hätten, in welche Richtung sie gehen müssten, hätten sie nur den Menschen folgen müssen, die sich mittlerweile auf dem Gang tummelten und allesamt in dieselbe Richtung strömten. Sie schlugen diese ebenfalls ein. Es war ein eigenartiges Gefühl, denn es hatte schon beinahe etwas Sektenartiges an sich, als er das Getuschel einer aus fünf Personen bestehenden Gruppe vernahm, die vor ihnen ging.

Wenn er es richtig verstanden hatte, unterhielt sich die Gruppe darüber, ob sie vielleicht das Glück haben würden, am heutigen Abend nochmal allein mit den Eltern reden zu können und ob sie dann vielleicht sogar eine Einladung für einen erneuten Besuch in die weiße Villa erhalten würden. Eine Person schien sogar erzürnt darüber zu sein, dass nur Leute, die in der Kuppel untergebracht werden, die Möglichkeit hätten, in der weißen Villa zu arbeiten.

„Die werden sogar noch dafür belohnt, dass sie sich nicht richtig benehmen können, und dürfen dann hier arbeiten, wovon andere nur träumen können", war der exakte Wortlaut, der Aurora zu einem tiefen Atemzug animierte, der fast schon an ein Schnauben erinnerte und ihm eindeutig signalisierte, dass sie wohl am liebsten sofort umgedreht und in das Zimmer zurückgekehrt wäre.

„Die Rede, danach eine Runde, um gesehen zu werden, und keinen Schritt mehr und keine Sekunde länger", flüsterte sie ihm zu, nachdem sie sich von der besagten Gruppe zurückfallen hatten lassen, um sich selbst vor weiteren unbeabsichtigt mitgehörten Wortmeldungen zu bewahren.

Bei der Treppe angekommen stand die männliche Nummer eins und wies die beiden - so wie all die anderen Gäste auch - dazu an, sich unten in der Eingangshalle zu positionieren. Dort sollten sie warten, bis die Eltern kamen und mit ihrer Rede begannen. Sie folgten der Order und suchten sich einen Platz etwas abseits der langgezogenen Tische, direkt bei einer der dunklen Holzwände.

Die Wand neben sich zu haben war ihm wichtig, da ihm allein der Umstand, zu wissen, dass diese da war, etwas Sicherheit gab, falls das heute schon einmal kurz aufblitzende Gefühl einer Schwäche in seinen Beinen wiederkehren sollte. So hätte er die Möglichkeit, sich an diese anzulehnen. Und er hielt es nicht für unwahrscheinlich, dass der ein oder andere Satz, der fallen würde genau das verursachen könnte. Für den Moment hatte er keine Probleme damit, denn die Dusche und die, wenn auch kurze, danach mit Aurora allein verbrachte Zeit hatten ihm etwas Energie zurückgegeben und ihm etwas der zuvor doch reichlich vorhandenen Anspannung genommen. Allerdings stieg diese nun langsam wieder an.

Aurora stand neben ihm und war erkennbar mit sich selbst und dem Versuch beschäftigt, sich nichts von ihrem Entsetzen und dem Missmut anmerken zu lassen. Es fiel ihr sichtlich schwer. Wie zuvor im Zimmer hatte sie die Arme verschränkt und ihr Blick war eisern, was ein starker Kontrast zu den anderen Personen im Raum war.

Einige waren weiterhin damit beschäftigt, zügellos Alkohol in sich hinein zu schütten, und belagerten förmlich die Tische, von denen die Getränke einfach genommen werden konnten. Andere bedienten sich ebenfalls dort, aber waren etwas zurückhaltender und wiederum andere standen wie sie beide etwas abseits, aber hatten dabei ein Getränk in der Hand und unterhielten sich. Er war erleichtert, als er in einiger Entfernung einen Gast mit einem Uniformierten reden und sich währenddessen eine Zigarette anzünden sah, denn dadurch konnte er sich selbst die Erlaubnis geben, das ebenfalls zu tun. Er nahm sich eine Kippe und reichte Aurora eine zweite sowie die mit Wasser gefüllte Tequilaflasche, die er vom Zimmer mitgenommen hatte.

Aurora konnte das Ziel, das er damit verfolgte, wohl in seinem Gesicht ablesen und nahm trotz eines kurzen Rollens mit den Augen beides entgegen. Er zog an seiner Zigarette und fühlte sich sogleich entspannter.

Ob das bei Aurora auch der Fall war, konnte er nicht beurteilen, doch immerhin hielt sie jetzt in der einen Hand die Flasche und in der anderen die Zigarette, was es ihr verunmöglichte, die Arme zu verschränken. Somit passte sie schon weit besser ins Bild und fiel weniger auf als zuvor. Sie redeten nichts und obwohl die Eingangshalle gut gefüllt war, war es im Vergleich zu vorhin bei der Bühne rund um das letzte in die Fassade eingesetzte Stück, erstaunlich leise.

Hin und wieder kam jemandem ein gut hörbares Lachen oder ein lauteres Wort aus, doch wenn das passierte, sorgten die prüfenden Blicke der anderen sich im Raum befindlichen Menschen dafür, dass es sofort wieder ruhiger wurde. Das galt sogar für diejenigen, die sich direkt bei den mit Alkoholika bestückten Tischen aufhielten und ein Glas nach dem anderen leerten. Für ihn war es eine Art seltsam anmutende Ehrfurcht, die er in dem Raum wahrnahm und die für ihn schwer erträglich war. Er bekam dadurch noch mehr das Gefühl, unter keinen Umständen eine falsche Bewegung machen oder einen falschen Ton von sich geben zu dürfen, um ja nicht aufzufallen.

„Sie warten darauf, dass die Eltern erscheinen und ihnen die Erlaubnis geben, hemmungslos laut sein zu dürfen ... Sie warten darauf, von ihnen aus diesem Zustand erlöst zu werden, nicht zu wissen, was angebracht und erwünscht ist und was nicht ...", ging es ihm durch den Kopf und er musste sich selbst belächeln, als er bemerkte, dass er dabei keine Ausnahme darstellte.

Einige Minuten vergingen und die Stimmung blieb dieselbe. Doch seit geraumer Zeit waren keine

Menschen mehr die Treppen hinuntergekommen, um sich einen Platz in der Eingangshalle zu sichern. Er bemerkte erst jetzt, da sich so viele in dieser befanden, wie riesig der Raum eigentlich war. Es befanden sich weit mehr als zweihundert Personen darin und trotzdem war es nicht voll. Während er sich umschaute, setzte plötzlich Applaus ein, der weit zögerlicher und irgendwie auch vornehmer klang als der Applaus, der vor mittlerweile gut zwei Stunden bei der großen Bühne erklungen war.

„Es ist erstaunlich, welchen Einfluss die Umgebung und das Ambiente auf das Verhalten der Menschen hat", dachte er sich, während er ebenfalls begann, zurückhaltend in die Hände zu klatschen.

Aurora klatschte erst gar nicht und konterte seinen diesbezüglich fragenden Blick, indem sie die Tequilaflasche in der einen Hand und die immer noch nicht fertig gerauchte Zigarette in der anderen Hand etwas nach oben hielt und ihm mit ihrem hämisch wirkenden Gesichtsausdruck so etwas wie „Ach, wie blöd, ich würde doch so gerne, aber leider geht das jetzt nicht" zu verstehen gab. Er musste innerlich schmunzeln, bevor er seinen Blick den Treppen zuwandte und dort oben an einer Stelle, die gut für alle Personen einsehbar war, den Vater und die Mutter erspähen konnte. Links und rechts wurden sie von ihren beiden Bediensteten flankiert. Die Eltern hatten wohl ähnliche Gedankengänge wie Aurora und er, denn sie waren ebenfalls noch gleich gekleidet wie zuvor. Das galt auch für die männliche und die weibliche Nummer eins.

Das innere Schmunzeln verging ihm rasch und er lehnte sich an die Wand, während er sich erneut eine Zigarette anzündete. Und das tat er, noch bevor die Eltern überhaupt mit ihrer Rede begonnen hatten. Der Vater hatte gut sichtbar mit dem Finger geschnippt und die beiden Bediensteten waren daraufhin, ohne zu zögern, einen Schritt nach vorn getreten, hatten sich auf ihre Knie begeben und sich mit ihren Händen auf den Treppen abgestützt. Nun auf allen Vieren, boten sie mit ihrem Rücken eine gerade Fläche.

„WIE WÄRE ES MIT EINEM APPLAUS FÜR NUMMER EINS UND NUMMER EINS???", rief die Mutter laut und fast schon ekstatisch, sobald die Bediensteten diese Position eingenommen hatten.

„UND DIESER APPLAUS DARF RUHIG LAUTER SEIN ALS DER ZUVOR!", rief der Vater in der gleichen Lautstärke hinterher, bevor sie sich unter dem jetzt wieder tosenden Applaus auf den Rücken der zwei Bediensteten niederließen und diese fortan als Stühle oder, wie es den Anschein machte, eher als eine Art Thron nutzten.

Als ob das nicht ohnehin genug gewesen wäre, hatten sie das erst getan, nachdem es sich die Mutter nicht nehmen hatte lassen, den beiden Knieenden noch einen heftig anmutenden Klaps auf deren Hinterteile zu verpassen, was von begeisterndem Gejohle in der Eingangshalle begleitet worden war.

Er konnte nicht sagen, ob die Eltern von der Menge angestachelt wurden oder die Menge von den Eltern, doch von einer merkbaren oder wenigstens latent spürbaren Ablehnung dieser im Grunde zutiefst unmenschlichen und demütigenden Handlungen war in keinster Weise etwas zu bemerken. Nicht einmal eine Art Beklommenheit, die wenigstens den Applaus und den Jubel gedrosselt hätte, schien es bei den Beobachtern auszulösen, sondern eher das Gegenteil davon. Aurora, der die Situation sichtlich naheging und die geradezu krampfhaft wegschaute, und er waren scheinbar die Ausnahme.

Er bemerkte, wie sich seine Brust zusammenzog und seine Atmung flacher wurde, während er dennoch lässig und ruhig an die Wand gelehnt dastand und mit unaufgeregten Bewegungen an seiner Zigarette zog. Das Anlehnen war notwendig geworden, um den Schock, der in seine Beine gefahren war, zu verstecken, und auch sein Herzschlag war spürbar schneller geworden, selbst wenn man ihm all das nicht ansehen konnte.

„Das ist doch Wahnsinn ...", dachte er sich, während er sich im Raum umschaute und weiterhin versuchte, seine Empfindungen zu verstecken.

„Aber wir können nichts machen ... Es hilft nichts, es wäre einfach zu gefährlich ...", wurde ihm schließlich klar.

Es war genauso, wie er es zuvor mit Aurora besprochen hatte, sie konnten nicht einfach so von diesem Ort verschwinden und waren darauf angewiesen, dass man sie wieder von hier weglassen würde. Und das galt nicht nur für sie, sondern auch für all die anderen, die sich hier neben ihnen befanden. Er fragte sich, wie vielen von den in der Eingangshalle stehenden Personen es wohl gleich erging wie ihnen. Er wusste oder zumindest hoffte er, dass jemand anderes, der durch den Raum schaute und ihn ansah niemals zu dem Schluss kommen könnte, dass ihm dieses eigentlich schon makabre Schauspiel zutiefst missfiel.

„Sie haben ihre Gründe, weshalb sie gerade schweigen, so wie ich den meinen habe ...", ging es ihm durch den Kopf, auch wenn er wusste, dass ein recht beträchtlicher Teil der Anwesenden den Umgang mit den Bediensteten tatsächlich guthieß und wahrscheinlich sogar ehrlich feierte.

Doch alleine der Gedanke schien etwas zu verändern. Plötzlich sah er vereinzelt andere Menschen, die eher verhalten und merkbar zaghaft in die Hände klatschten oder wenigstens nicht lauthals lachten, als der Vater eine Reitgerte aus der

Innentasche seines Anzugs hervorzog und die Mutter fragte, ob sie für ihr Pferd auch eine bräuchte.

Aurora war mittlerweile redlich darum bemüht, den Boden anzustarren, und in der Zwischenzeit erkennbar blass in ihrem Gesicht geworden.

„Sie tut mir leid, aber wenigstens wird das die Ausrede mit dem Alkohol als Grund für ihren Abgang auf das Zimmer glaubwürdiger machen ...", dachte er, nachdem er einen flüchtigen Blick zu ihr geworfen hatte und anschließend wieder die Eltern in sein Blickfeld nahm.

Er war gerade damit beschäftigt, dem Drang zu widerstehen, ebenfalls wegzuschauen, als die Eltern endlich mit ihrer Ansprache begannen. Zuvor hatten sie noch die ein oder andere entmenschlichende Dreistigkeit an ihren Bediensteten begangen, die er nicht einmal mehr richtig wahrgenommen hatte, obwohl er direkt hingesehen hatte.

„Liebe Freunde, wir hoffen, es gefällt euch in unserem Heim!", begann die Mutter mit der angekündigten Rede, die insgesamt nicht wirklich an eine Solche erinnerte.

Wie mittlerweile zur Gewohnheit geworden, wechselten sich die Eltern mit den Wortmeldungen ab, doch es wirkte weniger geplant als ihre gemeinsame Rede bei der Bühne und weniger durchexerziert als die aufgenommen Durchsagen in der U-Bahn. In nicht wenigen Teilen machte es sogar den Eindruck, als wäre sie schlicht improvisiert. Zuweilen hatte er sogar das Gefühl, dass die Eltern dazu übergegangen waren, sich endgültig gegenseitig übertrumpfen zu wollen. So folgte auf fast jeden vorgebrachten Satz eines Elternteils ein spontan ausgesprochener des anderen.

Der Alkohol hatte wohl ebenfalls seine Spuren bei den Gastgebern hinterlassen. Die Leidtragenden waren erneut die weibliche und die männliche Nummer eins. Sowohl der Vater als auch die Mutter schienen auf ihren, aus Körpern gebildeten Stühlen, nicht das beste Gleichgewicht zu haben. Sie rutschten ständig hin und her und mussten sich nicht nur einmal grob abstützen oder sich sogar an den Haaren der Bediensteten festhalten, um nicht von deren Rücken zu Boden zu rutschen.

„Wenn die mit allen, die hier angekommen sind, ein Glas Champagner getrunken haben und nur mit einem Zehntel davon auch noch einen Schnaps, ist das kein Wunder, sondern eher erstaunlich, dass sie sich überhaupt noch so gut halten ...", war sein Schluss zu dieser Beobachtung, während er mehr oder minder gut zuhörte, was die Eltern zu sagen hatten.

Es war - jedenfalls für ihn – nichts Neues dabei. Interessant, wenn auch nicht wirklich inhaltlich von

Bedeutung, waren eher die improvisiert eingeworfenen Worte. Sie waren in ihrer Tonalität und Obszönität nochmal härter und vulgärer, als er es von den beiden offiziellen Leitungspersonen des Projekts ohnehin gewohnt war und hätten am ehesten das Gefühl der Fremdscham oder vielleicht sogar des Ekels in ihm auslösen sollen. Doch das taten sie nicht.

Es war viel mehr eine kontinuierlich stärker werdende Beklemmung in ihm sowie dadurch resultierende Anzeichen von Stress, die er verspürte. Denn die Wortmeldungen taten dem Jubel, Gejohle und Applaus keinen Abbruch, sondern sie verstärkten die zustimmenden Reaktionen sogar noch. So war es etwa auch, als die Mutter erwähnte, dass jeder, der möchte, „gerne auch einmal auf ihrem menschlichen Stuhl sitzen" dürfte, oder als der Vater zu den abgeschalteten Überwachungssystemen meinte: „Wer hier drin wen fickt, geht niemanden etwas an außer uns, die wir heute Nacht hier sind!"

Gegen Ende der Ansprache war die Beklemmung in ihm so groß geworden, dass er befürchtete, einen seiner Anfälle zu erleiden, wenn es noch lange so weitergehen sollte. Er betete sich Durchhalteparolen vor, erinnerte sich daran, dass ihre Sicherheit davon abhing und er deshalb unter keinen Umständen auffallen durfte. Dabei griff er möglichst unauffällig und trotzdem immer wieder auf sein nacktes rechtes Handgelenk. Er konnte die nicht mehr vorhandenen Fäden zwischen seinem Daumen und seinem Zeigefinger spüren, was ihn soweit beruhigte, dass er die Gedanken an einen möglichen Anfall aus seinem Kopf verbannen konnte.

Irgendwann war schließlich doch noch das Ende der Ansprache gekommen und die Mutter bedankte sich bei Richard Scheinschmid und dem Volkskanzler für deren Vertrauen, richtete, obwohl das bereits schon vor der großen Bühne passiert war, neuerlich eine Grußbotschaft von diesen an die Menge und entschuldigte sich in deren Namen für ihr Fernbleiben. Ihren Worten nach wären diese „doch so gerne selbst hier" und als Letztes erklärte der Vater im Namen der beiden abwesenden grauen Eminenzen die Kuppel zu einem Ort, an dem jeder beweisen werde können, dass er wirklich wieder ein Teil der Gesellschaft sein wolle und dies lediglich durch ein wenig Bemühen sowie Arbeit erreichen könne.

„Außerdem haben sie gemeint", ergänzte die Mutter daraufhin erstaunlich ruhig, bevor sie mit immer lauter werdender Stimme weitersprach und am Ende förmlich kreischte, „wir hätten es uns bei alldem, was wir geleistet haben, verdient, uns heute Nacht so richtig gehen zu lassen! Also werden wir feiern, bis die Fetzen fliegen!"

Eine aus einigen Personen bestehende Gruppe bei einem der langgezogenen Tische schien diese

Ansage etwas zu wörtlich zu nehmen, denn sie entledigte sich sogleich ihrer Oberkörperbekleidung, warf diese durch die Luft und bejubelte sich dabei lautstark selbst.

„Haha, diese Einstellung gefällt mir!", reagierte der Vater daraufhin zunächst erheitert, bevor er die Gruppe mit einem gar nicht mehr nach Erheiterung klingenden Ton und unter dem Gejohle und Applaus der gesamten Menge dazu aufforderte, doch auch noch die restlichen Kleidungsstücke auszuziehen.

Ein Mann und eine Frau ließen sich nicht zweimal bitten und standen innerhalb von wenigen Augenblicken splitterfasernackt da, während der Rest der Gruppe zögerte und sich dabei zunehmend unsicher wirkend untereinander ansah.

Die Eltern hatten sich inzwischen erhoben und starrten beinahe schon lüstern über das Geländer der Treppen auf die Zögernden, denen nun doch anzumerken war, dass es ihnen unangenehm wäre, sich komplett zu entkleiden. Doch die Eltern schienen Gefallen daran gefunden zu haben und animierten die Leute in der Eingangshalle Lärm zu machen, um deren „Motivation zu steigern", wie sie es ausdrückten. Den dabei mitschwingenden Unterton hätte so mancher als bedrohlich bezeichnet und daran änderte auch das anschließende Lachen des Vaters nichts.

Die Aufmerksamkeit aller Anwesenden galt diesen paar Menschen und somit starrten über zweihundert Augenpaare in deren Richtung. Der Druck, dem diese vor wenigen Minuten noch ausgelassen agierende Gruppe jetzt ausgesetzt war, war förmlich in der Luft zu spüren. Was folgte, war die logische Konsequenz dieses Drucks, hinter dem ein gefühltes, wenn auch nicht ausgesprochenes Drohszenario stand.

Zuerst entkleidete sich ein Mann und überspielte seine Unsicherheit mit übertrieben selbstbewusst wirkenden Gesten. Kurz darauf folgten ein weiterer Mann sowie eine Frau, die den Eindruck machten, es schnell hinter sich bringen zu wollen. Die beiden schienen sich gleich danach zwischen den anderen nackten Körpern verstecken zu wollen. Als Letztes blieb eine junge Frau übrig, die so wirkte, als wäre sie in eine Situation geschlittert, in der sie nie sein wollte.

Der ganze Raum konzentrierte sich nun auf sie und zwang sie durch Blicke, Gejohle und Geklatsche praktisch dazu, ihre Kleidung abzulegen. Mit zittrigen Händen tat sie es schlussendlich auch.

Die Eltern pfiffen, johlten und lachten von oben herab, während die junge Frau zuerst ihren Büstenhalter öffnete. Dabei wirkte sie unbeholfen, da ihr Zittern nicht sonderlich förderlich für die Feinmotorik war. Am Ende zog sie auch noch die

Unterhose hinunter. Augenblicklich bedeckte sie mit ihren Händen und Armen ihre Brüste sowie ihren Schambereich.

Obwohl er ein gutes Stück weit entfernt stand, konnte er sehen, wie der jungen Frau Tränen in den Augen standen, und die Beklemmung in ihm wurde zu überwältigend. Er wandte seinen Blick ab, fokussierte sich sofort auf die Ausgangstür und marschierte los. Er wusste, dass er es nur noch für ein paar Momente schaffen würde, ruhig zu bleiben. Sein Atem war bereits mehr als nur flach, deshalb würde er es wahrscheinlich nicht mehr viel länger aushalten.

Zu seinem Glück hatten die freiwilligen und unfreiwilligen - auch wenn die Eltern und ein Großteil der anwesenden Menschen beides als ersteres einordneten - Stripteases die Ansprache endgültig beendet. Während er losgegangen war, hatte die Mutter die Feier für eröffnet erklärt und wünschte allen eine unvergessliche Nacht.

„So fällt keine Aufmerksamkeit auf mich, wenn sich jetzt alle in Bewegung setzen ... Das ist gut", dachte er weiterhin mit der Beklemmung kämpfend, als er am Weg zur Ausgangstür war.

Er beobachtete, noch etwas von dieser entfernt, wie sie von zwei Uniformierten geöffnet wurde. Sogleich strömten einige Gäste hindurch ins Freie, weshalb er schlussendlich nicht einmal einer der Ersten war, die die Eingangshalle verließen. Ohne Umwege steuerte er den Schwimmteich an. Er atmete viel zu schnell ein und aus, als er dort angekommen war.

Mit seinen Händen griff er ins Wasser und bedeckte damit sein Gesicht, was die Atmung wieder verlangsamte. Es war eine Mischung aus Stöhnen und Seufzen das er dabei, mit seinen Händen vor seinem Gesicht, von sich gab.

„Bist du dir sicher, dass du das schaffst?", fragte ihn eine bekannte und sorgenvoll klingende Stimme.

„Ich muss es schaffen ...", antwortete er mit einem gequälten Lächeln und schaute zu Aurora, die ihm gefolgt war. „Ich fürchte nur, dass ich doch etwas Alkohol brauchen werde, um das ein paar Stunden zu überstehen. Und wenn ich ehrlich bin, reicht nur ein wenig wohl nicht aus, sondern ich brauche jede Menge davon ...", erklärte er ihr weiter, während er sich eine Zigarette anzündete und sich schon wieder etwas besser fühlte.

„Das verstehe ich gut ...", war Auroras bekümmert klingende Antwort.

„Dann lasse ich dich das durchziehen, gehe noch eine Runde und verschwinde danach ins Zimmer", hielt sie trotzdem an ihrem Plan fest.

„Ist gut, so machen wir das", erwiderte er und versuchte dabei so abgeklärt wie möglich zu wirken.

Aurora verabschiedete sich mit einem freundschaftlichen Griff an seinen Arm sowie einem mitfühlenden Gesichtsausdruck und ging schließlich los, nachdem sie so für einige Sekunden verweilt waren.

„Hättest du es getan?", fragte er sie plötzlich noch, als sie sich bereits einige Schritte entfernt hatte, und wirkte dabei nachdenklich.

Aurora drehte sich um. „Was meinst du?"

„Hättest du dich ausgezogen, wenn du in dieser Gruppe gewesen wärst?", präzisierte er seine Frage, während er auf den Teich blickte, in dem sich das so angenehm gedämpfte Licht spiegelte und über dem die immer wieder kurz aufflackernden Glühwürmchen tanzten.

„Ich weiß es nicht ... Vielleicht schon, vielleicht auch nicht. Es ist verdammt schwer, etwas nicht zu tun, wenn dich so viele Menschen anschauen, Lärm machen und von dir erwarten, dass du es tust. Ich weiß nicht, ob es in so einer Situation noch eine Rolle spielt, was du selbst möchtest ... Wenn du so dazu gedrängt wirst. Andererseits denke ich mir, sollte es doch in Ordnung sein, für seine Würde einzustehen und diese zu verteidigen, egal in welcher

Situation man sich befindet", erklärte sie ihm nach einer kurzen Pause.

„ Um seine Würde zu verteidigen, müsste man zuerst einmal davon überzeugt sein, eine solche zu besitzen ...", dachte er sich, während er nickte, an seiner Zigarette zog und weiterhin über den Teich schaute.

„Und du? Hättest du es getan?", stellte ihm Aurora dieselbe Frage.

„Ja, hätte ich ...", antwortete er, ohne zu zögern, und schaute Aurora in die Augen, während er den Rauch aus seinem Mund hinauspustete. „Weil es nicht nur in so einer Situation, sondern relativ oft keine Rolle spielt, was man selbst möchte. Und hier drin, vor allem heute, ist das generell so ... Hier drin und heute spielt es keine Rolle, was ich möchte, hier drin und heute geht es lediglich darum, nicht aufzufallen, und das bedeutet, alles zu tun, was sie von einem erwarten und verlangen ..."

„Sei vorsichtig und pass auf dich auf. Wir sehen uns dann später!", verabschiedete sich Aurora, ohne dabei auf seine Aussage einzugehen und verschwand mit besorgt wirkender Mine in Richtung Villa.

Er musste wehmütig schmunzeln. Wenn er hier in der Kuppel alles bis auf den Garten mit dem Grün, die angenehme Luft und die vielen Lichter sowie

Aurora und sich selbst ausblendete, hätte es ein beinahe perfekter Abend sein können. Während er seine Kippe auslöschte, schaute er ihr hinterher, wie sie den mit Marmor gepflasterten und von Fackeln beleuchteten Weg zurückging und fragte sich kurz, ob sie diesem Gedanken auch etwas abgewinnen könnte.

Bevor er ebenfalls in die weiße Villa zurückkehren wollte, befeuchtete er sein Gesicht neuerlich mit Wasser aus dem Teich. Anschließend sammelte er sich noch einmal. In der Zwischenzeit waren weitere Personen zum Teich gekommen und hatten sich in den Pavillon gesetzt. Den Zeitpunkt, als drei Personen beschlossen, schwimmen zu gehen, sah er für sich als Aufforderung, aufzubrechen.

Ihm war klar, dass sein erstes Ziel einer der langgezogenen Tische sein musste oder besser gesagt waren es die auf diesen dargebotenen Getränke, die er benötigte, um seine Empfindungen im Zaun halten zu können. Vom Alkohol erhoffte er sich genau diesen Effekt. Er war für ihn das Gegengift zu dieser so schwer ertragbaren Beklemmung mitsamt ihren unangenehmen Konsequenzen.

Gleichzeitig wusste er allerdings auch, dass diese dadurch nicht für immer verschwinden würde, sondern es lediglich der Zeitpunkt ihrer Anwesenheit war, der sich verschob. Er ging davon aus, dass ihn die Beklemmung spätestens irgendwann am morgigen Tag einholen würde und dann vielleicht sogar stärker, als sie es jetzt gewesen wäre. Doch für den nächsten Tag bestand die relativ große Chance, dass das erst dann passieren würde, wenn er nicht mehr hier in der Kuppel war. Das war für ihn ohne Frage die bessere Variante.

„Wenn ich es schon nicht verhindern kann, muss ich dafür sorgen, dass es wenigstens nicht hier passiert", dachte er, während er in die Villa eintrat und just in jenem Moment beobachten konnte, wie Aurora bereits die Treppen hinaufstieg, um zurück in ihr Zimmer zu gehen.

Er war von ihrer Schauspielkunst beeindruckt. Wenn er nicht gewusst hätte, dass das Märchen eines übertriebenen Alkoholkonsums ihrerseits die ausgedachte Ausrede für ihr frühes Verschwinden von der Feier war, hätte er ihr den mehr als nur berauschten Zustand tatsächlich abgekauft. So wie sie sich langsam und konzentriert wirkend und gleichzeitig schwankend und mit der Hand am Geländer festklammernd nach oben bewegte, wirkte es nämlich genau so.

Die Eltern konnte er nirgends entdecken und er war froh, dass sich die zuvor in der Eingangshalle herrschende Stimmung geändert hatte. Sie wirkte weitaus weniger aufgeheizt und bedrohlich. Vor allem aber fühlte sie sich nicht mehr so fremddiktiert und aufgezwungen an.

„Solange sich nur diejenigen ausziehen, die das wirklich selbst wollen und niemand dazu genötigt wird, ist alles in Ordnung, auch wenn es fast schon nach dem Beginn eines Paarungsrituals aussieht ...", sagte er in seinem Kopf zu sich, als er die Frau und den Mann, die sich nach der Aufforderung des Vaters augenblicklich entblößt hatten, was sie nach wie vor waren, auf den ersten Stufen der Treppe miteinander tanzen sah. Einige der gewählten Tanzpositionen erinnerten eher an etwas anderes als an einen gepflegten Gesellschaftstanz.

Die Musik in der Halle war nicht sonderlich laut, denn sie wurde nicht hier, sondern in dem Raum abgespielt, in welchem Aurora und er bei ihrem ersten Besuch in der weißen Villa mit den Eltern das Abendessen zu sich genommen hatten, und drang lediglich durch die offenstehende Tür von diesem nach draußen. Insgesamt hatte sich das Geschehen merklich aufgeteilt und fand nun nicht mehr ausschließlich in der Eingangshalle statt, weshalb mehr Platz war und er sich in Ruhe und ohne unmittelbare Gesellschaft bei einem der Tische bedienen konnte. Er trank ein wenig von etwas Hochprozentigem, von dem er nicht sagen konnte, um was es sich handelte. Aber immerhin brannte es in der Kehle, was er als gutes Zeichen ansah. Danach schnappte er sich eine Flasche Bier.

Sein Plan war es, sich eine Route zu überlegen, und diese immer wiederholend zu gehen, bis genügend

Zeit vergangen war, um als jemand in Erinnerung zu bleiben, der lange gefeiert hatte und dem die Party sowie ihr Ablauf augenscheinlich gefallen hatte. Da er sein Telefon und somit seine Uhr im Zimmer zurückgelassen hatte, wollte er sich bei seinem Timing an den anderen Gästen orientieren. Ab dem Moment, in dem die Anzahl, der sich auf der Feier befindlichen Gäste, merkbar zurückgehen sollte, könnte auch er sich zurückziehen.

Im Optimalfall würde er sogar nochmal auf die Eltern treffen, wobei er mittlerweile der Meinung war, dass ein kurzes sich gegenseitiges Wahrnehmen in etwas Entfernung völlig ausreichend war. Vor ein paar Stunden hatte er noch die Meinung vertreten, dass ein Gespräch mit privatem Charakter durchaus sinnvoll wäre, um Informationen zu erhalten, doch jetzt kam es ihm so vor, als wäre ein solches die damit verbundenen Begleiterscheinungen nicht wert.

„So viel Neues würde ich nicht zu hören bekommen, es geht nur darum, dass sie nicht auf die Idee kommen zu sagen: 'mit denen stimmt etwas nicht, die sind beide so früh von der Party verschwunden'", legte er für sich diese neue Vorgangsweise fest. Er hoffte, dass sein Plan so aufgehen könnte, und war mittlerweile auch guter Dinge, was vor allem an der nicht mehr so aufgeladenen Atmosphäre lag.

„Wenn ich es schaffe, nicht mehr mit den Eltern in ein Gespräch verwickelt zu werden, wird alles ohne Probleme funktionieren", ging es ihm durch den Kopf, als er vor dem Start seiner ersten Runde bei dem Tisch mit dem Essen Halt machte und dort ein paar vorbereitete Brötchen zu sich nahm.

Als er gerade dabei war, die letzten Bissen hinunter zu schlucken, erschienen plötzlich zwei Männer in Uniformen, die er bisher noch nicht gesehen hatte. Nachdem diese hastig an ihm vorbeigelaufen waren und er an ihren Hüften Handfeuerwaffen aufblitzen gesehen hatte, war ihm klar, dass es sich bei ihnen um Angehörige des Sicherheitszentrums handeln musste.

Er war verwundert, denn die beiden steuerten direkt einen Mann an, der sich gerade in einer kleinen Gruppe unterhielt. Auch wenn dieser im Gegensatz zu den anderen in der Kleingruppe befindlichen Männern kein Sakko trug, wirkte jener Mann nicht so, als hätte er etwas angestellt, dass irgendeine Form von Eingriff rechtfertigen könnte.

„Das geschieht ihm recht, wenn er andere nicht in Ruhe lässt!", vernahm er das Getuschel von zwei Frauen, die rund zwei Meter neben ihm standen und schon etwas angetrunken wirkten. Er lauschte noch weiter, während er sich langsam in Richtung des Raums, aus dem die Musik kam, aufmachte.

„Ich habe gehört, dass den Vorfall nicht nur wir, sondern mehrere gemeldet haben und der Typ deswegen auf sein Zimmer eskortiert wird. Ich bin gespannt, was den jetzt für Konsequenzen erwarten, nach der Aktion", erwiderte die andere Frau ein wenig aufgeregt und fast schon schadenfroh.

„Richtig so, der soll sich nicht einmischen, wenn die Leute ihren Spaß haben! Und er braucht sich nicht als Retter aufspielen, nur weil dieses Flittchen sich plötzlich so frigide gibt und glaubt, sie muss sich mit ihren Händen bedecken. Dabei hat sie sich davor noch so freimütig ausgezogen! Die hat es doch selbst herausgefordert, dass ihr jemand nahelegt zu zeigen, was sie zu bieten hat. Sie wollte doch, dass sich ihr der ein oder andere annähert! Soll sie sich einfach darüber freuen. Also mir hat der ein oder andere Griff auf mein Hinterteil auch nicht geschadet ...", echauffierte sich die erste Frau.

„Das hat er davon, wenn er seine Nase in die Angelegenheiten von anderen Leuten stecken muss und der 'ach so Armen' einfach sein Sakko zum Darüberziehen gibt ... Tsss, es hat sie doch niemand dazu gezwungen, sich auszuziehen", zog die zweite ein abschließendes Fazit.

Seine Neugierde war unmittelbar nach dem zweiten gehörten Satz verflogen und er versuchte das vernommene Gespräch nicht an sich heranzulassen. Trotzdem fühlte er sich in seiner gesamten für heute vorgenommenen Vorgehensweise bestätigt. Er drehte sich gar nicht erst wieder um, während er weiter auf den Raum, aus dem die Musik drang, zuging.

Diesmal war es nicht wirklich eine Beklemmung, die in ihm hochkam, sondern es war eher Fassungslosigkeit, obwohl es ihn eigentlich nicht überraschen sollte. Im Grunde war das Ganze nichts weiter als die vor Augen geführte Konsequenz eines aus den Fugen geratenen Systems. Er versuchte die aufkommende Fassungslosigkeit abzuschütteln, bevor sie sich in ihm ausbreiten und in etwas anderes verwandeln konnte. Um das zu schaffen zündete er sich eine Zigarette an, trank von seinem Bier und spielte in seinem Kopf die geplante Route durch.

„Eingangshalle, Musikraum, Eingangshalle, im Garten zum Schwimmteich, um diesen herum, dann über den Garten zurück und wieder von vorn …", war er gerade dabei, als ihm auffiel, dass er diese Runde wohl sehr oft gehen musste, um ein paar Stunden hinter sich zu bringen.

Neuerlich nippte er an seinem Bier und bemerkte, dass dieses schon so gut wie leer war. Deshalb beschränkte er sich nun darauf, in den Raum mit der lauten Musik seine Zigarette fertig zu rauchen, um sich am Rückweg ein neues Getränk nehmen zu können und anschließend seine erste Runde zu starten.

Der Musikraum war relativ dunkel, wobei eine extra montierte Beleuchtung sich von selbst bewegende Lichtpegel über den ganzen Raum verteilte, die in den unterschiedlichsten Farben leuchteten und für etwas Erhellung sorgten. Auf der einen Seite war ein Pult aufgestellt, das von einem Discjockey bedient wurde. Die Musik dröhnte aus vier großen Boxen, die in den Ecken der Decke hingen. Direkt an der Wand, die gegenüber des DJ-Pults lag, standen mehrere Sofas und auf einigen davon hatten bereits Personen Platz genommen, von denen manche dabei waren, sich näher zu kommen.

Alles in allem erinnerte so gut wie gar nichts an den damaligen Speisesaal, in dem er vor gar nicht allzu langer Zeit gesessen war und ein Abendessen zu sich genommen hatte. Einzig die Tür, aus der damals die Eltern in den Raum getreten und durch die sie dann auch wieder verschwunden waren, sah gleich aus. Sie stand halb offen und wurde von einem der Sicherheitsleute bewacht, wie er an dessen Uniform erkennen konnte.

Er konnte nicht sehen, was sich dahinter verbarg, doch er konnte erkennen, dass Licht brannte, welches durch die halb geöffnete Tür nach außen drang und ebenso lag die Vermutung nahe, dass sich in dem Raum dahinter Leute befinden mussten. Wahrscheinlich waren das gar nicht so wenige, denn ihm war aufgefallen, dass er ein paar von den auffälligeren Personen nicht mehr gesehen hatte. Die anfangs so spießig wirkende rothaarige Frau oder der Mann mit seinem eigenen Gesicht auf der Unterhose waren zwei davon. Aber auch von anderen Personen, die er wiedererkannt hätte, da sie sich in der ersten Reihe draußen vor der Bühne in den Vordergrund gejohlt und geschrien hatten, fehlte jede Spur.

Er hatte eine plausible Vermutung, was sich hinter der Tür verbergen könnte. Trotzdem fragte er, nachdem er in die Eingangshalle zurückgekehrt war und sich ein neues Bier genommen hatte, bei einem Uniformierten nach, der gerade damit beschäftigt war, den Tisch mit neuen Getränken aufzufüllen.

„Das ist der Privatraum von Mutter und Vater. Es dürfen nur Leute hinein, die sie selbst auswählen", erklärte ihm dieser, was seine Annahme mehr oder weniger bestätigte.

Er hatte nicht vor, einen Fuß in diesen Raum zu setzen, und dennoch war ihm klar, dass ein Aufenthalt in diesem nur mit genug Alkohol im Blut zu überstehen wäre. Er trank neuerlich einen Schluck vom Hochprozentigen und ging danach hinaus in den Garten.

Als seine größte Herausforderung sah er es an, seinen Alkoholkonsum genau so zu gestalten, dass er sich einerseits soweit betäubte, dass er dieser Feier mit all den damit verbundenen Vorgängen mit einer gewissen Gleichgültigkeit entgegentreten konnte, es andererseits aber auch nicht damit übertrieb. Ansonsten wäre die Gefahr groß, die Kontrolle zu verlieren und in weiterer Folge etwas zu sagen oder zu tun, was ihn und somit auch sie in Schwierigkeiten bringen könnte.

„Es ist ein äußerst schmaler Grat ...", führte er sich die Problematik dieses Vorhabens vor Augen und ebenso fiel ihm ein, wie oft er in der Vergangenheit bereits an genau diesem Grat gescheitert war.

Der Unterschied zu den früheren Versuchen war jedoch jener, dass ein Scheitern hier nicht bedeutete, mit einem Filmriss in einem fremden Bett oder eingesperrt in der Toilette eines Lokals aufzuwachen, sondern viel weitreichender wäre. Im schlimmsten Fall standen die Freiheit oder sogar das Leben von Personen, die ihm wichtig waren, auf dem Spiel.

Sein Plan schien aufzugehen, denn nach der fünften gedrehten Runde zeigte der Alkohol genügend Wirkung, um alles mit etwas Abstand und durch eine berauschte Brille wahrzunehmen. Er hatte bereits ab der dritten Runde auf den Konsum von Hochprozentigem verzichtet, um die Linie zum Kontrollverlust nicht zu überschreiten und auch die

Biere trank er jetzt etwas langsamer, selbst wenn er nach wie vor exakt eines während einer seiner Runden leerte. Seine Schritte und somit die Geschwindigkeit, in welcher er eine solche hinter sich brachte, waren allerdings langsamer geworden, was er ebenso als gutes Zeichen wahrnahm, dass er insgesamt ruhiger geworden war. Er verweilte sogar bei dem ein oder anderen Szenario, um dieses genauer zu beobachten.

So wie bei ihm schien der Alkohol auch bei den anderen Gästen Wirkung zu zeigen und deren Verhalten zu beeinflussen, wenn nicht sogar gänzlich zu verändern. Es war ein Phänomen, welches er während dem wiederholten Abarbeiten seiner gewählten Route doch recht deutlich beobachten konnte.

Da gab es dieses eine Pärchen, welches es sich auf der Hollywoodschaukel, die direkt beim Schwimmteich stand, gemütlich gemacht hatte.

Als er zum ersten Mal bei diesem vorbeigegangen war, wirkte es noch so, als würden sich diese zwei Menschen gar nicht kennen, während sie mit etwas Abstand in den Ecken der Schaukel gesessen waren. Runde für Runde wurde der Abstand weniger, bis er den beiden, als er zum vierten Mal an ihnen vorbeigekommen war, dabei zusehen konnte wie sie knutschend auf der Schaukel lagen und dabei geradezu übereinander herfielen. Beim letzten Aufeinandertreffen war der Zauber aber bereits wieder verflogen, denn da waren die beiden damit beschäftigt, sich abwechselnd direkt neben der Schaukel zu übergeben. Er fragte sich, ob er überhaupt nochmal an diesen vorbei wollte, denn er hielt es für nicht unbedingt appetitlich und trotzdem für alles andere als unwahrscheinlich, dass sie nach dieser durch ihre Mägen erzwungenen Pause wieder zum Status von Runde Nummer vier zurückgekehrt waren.

Auch im Verhalten von Gruppen konnte er gewisse Veränderungen bemerken. Mittlerweile schienen so gut wie alle, die noch auf der Party anwesend waren, auf dem Level angekommen zu sein, welches während der Eröffnungszeremonie vor der großen Bühne der johlenden ersten Reihe vorbehalten gewesen war.

Die zwei Stangen, die ihm bereits bei ihrem Eintreffen in der Villa aufgefallen und die auf einem der langgezogenen Tische aufgestellt waren, waren bereits nach seiner ersten Runde mit einem Tänzer und einer Tänzerin besetzt gewesen. Es handelte sich bei diesen nicht um die männliche und weibliche Nummer eins, doch sie trugen ähnlich wenig Stoff wie diese und ohne es zu wissen, nahm er an, dass es sich bei ihnen ebenfalls um persönliche Bedienstete der Eltern handeln müsste. Ihre Aufmachung, ihr austauschbar wirkendes Äußeres und auch ihr Verhalten schrie förmlich nach dieser Erklärung.

Bereits zu diesem Zeitpunkt hatte sich eine Gruppe gebildet, die den zwei Tanzenden zusah, sich jedoch noch in etwas Abstand zu diesen befand. Mit jedem Mal, wenn er in die Eingangshalle zurückkehrte, war diese Gruppe größer und vor allem auch aufdringlicher geworden. Nach der zweiten Runde war das mittlerweile leider fast vertraute Gejohle und Gepfeife zu hören sowie an die zwei Tanzenden gerichtete Aufforderungen, sich zur Gänze auszuziehen. Auch erste noch vorsichtig sowie zögerlich wirkende Berührungen der Füße und Beine der beiden an den Stangen Befindlichen waren zu beobachten.

Beim nächsten Mal klangen die verbalen Aufforderungen bereits nachdrücklicher sowie rabiater und die ersten nicht mehr so vorsichtigen, sondern durchaus schon grob wirkenden Griffe an andere Körperteile waren die logische Konsequenz davon. Nach der vierten Runde standen Teile des Publikums selbst auf dem Tisch und tanzten neben beziehungsweise mit den zwei Unbekannten.

Jetzt, nach der fünften Runde trugen die zwei Tanzenden nicht einmal mehr den wenigen Stoff, den sie zuvor noch getragen hatten, womit sie nun das Sichbetatschenlassen ihrer entblößten und nackten Körper durch die Schaulustigen über sich ergehen lassen mussten. Er sah sie an, wie sie nackt auf dem Tisch tanzend keine Miene verzogen und es mit völlig leerem Blick sogar ertrugen, wie aus dem Publikum auf den Tisch gestiegene Personen nicht mehr nur mit ihnen tanzten, sondern sich förmlich an ihnen rieben.

Er wusste, dass er nicht noch mehr trinken konnte, denn er hatte den Zustand erreicht, den er sich vorgestellt hatte. Dennoch war es schwer für ihn, das mit anzusehen. Er konnte sehen, wie die beiden gedemütigt dastanden und innerlich gelähmt waren, obwohl sie ihre Körper rhythmisch zur Musik bewegten. Die Leere in ihren Augen verriet, wie sie sich wirklich fühlten.

Es war keine Option, noch etwas Hochprozentiges zu trinken, weshalb er sich als eine Art Mittelweg eine neue Flasche Bier schnappte und danach auf die Toilette verschwand, die sich hinter der Flügeltür befand, die normalerweise als Zugang für die Bediensteten fungierte. Er gönnte sich ein paar Minuten Ruhe in einer der WC-Kabinen und es gelang ihm, mit Hilfe einer Zigarette sowie des ein oder anderen Schlucks Bier wieder Fassung zu finden, bevor die eigentlich schon verschwunden geglaubte Beklemmung ihren Weg zurückfinden oder vielleicht sogar die Oberhand gewinnen konnte.

Bevor er in die Eingangshalle zurückkehrte, befeuchtete er sein Gesicht mit kaltem Wasser und als er durch die Flügeltür trat, waren die zwei Stangen auf dem Tisch nicht mehr besetzt.

Dafür stand die Mutter vor dem Tisch. „Ich hoffe unsere neuen Privatbediensteten haben euch gefallen! Noch sind sie Nummer zwei und drei, aber ab Montag wird es eine neue Nummer eins geben!", posaunte sie lauthals.

„Es ist kein letzter demütigender und bloßstellender Tanz Richtung Freiheit, sondern ein erster demütigender und bloßstellender Tanz Richtung Gefangenschaft ...", dachte er sich, als er sich dem Geschehen näherte.

Es war zwar noch einiges los, doch die Räumlichkeiten hatten sich bereits etwas geleert und immer wieder verschwanden einzelne oder manchmal auch kleine Gruppen über die Treppen nach oben und mussten dabei die Frau und den Mann passieren, die sich während der Ansprache, ohne zu zögern und in Windeseile, entblößt hatten. Sie hatten sich scheinbar auf den ersten paar Stufen der Treppe nach oben eingerichtet und diese zu ihrem Territorium gemacht. Ob sie sich ohne die Aufforderung des Vaters ausgezogen hätten, stand in den Sternen, trotzdem schienen sie sich im Adamskleid und auf dem von ihnen gewählten Platz wohlzufühlen.

Die vor ein paar Minuten noch vor sowie teilweise sogar auf dem langgezogenen Tisch stehende und dabei so aufdringlich agierende Meute löste sich langsam auf und verteilte sich in alle Richtungen.

In einiger Entfernung sah er den Vater stehen, der von Nummer zwei und drei flankiert wurde, die sich nach ihrer beendeten Tanzeinlage gar nicht erst wieder angezogen hatten.

Der Vater bemerkte ihn und grüßte ihn mit einer kurzen, arrogant wirkenden Handbewegung. Er erwiderte den Gruß mit einem Nicken sowie erhobener Hand und überlegte, noch während er das tat, ob dieses kurze Intermezzo als Schlusspunkt gereicht hatte, um sich nun in sein Zimmer zurückziehen zu können, obwohl er keine Ahnung hatte, wie spät es war.

„Der Vater hat mich auf der Party gesehen und es gehen immer mehr nach oben ... Das sollte doch reichen", beschloss er gerade für sich, als er plötzlich eine Hand an seiner Hüfte spürte. Er wusste, dass er seine Überlegung sofort wieder vergessen konnte.

„Da ist ja mein Charmeur!", sagte die zu der Hand an seiner Hüfte gehörende Stimme und klang dabei süßlich und ein wenig fordernd.

Er atmete noch einmal tief durch, bevor er sich zur Seite drehte und die Mutter ansah. „Eine aufregende Party habt ihr organisiert, muss ich sagen."

„Nicht wahr ...", nahm die Mutter diese Wortmeldung als Kompliment auf. „Weißt du, aufregend ist ganz nach meinem Geschmack ... Die Leute sollen sich hier bei uns ruhig ordentlich austoben. Hast du gesehen, wie ihnen unsere neuen Untergebenen gefallen haben und wie sich die zwei über all die Komplimente gefreut haben? Das ist doch entzückend", redete sie im selben Ton weiter wie zuvor.

„Wenn es Freude ist, gelähmt und eingefroren in die Ferne zu starren, und es ein Kompliment sein soll, sich von anderen begrapschen zu lassen, während man zur Schau gestellt wird, dann schon ...", waren seine Gedanken dazu, während er an seinem Bier nippte und anschließend zustimmend nickte. *„Es ist genau das, was sie ihnen von Beginn an eintrichtern. Sie zeigen ihnen von Anfang an, wo ihr Platz ist."*

„Wir zwei Hübschen sind ja noch gar nicht richtig zum Reden gekommen ... Begleite uns doch in unseren Privatraum. Dort haben wir etwas Ruhe", sagte die Mutter mit zuckersüßer Stimme.

Er zögerte nicht wirklich, sondern gab nur nicht innerhalb einer Sekunde eine Antwort, was die Mutter dazu veranlasste, nachzulegen. „Du willst mir diese Einladung doch nicht etwa abschlagen? Das würde ich nämlich persönlich nehmen ... Es darf nicht jeder mit uns dorthin und es wird dir gefallen!", säuselte sie süßlich mit einem freundlichen Gesichtsausdruck.

Dennoch spürte er das Fordernde sowie latent Bedrohliche, das in ihrer Stimme mitschwang und ihm unmissverständlich zu verstehen gab, dass er keine Wahl hatte.

„Entschuldigung, ich war nur einen Moment sprachlos, dass ich tatsächlich in euren Raum eingeladen werde ... Ich habe nicht mit dieser Ehre gerechnet. Natürlich komme ich mit", log er die Mutter mit einem gequälten Lächeln an, was diese mit einem überheblichen „Ach, das verstehe ich natürlich, dass dich das sprachlos macht" zur Kenntnis nahm.

Es gab kein Zurück mehr, wie er spätestens in dem Moment feststellte, als sie seine Hand nahm und diese auf ihrer Hüfte platzierte, bevor sie losgingen. Ihre Hand, die sie seit der Begrüßung nicht von seiner Hüfte genommen hatte, rutschte von Schritt zu Schritt immer weiter in die Mitte und etwas hinunter, bis sie, als sie in dem Musikraum angekommen waren, zur Gänze auf seinem Hinterteil lag.

Er sagte nichts, ließ es über sich ergehen und sah es in der Verteidigung seiner Würde bereits als Sieg an, dass er seine eigene Hand eisern auf ihrer Hüfte beließ und mit dieser nicht nach unten rutschte, obwohl die Mutter ihn mit ihren Bewegungen und einem geflüsterten „Du darfst ruhig auch zupacken" genau dazu animierte.

Das penetrante Lachen im Hintergrund, welches zum Vater gehörte, der ihnen mit Nummer zwei und drei im Schlepptau folgte, machte die Sache nicht unbedingt leichter. In seinem Kopf suchte er bereits fieberhaft nach einer Lösung, wie er mit der Situation umgehen könnte.

„Haben wir den Kerl von davor, der uns unsere Feier kaputt machen wollte, schon bei der Polizei gemeldet?", fragte die Mutter den Vater, wobei er das Gefühl nicht loswurde, dass diese Frage in Wahrheit als eine Drohung an ihn gerichtet war.

„Ja, natürlich haben wir das! Ich weiß nicht, ob der jetzt seinen Job behalten wird, immerhin ist der für die Auswahl und Vorbetreuung der Obdachlosen zuständig, die zu uns kommen sollen. Haha, wenn der dabei auch so ein Weichei ist, werden die dort nicht zufrieden mit ihm sein. Ich bin schon gespannt, was seine Vorgesetzten dazu sagen. So eine fristlose Entlassung kann schnell einmal passieren, wenn man sich an die richtigen Stellen wendet, haha", antwortete der Vater und schien sich köstlich über den Mann zu amüsieren, der eigentlich nur einer überforderten, eingeschüchterten sowie bloßgestellten Frau helfen wollte und den Fehler begangen hatte, Zivilcourage zu zeigen.

„Den sehen wir bestimmt wieder und dann wird er darum betteln, unsere Nummer eins sein zu dürfen ... Das wäre doch was, oder?", hatte die Mutter schon Pläne für den armen Kerl, die sie dem Vater und wohl noch mehr ihm mitteilte.

Der Vater lachte lauthals los und weil er nicht mehr wusste, wie er reagieren sollte, lachte er einfach mit, um zumindest irgendetwas zu tun. Das schien die Mutter zu beruhigen, denn sie löste sich von ihm und ging durch die von dem uniformierten Sicherheitsmann bewachte Tür in den Privatraum. Er spürte einen von einem Lacher begleitenden Schulterklopfer des Vaters, als er ihr durch die Tür folgte.

Wenn er schon zuvor, bei den letzten Aussagen der Eltern, bemerkt hatte, dass es mit dem Anspruch, wenigstens ein kleines bisschen von dem zu behalten, was so etwas wie Würde nahekam, schwierig werden würde, raubte ihm der Anblick, der sich ihm nun bot, sogar diese letzte Illusion.

Der Raum war mit Ausnahme einer von schwachem Licht umgebenen und eher dunkel wirkenden Ecke hell ausgeleuchtet und überall an den Wänden standen Sofas mit kleinen Beistelltischen. Inmitten des Raums war ein riesengroßes Bett platziert, in dem bestimmt zehn Leute Platz finden konnten, und direkt daneben stand ein gläserner Whirlpool. Die Mutter ging auf die dunkle Ecke zu und er trottete ihr einfach hinterher, als wäre er ein dressierter Haushund. Für den Moment sah er keine andere Möglichkeit.

In dem dunklen Teil des Raums angekommen sah er, dass dort neben einer zweiten Tür, die wohl zu den Wohn- sowie Schlafräumlichkeiten der Eltern führen musste, zwei rote samtene große Couchen standen, in deren Rückteilen jeweils ein großes goldenes M und V gestickt worden war.

„Du kannst dich ruhig zu mir setzen!", teilte ihm die die Mutter mit, nachdem sie sich auf die Couch mit dem M gesetzt hatte.

Er fasste es nicht als Angebot, sondern als einen Befehl auf, den er befolgte, während sich der Vater mit den zwei neuen Bediensteten auf der anderen Couch niederließ.

„Schau dich nur um!", sagte die Mutter, während sie nach zwei mit Wein befüllten Gläsern griff, die auf einem goldenen Beistelltisch abgestellt waren, der sich zwischen den beiden Couchen befand. Anschließend reichte sie ihm eines davon.

„Das mache ich", erwiderte er geradezu automatisiert und fühlte sich dabei, als wäre er in einem schlechten Traum gefangen.

Er zündete sich eine Zigarette an und nahm einen Schluck vom Wein.

„Hier drin in unserem Raum gibt es nur das Beste", kommentierte der Vater, ließ sich von dem nackten

Bediensteten zu seiner Rechten eine Zigarre reichen und sich diese von der nackten Bediensteten zu seiner Linken anzünden.

Ihm fiel auf, dass alle in diesem Raum wortwörtlich im Scheinwerferlicht standen. Außer eben jene Personen, die sich hier in der dunklen und somit schwer einsehbaren Ecke befanden. Der Raum war gut gefüllt. Im Bett in der Mitte saßen die männliche und weibliche Nummer eins und waren wie in einem riesengroßen Schaufenster für alle rundherum ausgestellt. Auch sie waren mittlerweile unbekleidet, zumindest wenn man von den Stiefeln der weiblichen Bediensteten absah, die diese immer noch trug. Sie wirkten wie Puppen, bewegten sich kaum und saßen einfach nur da.

„Habe ich etwa gesagt, dass ihr aufhören sollt, während wir weg sind!", schrie die Mutter plötzlich und klang dabei geradezu erzürnt.

Augenblicklich begannen sich die beiden Bediensteten zu küssen und gegenseitig zu streicheln, bevor ihre Handlungen nach einer weiteren lautstarken Aufforderung der Mutter schließlich in der Missionarsstellung und somit im Sexualakt mündeten.

„Schon besser!", ließ die Mutter die beiden wissen, bevor sie sich ihm zuwandte.

„Das gefällt dir, was? In welcher Position sollen sie es denn miteinander treiben? Du darfst dir eine wünschen, weil du es bist ...", ergänzte sie, während sie damit begann, mit zwei Fingern über seine Brust zu streicheln.

Er stand neben sich, war eigentlich sprachlos und versuchte irgendwie mit der Situation klarzukommen. „Welche Position gefällt dir am besten? Die sollen sie machen", hörte er sich selbst sagen, ohne in irgendeiner Form zu realisieren, dass er das wirklich ausgesprochen hatte.

„Reite ihn!", kam der umgehend gerufene Befehl der Mutter Richtung des großen Bettes mitten im Raum, den die beiden Bediensteten sofort umsetzten. „Das können wir beide dann auch noch machen ...", hauchte ihm die Mutter mit zufriedenem Gesichtsausdruck ins Ohr.

Ihr Atem roch unfassbar stark sowie äußerst penetrant nach Alkohol. Er spürte den klebrigen warmen Schweiß, der ihr über das Gesicht lief, auf seiner Wange, als sie damit begann, zuerst an seinem Ohrläppchen zu knabbern und ihn anschließend am Hals zu küssen. Obwohl er bereits mehr als genug getrunken hatte, stieg wieder diese Beklemmung in ihm auf, und als Folge bemerkte er, wie sich alles in ihm wehrte und anspannte.

Trotzdem fühlte er sich gefangen, vollkommen ausgeliefert und handlungsunfähig. Krampfhaft begann er zu überlegen, was er dagegen tun könnte, während er sich weiterhin selbst beobachtete, wie er ruhig dasaß und es einfach über sich ergehen ließ.

„Aber zuerst einmal etwas anderes ... Wo ist denn deine Freundin? Ich habe sie gar nicht mehr gesehen", sagte die Mutter, nachdem sie von seinem Hals abgelassen hatte und während sie ihre schwitzende sowie regelrecht aufgeschwollene Hand auf seinem Knie ablegte.

Immer wieder bewegte sie diese zur Innenseite seines Oberschenkels. Er bemerkte die Hand sowie deren Bewegungen, doch er versuchte, sie einfach nicht wahrzunehmen und stattdessen in seinem Kopf zu bleiben, um sich auf die Worte konzentrieren zu können, die er gleich aussprechen wollte.

„Aurora war total betrunken und ist dann früh auf das Zimmer. Sie wollte noch weiter feiern, aber ich habe zu ihr gesagt, sie soll besser raufgehen, bevor sie hier alles vollkotzt ... Tja, das hat sie davon, dass sie nicht auf mich gehört hat, als ich ihr zu Mittag, als wir von der Stadt losgefahren sind, gesagt habe, sie soll nicht schon während der Busfahrt eine Flasche Wodka trinken. Vor allem wenn sie dann hier gleich mit Tequila weitermacht ...", antwortete er ruhig und souverän.

Wie er jetzt wusste, war es die eine einzige Frage oder Sache, auf die er wirklich vorbereitet gewesen war.

„Hahaha, die gefällt mir, die Kleine", reagierte der Vater gewohnt amüsiert, fand es aber trotzdem bedauernswert. „Aber schade, ich hätte sie doch so gerne hierher eingeladen und wer weiß vielleicht …"

„Das ist besser so!", unterbrach die Mutter den Vater und plötzlich waren sowohl ihre Stimme als auch ihre Miene eisig. „Ich weiß, Vater, dir gefällt seine kleine Miss Sunshine, aber mir würde die nicht ins Bett kommen! Irgendetwas stört mich an der … Alleine wie sie immer schaut und wenn sie dann so freundlich und nett mit allen tut. Wahrscheinlich ist die genauso wie der Typ, den wir abführen haben lassen … Ich werde nicht schlau aus diesem Flittchen. Es ist genauso wie bei dieser Kathryn! Und dann verträgt sie nicht einmal das bisschen Alkohol, ttttssss … Vielleicht ist es sowieso besser für sie, wenn sie oben ihren Rausch ausschläft, weil eine falsche Bewegung von ihr oder ein falsches Wort, dann werde ich …"

Er schluckte innerlich, versuchte sich nichts anmerken zu lassen und starrte auf das große Bett, auf dem sich nach wie vor die beiden Bediensteten miteinander vergnügten. Oder wenigstens so taten, als würden sie das tun. Sein Blick war völlig leer und er fühlte sich wie gelähmt und erstarrt. Ohne es zu bemerken, hatte er exakt denselben Ausdruck in den Augen, den er zuvor noch bei Nummer zwei und drei beobachtet hatte, während diese an den Stangen getanzt hatten.

„Es gefällt dir, ihnen zuzusehen, oder?", säuselte die Mutter scheinbar erfreut in seine Richtung, bevor sie plötzlich laut in den Raum rief: „Und jetzt von hinten!"

Er beobachtete, wie die zwei Bediensteten auf dem Bett die Stellung wechselten, und nahm es dennoch nicht wirklich wahr. Währenddessen spürte er erneut den warmen klebrigen Schweiß auf seiner Wange und roch den nach Alkohol stinkenden Atem, als die Hand der Mutter immer weiter seinen Oberschenkel nach oben wanderte.

„Aber vielleicht täusche ich mich ja auch in dieser Aurora … Du kannst mich gerne vom Gegenteil überzeugen", hörte er die süßlich aufgesetzte und gleichzeitig so vergiftet klingende Stimme der Mutter ganz nah an seinem Ohr, während er, ohne es richtig zu spüren, vernahm, wie sie ihm auf einmal in den Schritt griff.

Auch wenn es eigentlich schon vorher klar war, wusste er jetzt endgültig, dass ein Nein keine Option war. Er musste es über sich ergehen lassen und stieg endgültig aus seinem Körper aus, um es ertragen zu können.

„Zum Glück habe ich meinen Körper soweit mit Alkohol betäubt, dass ich es nicht mehr zur Gänze wahrnehme", dachte er sich, während er beobachtete, wie die Mutter zuerst seine eine Hand zu ihren Brüsten führte und danach die andere zwischen ihre Beine. Währenddessen knetete sie mit ihrer zweiten Hand fest in seinem Schritt herum.

„So grob, wie die ist, würde das wahrscheinlich echt weh tun, wenn ich nüchtern wäre ...", ging es ihm durch den Kopf, während er von oben seinen Blick über den Raum schweben ließ.

Er hatte den Glauben daran aufgegeben, etwas ausrichten zu können, wehrte sich nicht und war dazu bereit, es bis aufs Äußerste über sich ergehen zu lassen.

„Besser es trifft mich jetzt hier, als jemand anders treffen die Konsequenzen, wenn ich es nicht tue ...", war der Satz, der ihm dabei half, es zu ertragen, und der seinem Verhalten eine etwas zweifelhafte sowie seltsame und für ihn trotzdem so logische Sinnhaftigkeit gab.

Mit starrem leerem Blick, in einem gelähmten, erstarrten Körper gefangen sowie einem gequälten Lächeln im Gesicht verweilte er auf der Couch und wagte nicht einmal den kleinsten Versuch, zu widersprechen, geschweige denn sich in irgendeiner

Form zu Wehr zu setzen. So grausig es auch war und so wenig er das Ganze wollte, es fühlte sich dennoch fast vertraut an, die Berührungen auf seinem Körper zwar zu bemerken, aber nicht richtig zu spüren. Es löste nichts ihn ihm aus, außer einem dumpfen brennenden Schmerz in seiner Brust, der so tief saß, dass er keine wirkliche Verbindung zu diesem spürte. Es war eigentümlich, wie er alles um sich herum wahrnahm, während sein Körper doch eigentlich mit ganz etwas anderem beschäftigt war.

Er sah die vollbesetzten Couchen überall im Raum und das riesengroße Bett in der Mitte. Die Hälfte der Menschen war nackt und so gut wie alle führten irgendwelche Formen sexueller Handlungen durch. Wie viele das von sich aus machten und wie viele nicht, war wohl eine Frage, die für immer unbeantwortet bleiben sollte.

Im Whirlpool saß die rothaarige Frau, die Aurora und ihn bereits auf der Abreise aus der Stadt begleitet hatte. Neben ihr befand sich der Mann, dessen roten Unterhose mit dem aufgedruckten Konterfei neben dem Whirlpool lag. Es waren die zwei einzigen Personen im Raum, die tatsächlich Spaß zu haben schienen und dies unter anderem durch immer wieder hörbares sowie nicht vorgetäuscht wirkendes Stöhnen zum Ausdruck brachten.

„Ihnen allen gefällt es! Sie alle wollen es! Sogar diejenigen, die es vorher noch nicht gewusst haben, merken jetzt, dass sie es wollten!", erklärte ihm die Mutter und drückte anschließend seinen Kopf mehrere Sekunden lang zwischen ihre mittlerweile aus dem Kleid hängenden und somit entblößten Brüste.

Den üblen Geruch des Schweißes nahm er mittlerweile gar nicht mehr wahr und selbst, dass er für kurze Zeit keine Luft bekam, bemerkte er nicht. Er wunderte sich lediglich darüber, dass der Mann, der so aussah wie er selbst auf einmal für kurze Zeit nach Luft zu schnappen schien.

„Die drei dort drüben, die wollen mich so unbedingt, doch das war mir fürs Erste zu langweilig!", ließ ihn die Mutter wissen, während sie sich erhob und auf ein Sofa mit zwei Männern und einer Frau zeigte.

„Die sollen jetzt brav warten und vielleicht dürfen sie dann später noch ein bisschen etwas von mir genießen. Aber bei dir war das anders, du hattest nur Augen für deine kleine Freundin, aber jetzt ... Jetzt, wo du bei mir bist, kannst du mir nicht mehr widerstehen, jetzt willst du mich auch!", gab ihm die Mutter mit einer doch sichtlichen Aggression vor, was er zu wollen hatte.

Sie klang dabei ein wenig beleidigt, aber vor allem zornig.

„Es geht gar nicht um mich, es geht um ihre Macht und ihr Ego. Es geht ihr darum, sich nehmen zu können, was sie will, und sich selbst beweisen zu können, dass sie mächtig genug ist, andere dazu zu bringen, mit ihr schlafen zu wollen oder sich zumindest nicht dagegen zu wehren", wurde ihm klar, während er die Mutter dabei beobachtete, wie sie ihre Unterhose auszog und diese neben ihn auf die Couch warf.

Er sah sich selbst an, wie er weiterhin regungslos dasaß. Ohne dass er es bemerkt hatte, hatte sich die Mutter auf ihn gesetzt und damit begonnen, seine Hose zu öffnen. Er sagte nichts und wehrte sich immer noch nicht. Selbst wenn er es gewollt hätte, hätte er es nicht mehr gekonnt. Er spürte seinen Körper nicht mehr und wusste nicht einmal, ob er eine Erektion hatte oder nicht.

„Eine Fifty-Fifty-Chance, ob sie das bekommt was sie möchte ...", dachte er sich zynisch und sogar beinahe belustigt, als ihm klar wurde, dass es nun ohnehin zu spät war.

Irgendwie hoffte er sogar, dass er hart genug war, um es endlich hinter sich bringen zu können. Der Gedanke daran, wie die Mutter reagieren würde, wenn dem nicht so war, war fast beängstigender als jener, dass es ansonsten irgendwann vorbei wäre. Doch diese Entscheidung konnte er sowieso nicht mehr beeinflussen, denn diese hatte jetzt sein Körper zu treffen und von dem war er abgeschnitten.

Ein plötzlicher Aufschrei ging durch den Raum.

„AAAAHHHHHH", schrie die weibliche Nummer eins laut und schrill.

Einer der zwei Männer, der eben noch auf der Couch gesessen hatte, die doch von Mutterverehrern besetzt sein sollte, war auf das große Bett gesprungen und hatte sich einfach neben die Bediensteten gelegt. Etwas zögerlich wirkend hatte dieser dann mit den Händen nach den Körpern der beiden Bediensteten gegriffen.

„Ich wollte euch schon den ganzen Abend, lasst mich mitmachen. Ich will euch beide jetzt sofort!", rief der Mann lautstark, sodass es alle im Raum hören konnten und begann damit, sich im Liegen der Unterhose zu entledigen.

Als er wieder in seinem Körper angekommen war, ging es ihm alles andere als gut. Erst jetzt bemerkte er, wie schwach er sich eigentlich fühlte. Er zitterte innerlich, auch wenn sein Körper diese Information nicht nach außen zeigte.

Die Rückkehr in seinen Körper hatte er dem Mann zu verdanken, der das, was er mittlerweile verstanden hatte, anscheinend nicht begriffen hatte.

Trotzdem hätte sich ein Teil in ihm gewünscht, dass der Fremde bereits zu dem Zeitpunkt, als er sich mit der Mutter auf die Couch gesetzt hatte, auf das große Bett mitten im Raum gesprungen wäre. Zumindest hatte es der Mann aber jetzt getan, noch bevor es zum Äußersten gekommen war.

Unbeholfen und bei den Händen sichtbar zittrig, knöpfte er sich seine Hose zu, bevor er sich zu sammeln versuchte, um sich als Nächstes überlegen zu können, wie er so schnell wie möglich aus diesem Raum flüchten könnte, ohne dabei die Aufmerksamkeit eines verschmähten Elternteils auf sich zu lenken.

Und er tat gut daran, denn selbst der Vater schaute irritiert und sogar ein wenig beängstigt, nachdem die Mutter mit immer noch aus dem Kleid hängenden Brüsten Richtung des großen Bettes gestampft war und lauthals geschrien hatte:

„WAS FÄLLT DIR EIN! DU WOLLTEST MICH UND ZWAR NUR MICH! ODER HAST DU MICH ANGE-LOGEN?!?"

Sie war auf das Bett gesprungen, hatte voller Zorn „Verschwindet" in Richtung der beiden Bedienste-ten gezischt und dem Mann an den Hals gegriffen.

„Du nimmst mich jetzt die ganze Nacht und bei der ersten Runde hier und jetzt sofort werden alle

anwesenden Zeuge sein, wie sehr du mich willst!",
ließ sie nicht nur den Mann auf dem Bett wissen,
sondern gleich den ganzen Raum.

Er war wieder bei sich und trotzdem fühlte es sich
nach wie vor surreal an, als er beobachtete, wie sich
die Mutter auf den Mann setzte und begann wild
auf diesem hin und her zu reiten. Dabei stöhnte sie
übertrieben laut und forderte ihr neues Objekt der
Begierde schreiend sowie zwischendurch sogar mit
Ohrfeigen dazu auf, „es gefälligst zu genießen".

Es herrschte eine eisige Stimmung im Raum und
bis auf die Laute der beiden Protagonisten auf dem
großen Bett war es mucksmäuschenstill geworden.
Es machte den Anschein, als traute sich niemand
wegzuschauen. Auch er nicht, selbst wenn er hin
und wieder einen kurzen Blick riskierte, um die
Menschen um ihn herum und deren Reaktionen zu
betrachten.

Den Vater schien das Ganze nur einen kurzen Moment lang aus der Fassung gebracht zu haben,
denn dieser saß wieder ruhig da und hatte ein
selbstgefälliges Grinsen im Gesicht. Er selbst saß
mittlerweile nicht mehr alleine auf der Couch, denn
sowohl die weibliche als auch die männliche Nummer eins waren in seine Richtung geflohen und hatten sich neben ihm niedergelassen.

Sie wirkten weder verängstigt ob des auf sie ausgeübten plötzlichen Übergriffs eines Dritten noch erleichtert, weil sie dadurch aus dem Mittelpunkt des Raums verschwinden konnten. Nicht einmal gleichgültig war ihr Ausdruck, sondern viel mehr als alles andere war es eine gewisse Gehässigkeit und Schadenfreude, die er in den Gesichtern der beiden Bediensteten ablesen konnte.

Diese wurde sogar noch größer, als die Mutter ein geradezu kreischendes „WAS FÄLLT DIR EIN?!?!" ausstieß, dem Mann, der unter ihr lag, eine weitere Ohrfeige verpasste und mit ihrem Unterleib nach oben Richtung seines Kopfes rutschte. Ihr Aufschrei galt augenscheinlich der durch ein Erschlaffen zum Ausdruck gebrachten, abhanden gekommenen Manneskraft des unter ihr Liegenden, weshalb sie nun mit den gleichen Bewegungen und derselben Härte auf dessen Gesicht herumritt. Sie machte eine Handbewegung und augenblicklich stürmte Nummer drei mit einer kleinen Schüssel voller blauer Pillen sowie einem Krug Wasser auf das Bett zu.

Die Mutter unterbrach ihre nicht unbedingt rhythmisch wirkenden Bewegungen für genau jene Zeit, die sie brauchte, um dem Mann wohl mehr als nur eine dieser Pillen in den Mund zu stopfen. Anschließend leerte sie den halben Krug Wasser in dessen Mund sowie über den halben Kopf. Danach machte sie, wenn auch umgedreht und somit mit ihrem

Kopf in Richtung des Körpers ihres Unterworfenen, mit ihren Bewegungen auf dem Gesicht weiter.

Er fragte sich, ob der arme Kerl überhaupt noch genügend Luft bekam. Doch weder fühlte er sich in der Position dazu, etwas dagegen unternehmen zu können, noch war er sich sicher, ob er das überhaupt wollte. Tief ihn ihm drin war etwas, das die Gehässigkeit und Schadenfreude von Nummer eins und Nummer eins nachempfinden konnte.

Immerhin hatte es der Mann selbst zu verantworten, denn es war sein Sprung auf das Bett, der diese Situation hervorgerufen hatte, und wenn er ehrlich war, war er vor allem froh, dass es nicht er selbst war, dem mit Hilfe einer Schüssel Pillen eine Erektion mitsamt anschließender Vergewaltigung aufgezwungen wurde.

„Besser es trifft jemanden wie den als jemanden, der gar nichts gemacht hat …", dachte er sich wohl wissend, dass hier an diesem Ort so gut wie alles eine Grauzone war.

Schließlich wurde der Fremde nicht dafür bestraft, weil er sich unangemessen gegenüber zwei Bediensteten verhalten hatte, sondern weil er die Dreistigkeit besessen hatte, der Mutter das Gefühl gegeben zu haben, sie nicht zu begehren.

Während sie weiterhin auf dessen Gesicht saß, beobachtete die Mutter mit Argusaugen, ob die Erektion denn bereits zurückgekehrt war und legte immer wieder Hand an, um etwas nachzuhelfen. Es war schwierig, einzuschätzen, wie lange die Mutter das jetzt schon versuchte, denn er hatte jegliches Zeitgefühl verloren. Vielleicht waren es nur ein paar Minuten, aber es könnte genauso gut schon eine Stunde gewesen sein.

Plötzlich schien sich die Rothaarige, die vor gar nicht allzu langer Zeit noch so spießig gewirkt hatte, dazu berufen zu fühlen, bei diesem Vorhaben zu helfen. Sie stieg gemeinsam mit dem Mann, mit dem sie im Whirlpool gesessen war, aus diesem heraus, begab sich auf das Bett und wollte scheinbar die Mutter dabei unterstützen, ihr Ziel zu erreichen. Sie näherte sich mit ihrem Mund dem Intimbereich des mit seinem Kopf zwischen den Beinen der Mutter gefangenen Mannes. Ihr Begleiter wiederum griff lüstern nach den Brüsten der Mutter.

„VERSCHWINDET! RAUS AUS DEM BETT!", schrie die Mutter erzürnt.

Sie stieß den an ihren Brüsten herum knetenden Mann bei Seite und zog die Frau an ihren roten Haaren von dem unter ihr liegenden Körper weg. Eilig und erschrocken zogen die beiden den Rückzug an und verschwanden wieder im Whirlpool. Der Vater lachte lauthals über diese Zwischensequenz.

„Haben die wirklich geglaubt, es geht hier noch um Lust oder die Befriedigung irgendwelcher sexueller Gelüste?", konnte er es nicht fassen.

„Ich soll Spaß haben und nicht ihr! Er soll sich gefälligst von mir ficken lassen, weil er es von Anfang an wollte! Nach dieser Nacht wird er nie wieder jemand anderen haben wollen als mich! ER SOLL SICH DIE GANZE NACHT VON MIR FICKEN LASSEN UND ZWAR WEIL ICH ES SAGE UND VERLANGE! UND ES WIRD IHM GEFALLEN!", bestätigte die Mutter schreiend und vor Wut kochend seine Annahme.

Es war sogar ein wenig gespenstisch, als just in jenem Moment als sie damit fertig war, die Erektion bei ihrem Opfer zurückkehrte.

„Na also, es geht doch", wirkte die Mutter sogleich zufriedener und für einen Moment sogar etwas ruhiger.

Sie stoppte mit den Reitbewegungen, bevor ihre Stimme doch wieder lauter wurde.

„WIE SOLLEN WIR FICKEN? WAS WOLLT IHR SEHEN?", rief sie lauthals und schaute sich währenddessen im Raum um.

Es war leise und es wirkte so, als traute sich niemand den Mund aufzumachen. Es war eine eigenartige Situation, denn es lag dieses komische Gefühl in der Luft, dass es unweigerlich zu Problemen führen würde, wenn niemand etwas sagte. Gleichzeitig war die gemeinschaftliche Angst zu spüren, dass es für die Person, die etwas sagen sollte, ebenso zu Problemen führen könnte, wenn der gewählte Vorschlag der Mutter nicht passen sollte.

„Jeder Mensch hier drin könnte bei einem falschen Wort oder einer falschen Bewegung genauso schnell dort landen, wo jetzt dieser Kerl liegt…", ging es ihm durch den Kopf, als sich doch noch jemand anschickte etwas zu sagen.

Die weibliche Nummer eins war aufgestanden, wirkte angespannt und zitterte beinahe schon am ganzen Körper.

„R… REI… REITE IHN … DU SOLLST IHN RICHTIG HART REITEN!", schrie sie mit geradezu bebender und merklich hasserfüllter Stimme.

„Du hast sie gehört und streng dich gefälligst an!", befahl die Mutter dem Mann und rutschte dessen Körper entlang nach unten bevor sie sich umdrehte.

Der Mann wirkte bereits ausgelaugt, sichtlich geläutert und alles andere als erregt, als die Mutter dessen Glied in sich einführte und anschließend begann, wild auf und ab zu hüpfen, sodass sich das ganze Bett mitbewegte.

Dabei stöhnte sie beinahe durchgehend und forderte den Mann auf mitzumachen und selbst Stoßbewegungen zu vollführen. Zwischendurch schrie sie immer wieder Sätze wie „Er kann sich kaum halten!" oder „Wie es ihm gefällt!", die eindeutig an das Publikum gerichtet waren und nicht an den Mann, der unter ihr lag, sich seinen Bewegungen nach zu schließen geradezu abrammelte und bald schwitzte, als ob er gerade dabei wäre, einen Marathon zu laufen.

Während sich der Vater schlapp lachte, schienen die weibliche und männliche Nummer eins das grausige Spektakel mit einer gewissen Genugtuung zu verfolgen.

„*Endlich trifft es mal jemand anderen und besser der als wir, denken die sich wohl*", war seine Schlussfolgerung zu deren Reaktion.

Obwohl er diesen Gedanken für einen der grundlegendsten Fehler der heutigen Gesellschaft hielt, konnte er es ihnen nicht verübeln. Im Grunde empfand auch er eine Art Erleichterung, dass nicht er selbst dort auf dem Bett liegen musste. Dennoch war es keine Form von Genugtuung, die er empfand und von der er glaubte, sie in den Gesichtern der beiden Bediensteten erkennen zu können. Es war genau jene Art Genugtuung, die er als Gift für jegliche Form von Menschlichkeit betrachtete.

„Diese Genugtuung, die manche Menschen zeigen, wenn es anderen plötzlich genauso schlecht geht wie ihnen selbst oder vielleicht sogar noch schlechter, ist nichts weiter als eine grausige perverse Form passiv aggressiver Rache, die sich in keinster Weise gegen die wahren Täter richtet, sondern diese sogar noch schützt ...", formulierte er schließlich für sich aus und hatte dafür doch einiges an Zeit benötigt.

Der Alkohol und wohl auch die gesamten Umstände ließen ihn weiterhin nicht unbedingt schnell denken, doch wenigstens hatte er, seit sich die Mutter von der Couch erhoben hatte, keinen Schluck mehr getrunken, auch wenn er stattdessen fast durchgängig eine Zigarette im Mund gehabt hatte. Das sorgte nun dafür, dass er langsam wieder klarer sowie schneller denken konnte.

Es dauerte seiner, in keinerlei Form validen Einschätzung nach noch eine gute halbe Stunde, bis der Mann irgendwann gekommen war und sich in der Mutter ergossen hatte, was diese sogleich mit ihren Fingern kontrollierte.

„Das war erst der Anfang!", fauchte sie anschließend bedrohlich wirkend in Richtung des Mannes.

Wie als Zeichen ihres Triumphs streckte sie ihre mit dem Samen des Mannes bedeckten Finger in die Luft und rief lautstark: „UND WIE ER MICH WOLLTE UND WIE ES IHM GEFALLEN HAT! IHR HABT ES ALLE GESEHEN! ODER WÄRE DAS DABEI RAUSGEKOMMEN, WENN ES NICHT SO WÄRE!"

Sie tätschelte dem völlig ausgelaugten Mann, der immer noch auf dem Rücken lag und dem sichtlich unwohl war, die Wange. Ein letztes Mal wandte sie sich an die Menschen im Raum.

„Und jetzt ALLE RAUS HIER!", befahl sie schreiend. „Die restliche Nacht brauchen wir keine Zuschauer ...", hauchte sie anschließend dem liegenden Mann entgegen und streichelte noch für einen Moment dessen Brust, bevor ihre Hand schon wieder in Richtung seines Schrittes wanderte.

Er wartete einen Moment, bevor er sich erhob, denn er wollte nicht als Erstes den Raum verlassen, da er nicht eindeutig sagen konnte, ob es sich nicht doch noch um eine Art Falle handelte. Als er bemerkte, dass sich sogar der Vater erhob und die ersten Leute schon durch die Tür flüchteten, stand er auf und ging langsam und ruhig durch den Raum Richtung Ausgang, obwohl ihm unwohl war und er sich unsicher sowie wackelig auf den Beinen fühlte. Es hatten sich so gut wie alle aufgemacht. Nur die beiden im Whirlpool saßen nach wie vor an ihrem Platz und schienen keine Anstalten zu machen, diesen verlassen zu wollen.

Er wollte sich keine Gedanken mehr über irgendetwas in diesem Raum machen und hätte sich am liebsten an gar nichts mehr erinnert, was soeben passiert war, und hoffte, dass ihm das auch gelingen könnte, wenn er erst einmal draußen war. Er atmete flach, blickte zu Boden und versuchte nicht zu schnell zu gehen, als er zuerst durch den Musikraum und danach durch die Eingangshalle nach draußen in den Garten ging. Dort entfernte er sich bereits mit schnelleren Schritten sowie innerlich gestresst noch um einiges weiter als ein paar Meter von der Eingangstür der weißen Villa.

Als er schließlich stehen blieb, schnappte er nach Luft, stützte die Hände in seine Knie und kämpfte mit einem plötzlich aufkommenden Übelkeitsgefühl sowie seinem Würgereflex. Es war notwendig diesem nachzugeben und trotzdem wusste er, dass es besser war, wenn ihn niemand so sah. Gleich nachdem er sich übergeben hatte, zwang er sich mit Hilfe der frischen Luft wieder aus der eingenommenen Position sowie aus den Empfindungen, die ihn dazu getrieben hatten.

Er hatte keine Ahnung, wie lange er in diesem gespenstischen Raum gewesen war, und blickte durch den Garten, in dem mittlerweile nur mehr wenige Leute zu sehen waren. Es war erstaunlich, denn hier wirkte alles so friedlich. Die warme und trotzdem so frisch zu atmende Luft, das gedämpfte sowie wohlige Licht oder auch nur das Weiß des aufgestellten Mobiliars, welches für helle Akzente sorgte. Und dann waren da noch die leuchtenden herumfliegenden Glühwürmchen, die einem die Augen glänzen ließen.

Es war so ruhig und angenehm und nur in weniger Entfernung hinter einer bewachten Tür versteckt gab es diesen grausigen gespenstischen Raum mitsamt der stickigen Luft, der bis auf die dunkle Ecke so grell ausgeleuchtet war, dass es einen schon fast in den Augen schmerzte. Ein Raum der so unheimlich, beängstigend und voller Gewalt war.

„Wenn man an einem Garten vorbei geht, sieht man nur diesen und die Fassade des Hauses, aber nicht was dort drin hinter den Türen vor sich geht. Vielleicht wünscht man sich sogar dieses Haus einmal betreten zu können, weil einen der Garten fasziniert und fast schon verzaubert", dachte er sich und atmete noch dreimal tief ein und anschließend länger aus, bevor er beschloss, den Versuch zu starten, auf sein Zimmer zu gehen.

Direkt von dem Raum hochzugehen hatte er sich zuvor nicht zugetraut, doch jetzt hatte er sich ein wenig beruhigt, auch wenn er sich beinahe sicher war, dass es das mit den unangenehmen Empfindungen für heute noch nicht gewesen war. Bevor er das Eingangstor der Villa erreicht hatte, stand plötzlich der Vater vor ihm und hatte anscheinend das Bedürfnis, mit ihm zu sprechen.

„Haha, ach das war wieder was mit Mutter!", teilte ihm der Vater gleich mit und stieß, abermals dieses penetrante Lachen aus, das anscheinend den Zweck hatte, alles zu relativieren und als eine Art Spaß abzutun, wie er es mittlerweile interpretierte.

Er reagierte, indem er kurz nickte, sich eine Zigarette anzündete und hoffte, dass das Gespräch nicht lange dauern würde, wenn er keine Antworten gab. Doch das schien den Vater nicht davon abzuhalten, einfach mehr oder weniger mit sich selbst zu reden.

„Ich hoffe du nimmst es ihr nicht krumm, dass du wegen ihrem kleinen emotionalen Ausbruch nicht deinen Spaß mit ihr hattest, aber, naja der Typ hat es ja geradezu herausgefordert, als er so um ihre Aufmerksamkeit gebettelt hat. Da konnte sie wohl einfach nicht nein sagen. Und es hat ihm ja anscheinend ganz gut gefallen, wie man am Ende gesehen hat, oder? Haha ...", erzählte der Vater seine ganz eigene Version der Geschehnisse.

Er verzichtete erneut auf eine Antwort, nickte abermals nur kurz, zog an seiner Kippe und war für den Moment einfach nur erleichtert, dass der Vater ihn noch im Garten abgefangen hatte und nicht erst in der Villa. Die frische Luft half ihm dabei, das Gespräch durchzustehen.

„Naja, weißt du ...", redete der Vater weiter und lachte zur Abwechslung einmal nicht. „Mina ist weggelaufen. Vorgestern war sie abends auf einmal nirgends mehr aufzufinden und ihre Fußspuren haben aus der Kuppel hinaus geführt ... Und jetzt macht sich Mutter Vorwürfe ... Am Anfang konnte sie es gar nicht glauben, dass Mina weggelaufen ist, und sie war sich sicher, dass sie jemand entweder hier versteckt oder von hier weggebracht haben muss."

Der Stimmlage nach zu urteilen klang es so, als würde das Geschehene den Vater tatsächlich nicht kalt lassen. „Sie hatte gleich Jonathan unter Verdacht oder den ein oder anderen von den Wissenschaftlern, aber dann haben wir ihre Spuren verfolgt. Sie ist wohl raus und dann den Spuren der Wissenschaftler gefolgt, bevor sie von der Dunkelheit überrascht worden ist. Man hat eindeutig gesehen, wie sie den Fußspuren eines Wissenschaftlers nachgelaufen ist und dann hat sie sich wohl verlaufen und einfach nicht mehr zurückgefunden. Wir haben alles für eine große Suche vorbereitet, aber dann hat das das Unwetter die Spuren verwischt und es unmöglich gemacht. Ich fürchte, das arme Kind ist ... Naja, wir haben danach sogar versucht, weiter zu suchen, weil das auf einmal von ganz oben verlangt worden ist, aber keine Chance

… Es hat doch ganz ordentlich gewütet, da hat es nichts mehr zu finden gegeben und wahrscheinlich ist sie unter eine Mure oder etwas Ähnliches geraten, aber auswertbare Spuren, die uns zu irgendetwas geführt hätten, haben wir keine gefunden."

Er reagierte immer noch nicht, sondern war noch mehr als zuvor damit beschäftigt, einfach stehen zu bleiben und sich nichts anmerken zu lassen.

„Jedenfalls ist diese Geschichte Mutter ganz schön nah gegangen und als sie dann akzeptiert hat, dass Mina von alleine weggelaufen ist, hat sie das ganz schön getroffen und deshalb ist sie noch ein bisschen durch den Wind … Also denk dir nichts dabei, dass sie dich dann einfach sitzen gelassen hat und mit dem anderen zur Sache gekommen ist", erklärte ihm der Vater nach dem neuerlichen Schweigen und klopfte ihm beinahe schon bemitleidend auf die Schulter.

„Okay, ich verstehe …", antwortete er nun, weil er sich fast dazu gezwungen sah, etwas zu sagen, und klang dabei fertig und müde, was der Vater anscheinend als enttäuscht interpretierte, weshalb dieser umgehend versuchte, ihn aufzuheitern.

„Haha, du bist jetzt zwar enttäuscht, aber vielleicht bekommst du ja nochmal die Gelegenheit! Mach dich nicht verrückt deswegen. Haha, sonst endest du noch so wie der gute Jonathan … Der Arme ist völlig durchgedreht, weil er vergessen hatte, Mina einzusperren, und Mutter deshalb ganz schön sauer auf ihn ist. Der hat dann vor seinem Bauernhaus ein Lagerfeuer mit seinem ganzen Zeug veranstaltet und wie ein Wahnsinniger darum herumgetanzt und dabei nicht mehr aufgehört wie verrückt zu lachen. Hahaha, das hättest du sehen sollen und das alles nur, weil ihm klar geworden ist, was für eine Chance, sich uns zu beweisen, er da in den Sand gesetzt hat ... Aber wenn er sich nach zwei Wochen in der Arrestzelle fürs Erste wieder beruhigt hat, kann er es nochmal versuchen, weil Mutter jemand ist, die gerne zweite Chancen gibt. Das gilt vielleicht auch für dich ...", sagte der Vater mit aufmunterndem Ton und klopfte ihm auf den Rücken, so als wäre das eine erfreuliche Nachricht für ihn.

Er wusste für den Moment nicht mehr, was ihm mehr zu schaffen machte. Die letzten Stunden oder die Information über Jonathan, die ihn das Schlimmste befürchten ließ. Er wollte einfach nur noch auf sein Zimmer und sich duschen, weshalb er ein letztes gequältes Lächeln aufsetzte, mit der letzten Energie ein „Bis morgen" ausstieß und losging.

Kaum war er durch die Eingangstür der weißen Villa getreten, hielt er sich sein rechtes Handgelenk und drückte schon regelrecht zu. Er hielt es immer noch fest, als er bei den Treppen ankam und nach den ersten Stufen über zwei sich miteinander vergnügende Körper steigen musste, die dort anscheinend weiterhin ihr Territorium absteckten.

„Die zwei sollen ihren Spaß haben, wenn sie gefühlt die Einzigen hier sind, die es freiwillig miteinander tun", dachte er sich, als er an ihnen vorbei war und gefühlt zum ersten Mal an diesem Abend wirklich lustvoll klingendes Stöhnen in seinen Ohren vernahm.

Am Ende der Treppe angelangt und wohl von dem Gefühl, nicht mehr beobachtet werden zu können, ausgelöst, blieb er stehen und stützte sich abermals mit seinen Händen in den Knien ab. Sein Atem war flach.

Hier in dem Gang fiel es ihm schwerer, sich zu beruhigen, da er sich nicht übergeben wollte. Doch wenigstens wusste er, dass es nur noch wenige Meter waren, bis er es endlich in das Zimmer geschafft hatte.

Er schaute auf den roten Teppich, der den Gang entlang ausgerollt war, und sah die mittlerweile nur noch schwach sichtbaren Abdrücke, die die weibliche Nummer eins mit den spitzen Absätzen ihrer Stiefel darauf hinterlassen hatte. Er war alleine im Gang und war froh darüber. Es musste seltsam aussehen, wie er der Wand entlang ging und dabei vermied auf den Teppich zu treten, denn das wollte er schlicht und einfach nicht.

„Dieser Teppich ist wie eine menschliche Seele ...", hatte er sich gedacht, bevor er beschlossen hatte, neben diesem zu gehen, um ihn nicht zu berühren. *„Seine Farbe ist so kräftig und er ist so voller einzigartiger Schönheit und trotzdem trampeln alle auf ihm herum, ohne diesem Umstand Aufmerksamkeit zu schenken, sodass man ihn immer wieder saubermachen und pflegen muss, damit er neuerlich glänzen kann. Oft funktioniert das auch, aber wenn jemand mit so spitzen Absätzen darauf herumstolziert, dann schneiden diese bis in die untersten Fasern ein und hinterlassen tieferliegende Spuren und Abdrücke."*

Langsam und wankend setzte er immer einen Schritt nach dem anderen. *„Die Abdrücke werden mit der Zeit schwächer und verschwinden für das freie Auge vielleicht sogar. Trotzdem sind die Fasern für immer beschädigt und auch wenn es dann so aussieht, als würde der Teppich glänzen, wird er mit jedem Mal, wenn jemand auf eine solche Faser tritt, erneut und schwerer beschädigt ... Wenn man sich die Zeit nehmen würde, nicht nur kurz hinzusehen und anschließend einfach darüber zu laufen, sondern einmal mit den Fingern nachfühlen würde, könnte man diese Beschädigungen spüren ... Und so wie mit dem Teppich ist es hier drin mit den Menschen ... Auf all den Seelen der Menschen, die hier waren, hier sind oder noch hierherkommen werden,* *trampeln die Eltern mitsamt ihrem Anhang und in ih-ren extra angespitzten Stiefeln herum und hinterlas-sen brennende Wunden, die, egal wie gut sie auch verheilen mögen, ein jedes Mal aufs neue schmerzen werden, wenn jemand anderes die Narben berührt, selbst wenn das dann in guter Absicht oder vielleicht nur vorsichtig passieren sollte."*

Er tastete sich der Wand entlang. *„Die Eltern tun das aufgrund ihrer Wollust ... Es ist ihre Wollust da-nach, Macht über andere Menschen zu haben, die sie antreibt ... Sie verstecken es hinter angeblicher Freizügigkeit und angeblicher sexueller Lust, doch es ist nichts weiter als die Wollust danach, Menschen dazu nötigen zu können, das zu tun, was sie von ihnen verlangen, und die Wollust danach, so viel Macht zu besitzen, um ihnen vorschreiben zu kön-nen, was sie zu wollen haben ... Sie begehren es, andere bewerten und über sie richten zu können ..."*

Weiterhin versuchte er, den schmalen Streifen zwi-schen der Wand und dem Samtteppich entlang zu balancieren, was in seinem Zustand alles andere als einfach war. *„Um das zu erreichen, trampeln sie solange auf ihnen herum, bis die Menschen gelähmt und erstarrt sind, vor Angst schweigen und sich nicht mehr wehren, weil sie hoffen, dass es dann ir-gendwann aufhört und sie nicht mehr die schmerz-haften angespitzten Absätze dieser Stiefel spüren müssen, die sich mit jeder Bewegung in ihr Fleisch bohrt ... So hat es heute Nacht hier drin in dieser Villa*

funktioniert, so funktioniert es in der Kuppel mit ih-
rem dazugehörigen System und so funktioniert es da
draußen in der Welt mit den Lebenslaufprognosen.
Es geht den Menschen nicht um das Wohlergehen
anderer, sondern um ihre eigene Wollust, Macht über
diese zu haben und über ihnen zu stehen ..."

Er ging vorsichtig. Trotzdem tappte er immer wieder
für einen kurzen Moment auf den Teppich, bis er
schließlich bei der Zimmertür angekommen war.

„Hinter den schönsten Gärten und in den schönsten
Villen können sich die grausigsten Räume befinden,
in denen Teppiche ausgelegt sind, auf denen herum-
getrampelt wird. Vielleicht werden sie darin liegend
sogar Brandflecken abbekommen und es werden
auf ihnen Getränke ausgeschüttet oder es wird so-
gar auf diese gespuckt und uriniert. Diese Teppiche
werden nicht einmal gewaschen, geschweige denn
gepflegt, nein es wird einfach nur die Tür geschlos-
sen, damit sie niemand sehen kann ...", waren seine
letzten Gedanken, bevor er das Zimmer betrat und
die Tür hinter sich schloss.

Er begab sich ohne Umwege und leicht wankend
ins Badezimmer und stellte sich unter die heiße
Dusche. Jetzt, da er sich nicht mehr zusammenreißen musste, um nicht aufzufallen, spürte er so vieles in ihm hochkommen, dass er es nur schwer oder
gar nicht mehr für sich einordnen konnte.

Er sah Minas lachendes Gesicht vor sich und auch Jonathan, von dem er nun wusste, dass diesen genau ein solcher grausiger Raum erwartete, wie er ihn in seine Gedanken formuliert hatte. Auch den fremden Mann, der auf dem großen Bett mitten in dem grell beleuchtenden Raum zur Befriedigung der Wollust der Mutter herhalten hatte müssen, kam ihm nochmal in den Sinn. Obwohl er selbst gerade noch die Kurve gekratzt hatte und nicht an dessen Stelle gewesen war, konnte er plötzlich wieder den so grausig und penetranten nach Alkohol stinkenden Atem der Mutter riechen, genauso wie er ihren klebrigen, warmen Schweiß an seiner Wange spüren konnte. Auch die sich plötzlich so unbehaglich anfühlenden fast einbrennenden Berührungen ihrer Hände spürte er auf seinem Oberschenkel und an anderen Stellen seines Körpers.

Es war ein ekelhaftes sowie zutiefst widerliches Gefühl und trotzdem war es auf eine eigentümliche Art und Weise ein Stück weit entfernt von ihm. So als wäre da noch irgendwas zwischen ihm und dem Erlebten, was es, wenn auch nur schwer, aber dennoch irgendwie erträglich machte.

„Der Abdruck auf meinem Teppich verblasst wohl jetzt schon ...", ging es ihm durch den Kopf, als er aus dem Badezimmer Richtung des Schlafbereichs ging.

Aurora schien aufgewacht zu sein oder hatte vielleicht noch gar nicht geschlafen, denn die kleine Lampe auf dem Nachtkästchen brannte. Er war zuvor so schnell im Badezimmer verschwunden, dass er es gar nicht bemerkt hätte, wenn sie das bereits zu diesem Zeitpunkt getan hätte. Aurora sah müde und ein wenig verträumt aus und gerade deshalb vielleicht so liebenswert und bezaubernd.

„Ist alles gut gegangen?", fragte sie ihn leise.

„Schlaf weiter", antwortete er ebenso leise, ohne auf ihre Frage einzugehen.

Er musste keinen sonderlich guten Eindruck machen, fiel ihm auf, als er sich immer noch wackelig dem Bett näherte und vorsichtig sowie leicht mit der Hand zitternd nach einem Kopfkissen griff.

„Was tust du da?", fragte Aurora nach wie vor flüsternd und klang trotzdem erstaunt.

„Ich nehme nur das Kissen und lege mich auf die Couch."

„Ach komm, du kannst auch im Bett schlafen. Wir sind doch keine Fünfzehnjährigen mehr und das Bett ist gemütlicher ...", sagte Aurora, klang dabei ruhig und rutschte sogar ein Stück zur Seite, um etwas mehr Platz für ihn zu schaffen.

„Schon gut, das passt schon, die Couch ist auch bequem und ich will dich nicht … Ach vergiss es, die Couch ist bequem, ich schlafe dort …", erwiderte er, schnappte sich den Polster und begab sich zu dem von ihm ausgewählten Schlafplatz.

Auf eine Decke verzichtete er. Er blickte nochmals zu Aurora, die ob seiner Entscheidung ein wenig besorgt dreinblickte.

„Okay, wenn du das möchtest … dann gute Nacht", sagte sie schließlich und schaltete die Lampe auf dem Nachtkästchen aus.

„Gute Nacht", antwortete er leise und versuchte es sich auf der eigentlich nicht zum Schlafen gedachten Couch bequem zu machen.

Nachdem er sich ein paar Mal herumgedreht hatte und das ein oder andere Mal umhergerutscht war, hatte er eine halbwegs akzeptable Position gefunden und schloss die Augen. Einen Moment lang dachte er daran, wie angenehm warm es wohl im Bett neben Aurora wäre und wie wohltuend sich ihre Nähe anfühlen müsste. Er bemerkte, wie sehr er sich danach sehnte, dort neben ihr zu liegen. Doch er drängte diese Gedanken beiseite.

„Ich muss wirklich erbärmlich und bemitleidenswert aussehen …", dachte er sich stattdessen, als er sich Auroras besorgt wirkenden Gesichtsausdruck von

zuvor vor Augen rief. Er war froh, dass er hier alleine auf der unkomfortablen Couch lag und nicht bei Aurora im bequemen Bett. Das Letzte, was er gewollt hätte, war, dass sie sich so fühlte, wie er sich in diesem grell ausgeleuchteten Raum gefühlt hatte.

„Ob ich gewollte hätte oder nicht und egal wie vorsichtig ich gewesen wäre, sie hätte sich genauso gefühlt, wenn ich mich neben sie gelegt hätte und sie während des Schlafens aus Versehen vielleicht sogar berührt hätte ...", war er sich in seinen letzten Gedankengängen sicher, bevor er schließlich weg döste.

Keine Sekunde lang hatte er diese Gedanken mit dem Umstand in Verbindung gebracht, dass die halbe Nacht lang auf seinem eigenen Teppich herumgetrampelt worden war.

Seine Nacht war alles andere als ruhig gewesen. Er war mehrmals aufgewacht und hatte sich anschließend schwergetan, erneut einzuschlafen, weshalb er das Gefühl hatte, praktisch gar nicht geschlafen zu haben.

Außerdem kostete ihn sein Schlafplatz auf der Couch jetzt einen verspannten sowie schmerzenden Nacken und auch den gestrigen übermäßigen Alkoholkonsum spürte er in Form eines recht intensiven Katergefühls. Zudem hatte er sogar für seine Verhältnisse viel geraucht, was sich durch immer wieder aufkommende kleine Hustenanfälle bemerkbar machte.

Er war bereits vor Aurora wach gewesen und neuerlich duschen gegangen, um die Reste der Nacht abzuwaschen. So hatte er es sich jedenfalls vorgestellt, während er es getan hatte. Das schien allerdings nicht wie geplant funktionieren zu wollen und auch sein zweites Vorhaben, nämlich Aurora nicht zu wecken, war gescheitert. Das hatte allerdings nicht direkt mit ihm zu tun gehabt.

Während er unter der Dusche gestanden war, hatte es lautstark an der Zimmertür geklopft und da er anderweitig beschäftigt gewesen war, musste Aurora aufstehen, um die Tür zu öffnen. Nachdem er aus dem Badezimmer zurückgekehrt war, war Aurora bereits vor einem mit einem Frühstück vollgepackten Tableau auf dem Bett gesessen.

Er hatte sich zu ihr gesetzt und ihre Gesprächsversuche abgeblockt.

„Gib mir bitte noch ein bisschen Zeit, aufzuwachen. Ich bin noch ziemlich fertig", hatte er ihr gesagt und danach gefrühstückt.

Oder besser gesagt hatte er versucht zu frühstücken, denn im Grunde genommen hatte er jeden Bissen hinunter gewürgt und dabei war es egal gewesen, ob er sich an einem Brötchen, dem Müsli oder einer Banane versucht hatte. Nicht einmal der Kaffee hatte ihm so wirklich geschmeckt.

Zu seinem Glück hatte Aurora seine Bitte verstanden und keinerlei weitere Versuche unternommen, eine Konversation zu beginnen. Stattdessen war sie im Badezimmer verschwunden, um sich ebenfalls zu duschen. So saß er jetzt am Bett und überlegte, wie er den heutigen Tag überstehen sollte, denn er wollte einfach nur noch weg und diesen Ort mitsamt den zum Teil so schemenhaft wirkenden Erinnerungen der letzten Nacht hinter sich lassen.

„Die paar Stunden schaffe ich auch noch ...", sagte er zu sich selbst und versuchte seinen Fokus auf etwas zu lenken, das er beeinflussen konnte, was ihm schließlich gelang. *„Ich muss mich nur noch ein paar Stunden zusammenreißen und dort die Zeichnung finden ... Dann fahren wir hier weg und ich kann endlich nach Hause."*

Ein Vorteil war, dass sie nicht unbedingt früh aufgestanden waren. Selbst wenn er sich auf der

Couch liegend mehr gequält hatte als zu schlafen, waren das nun wenigstens Stunden, die er bereits hinter sich gebracht hatte. Als Aurora mit der Körperpflege fertig war, war es beinahe halb elf und er eröffnete das Gespräch, welches er ihr zuvor noch ausgeschlagen hatte.

„Hör zu, Aurora, ... Ich will ehrlich sein ... Die letzte Nacht war alles andere als angenehm für mich und ich bin einfach nur fertig. Ich weiß du bist neugierig, aber ich möchte jetzt nicht darüber sprechen und eigentlich möchte ich hier an diesem Ort über gar nichts mehr sprechen ... Ich möchte einfach nur weg von hier und in der Zeit, bis wir gehen können, am liebsten nur in diesem Zimmer sein und nichts reden oder tun. Am allerliebsten wäre es mir, wenn wir von hier direkt zu dem Bauernhaus für die Kinder gehen, ich dort schnell in Minas Zimmer verschwinde, mir diese Zeichnung schnappe und wir von dort, ohne hierher zurück zu müssen, aus der Kuppel verschwinden. Wenn wir dann wieder in der Stadt sind und niemand mehr, der irgendetwas mit diesem Ort zu tun hat oder auch nur hier anwesend war, in der Nähe ist, dann können wir noch reden, bevor ich nach Hause gehe", erklärte er ihr und klang dabei genauso fertig und kraftlos wie er aussah.

„Ich verstehe ...", antwortete Aurora einfühlsam und schaute über das Tableau. „Ich glaube, du nimmst am besten einmal die hier", sagte sie, während sie nach etwas griff, dass neben dem Zucker versteckt auf dem Tableau lag und reichte es ihm.

„Dann ruhst du dich weiter aus und ich gehe in der Zwischenzeit nach unten und regle das mit unserem Besuch in der Unterkunft für die Kinder und unserer Abreise", hörte er sie noch sagen, während sie sich schon auf den Weg aus dem Zimmer machte.

„Danke", murmelte er ihr zwar noch hinterher, doch war er sich fast sicher, dass sie das akustisch gar nicht mehr verstehen hatte können.

Er begutachtete die Tabletten, die sie ihm gereicht hatte, und er hatte sogleich die Vermutung, dass er am heutigen Morgen nicht der Einzige war, der diese schlucken würde. Er kannte sie zwar nicht, jedoch war die logische Schlussfolgerung, dass es sich bei diesen wohl um Tabletten zur Linderung von Beschwerden nach zu viel Alkoholkonsum handeln musste. Gerade als er beschlossen hatte, sie zu nehmen, zuckte er zusammen.

Plötzlich hatte er für den Bruchteil einer Sekunde das Bild vor Augen, wie die Mutter ihrem ausgewählten Unterworfenen die blauen Pillen eingeflößt hatte. Er schüttelte sich kurz und kontrollierte nochmal die Farben der Tabletten, bevor er sie schließlich doch noch einnahm, nachdem er sich vergewissert hatte, dass sie keine blaue Färbung aufwiesen.

Bevor er sich erneut auf die Couch legen wollte, wollte er noch alles zusammenpacken, damit er jederzeit und ohne Verzögerung aufbrechen konnte. Er brauchte nicht einmal ein paar Minuten, was aber trotzdem länger war, als er zuvor vermutet hatte. Anschließend ließ er sich doch nicht auf dem großen Sofa nieder, sondern legte sich auf das Bett. Aurora war ohnehin anderweitig beschäftigt und wenn sie zurückkommen sollte, würde sie sich wohl nicht mehr ins Bett legen. Es war eine Wohltat für seinen Nacken und seinen Rücken, als er auf eben jenem liegend zur Decke starrte, bevor ihm die Augen zufielen.

Er erschrak und zuckte abermals zusammen, als er die Augen öffnete. Aurora saß auf einmal neben ihm. Er hatte überhaupt nicht mitbekommen, dass sie zurückgekehrt war.

„Alles gut, ich bin es", flüsterte sie, als sie seinen kleinen Schock bemerkte. „Gut, dass du von selbst aufgewacht bist, sonst hätte ich dich wecken müssen. Es ist zwanzig vor zwölf und um zwölf sollen wir draußen vor dem Eingang der Villa sein. Davor müssen wir noch unsere Schlüssel in der Eingangshalle abgeben. Dann geht es zu der Besichtigung der Schlaf- und Wohnräumlichkeiten der Kinder und im Anschluss bringt uns ein Wagen direkt zur

Untergrundbahn beim Ausgang, damit wir nicht noch einmal zurückmüssen."

„Ähm super, danke, dass du das geregelt hast", antwortete er immer noch halb verschlafen, aber mit schon weit weniger Beschwerden als nach dem ersten Aufstehen.

„Kein Problem und du hättest wohl doch im Bett schlafen sollen, so friedlich wie du jetzt geschlummert hast. Außerdem schaust du schon fitter aus", ließ ihn Aurora mit einem liebevollen Augenzwinkern wissen, während sie sich aufrichtete und aus dem Bett stieg.

„*Oder ich hätte einfach gleich diese Tabletten schlucken sollen*", dachte er sich und fragte sich gleichzeitig, was er sich da überhaupt eingeworfen hatte.

Seinem Eindruck nach musste es fast schon eine Art Betäubungsmittel sein, denn er spürte keine der körperlichen Beschwerden mehr, die er zuvor wahrgenommen hatte. Gleichzeitig fühlte er sich weniger niedergeschlagen und weit weniger gestresst. Was auch immer es war, für den Moment war er dankbar, denn die Tabletten sollten ihm seine Funktionstüchtigkeit für genau jenes mehrstündige Zeitfenster öffnen, welches er hinter sich bringen musste, bevor er von hier verschwunden war. Und das war im Moment das Einzige, was für ihn zählte.

Nachdem er sich ebenfalls aus dem Bett erhoben hatte, sie bereit zum Aufbruch waren und sich Aurora schon auf den Weg machen wollte, fasste er ihr an die Schulter, um sie zu stoppen. Es gab noch eine Sache, die er ihr unbedingt mitteilen wollte.

„Aurora, hör zu und bitte stelle keine Gegenfragen, ich werde es dir genauer erklären, wenn wir woanders als in dieser Kuppel zum Reden kommen, aber bis dahin bitte ich dich tu es einfach. Halte dich, so gut es geht, zurück, beginne keine Diskussionen mit den Eltern und wenn sie irgendeine Einschätzung von uns haben wollen, sag einfach, dass es von deiner Seite aus passt, aber die Entscheidung bei Captain liegt. Auch bei den kleinsten und vielleicht sogar unscheinbar wirkenden Dingen. Und frage nicht nach, wenn es um irgendwas von gestern Nacht geht, auch wenn es mich betrifft und dich irgendetwas stutzig machen sollte ... Okay? Bitte, ich muss mich darauf verlassen können, dass du das so machst", erklärte er ihr mit eindringlichem Blick und mit ebenso eindringlicher Stimme.

Aurora schien von dieser Ansage oder aufgrund seiner Klarheit überrascht zu sein und schaute ein wenig irritiert.

„Bitte, das ist wirklich wichtig!", wiederholte er sein Anliegen, was Aurora schließlich ein kurzes und leises „Okay, gut" sowie ein Nicken abrang.

Er war erleichtert, denn er hatte die Androhungen der Mutter von der vergangenen Nacht im Kopf und er wusste nicht, ob er weit genug mit ihr gegangen war beziehungsweise diese weit genug bei sich gehen hatte lassen, 'um sie von Aurora zu überzeugen', wie die Mutter es ausgedrückt hatte.

Als sie bei der Zimmertür angekommen waren, machte Aurora doch noch einmal Halt und er hatte schon die Befürchtung, sie hätte es sich anders überlegt, doch das hatte sie nicht. Trotzdem war eine gewisse Wut zu spüren und sie konnte ihren Missmut nicht verstecken, selbst wenn sie sich Mühe gab, ruhig zu bleiben. „Okay, ich mache, was du sagst, aber ehrlich, du bist mir dann eine ganze Reihe von Erklärungen schuldig. Und mir wäre es am liebsten, wenn ich die heute noch bekomme."

„Okay, ich verstehe", erwiderte er leise und war sich nicht sicher, ob Aurora es überhaupt gehört hatte, denn sie hatte keine Antwort abgewartet, sondern war bereits auf dem Weg durch die Tür als er reagiert hatte.

Sie redeten nicht, während sie bis zu der Eingangshalle gingen, in der die männliche und weibliche Nummer eins bereits bei einem Tisch auf abreisende Gäste warteten. Außer ihnen war allerdings weit und breit niemand zu sehen und die Eingangshalle sah aus, als ob in dieser niemals eine Feier oder etwas Ähnliches stattgefunden hatte.

Weder Müllreste noch Flaschen oder Gläser waren zu sehen und sogar von den langgezogenen Tischen fehlte bereits jede Spur. Nicht einmal der Geruch erinnerte daran, dass hier bis vor ein paar Stunden noch feiernde, schwitzende Menschen geraucht oder alles andere Mögliche gemacht hatten und selbst am Boden konnte er keinen einzigen Fleck von verschüttetem Alkohol erspähen.

Sie gaben die Zimmerschlüssel bei den zwei Bediensteten ab und bekamen im Gegenzug jeweils eine große Wasserflasche überreicht. Beide Bediensteten sahen sowohl körperlich als auch geistig richtiggehend fertig und regelrecht abwesend aus. Weder die kosmetischen Optimierungen noch die sichtbar zusätzlich aufgetragene Schminke konnten darüber hinwegtäuschen.

Dafür hatten sie heute Kleidung an, die weniger demütigend wirkte und weit mehr Haut bedeckte als die, die sie am Vorabend tragen hatten müssen. Trotzdem waren die Outfits sehr eng geschnitten und übertrieben körperbetont. Ihr Blick schien heute noch mehr zu Boden zu gehen und ihre Körperhaltung schien noch beschämter zu sein, als es ohnehin seit jeher der Fall war. Besonders als er ihnen gegenübergetreten war, hatte sich dieser Eindruck sogar noch etwas verstärkt.

„Eigentlich bin ich derjenige, der beschämt sein sollte", dachte er sich, während er die Flasche

Wasser entgegennahm und sich plötzlich wieder an das so wütende und kurz darauf so hämische Gesicht der weiblichen Nummer eins erinnerte, als diese zuerst „Reite ihn!" geschrien und es anschließend scheinbar genossen hatte, als der unbekannte Mann zur Befolgung dieser Anweisung gezwungen worden war.

Er beobachtete Aurora, wie diese mit einem „Danke" nach der Wasserflasche griff, sich dann aber nicht wegdrehte, sondern nach einer kleinen Pause im Begriff war, erneut den Mund zu öffnen.

Er reagierte schnell und stieß sie leicht mit den Ellenbogen, um sie an ihre getroffene Abmachung zu erinnern, denn ein von ihr geäußertes „Es tut mir leid" oder etwas vielleicht sogar Vielsagendes wie „Übermorgen habt ihr es endlich geschafft" wäre zwar freundlich und ehrlich gewesen, doch gleichzeitig etwas, das die Mutter wohl mit der Phrase „ein falsches Wort" gemeint hatte. Deshalb war es besser, wenn so etwas gar nicht erst ausgesprochen wurde.

Aurora hatte sofort verstanden, was er mit dem Ellenbogenstupser sagen wollte. Sie verlor kein Wort, sondern drehte sich um und gab ihm mit einem Augenrollen unmissverständlich zu verstehen, dass sie auf diese Abmachung, die im Grunde nichts anderes als ein Maulkorb war, überhaupt keine Lust hatte. Es schien ihr schwerzufallen, sich daran zu halten, und trotzdem tat sie es.

Sie verließen die weiße Villa, mussten aber noch auf die Eltern warten, da sie einige Minuten zu früh beim Treffpunkt waren. Die Situation war einigermaßen seltsam, denn Aurora und er redeten kein Wort miteinander. Es war ihm allerdings recht, denn auch wenn es etwas merkwürdig war und Aurora eindeutig damit zu kämpfen hatte, fühlte es sich am sichersten an.

Der Garten war ebenfalls bereits aufgeräumt worden, jedoch war das nicht ganz so wie von Zauberhand geschehen wie in der Eingangshalle. Es war zwar schon vieles weggeräumt worden, aber die weißen Tische mitsamt den dazugehörigen Stühlen standen noch an ihren Plätzen und genauso verhielt es sich mit den Hollywoodschaukeln. Auch die ein oder andere Lichterkette hing noch in den Bäumen, von den Fackeln und Laternen war hingegen nichts mehr zu sehen.

Es war zwar weiterhin warm, aber der Himmel war von gräulichen Wolken bedeckt und es war keine Sonne zu sehen, was überhaupt nicht dem Wetterbericht für den heutigen Tag entsprach. Laut diesem sollte es heute und am nächsten Tag noch einmal sonnig und brütend heiß werden, bevor die Novemberhitzewelle mit Anfang der nächsten Woche ein Ende finden sollte. Er war gerade dabei,

sich innerlich wieder einmal über die Wetterprognosen zu ärgern, als ihm auffiel, dass er nicht einmal wusste, wie das Wetter war.

*„Es könnte sonnig und heiß sein oder sogar eiskalt
und schneien und hier drin würde man das nicht
mitbekommen, wenn es anders eingestellt ist"*,
wurde ihm auf einen Schlag wieder klar.

Zu seinem eigenen Erstaunen lösten diese Gedanken nicht wirklich etwas in ihm aus, genauso wenig
wie andere Vorstellungen. Er hatte sich schon gefragt, wie die Eltern und vor allem die Mutter nach
dieser Nacht aussehen sowie bei ihrem Zusammen-
treffen auftreten würden, was ihn eigentlich unsicher oder zumindest ein wenig nervös machen
sollte. Doch er war weder nervös noch unsicher und
er fühlte sich nicht einmal übermäßig gestresst, obwohl ihm klar war, wie wichtig das Auffinden der
Zeichnung war.

„Wo kann ich diese Tabletten kaufen?", ging es ihm
durch den Kopf, denn sie waren es, die er für diesen
Umstand verantwortlich machte.

Während er in seinen Gedanken war, schien Aurora
zunehmend ungeduldiger zu werden und mittlerweile lag ihr wohl auch bereits das ein oder andere
Wort auf der Zunge, was sich durch ein gelegentli-
ches kurzes Öffnen ihres Mundes bemerkbar

machte, bevor sie jedes Mal aufs Neue doch wieder zurückruderte.

Noch bevor dieser Impuls die Oberhand gewinnen konnte, kündigten sich durch lautes sowie ordinär klingendes Gelächter die Eltern an. Nur Augenblicke später traten sie von Nummer zwei und drei begleitet - die heute ebenfalls wieder Kleidung tragen durften - durch die Eingangstür.

„Und dann habe ich ihn einfach nochmal Viagra schlucken lassen und dabei nicht einmal nachhelfen müssen. Ich habe ihn einfach nur gefragt, ob er einen der freiwerdenden Plätze unter unseren Bediensteten haben möchte. Wenn nicht, solle er einfach welche nehmen ... Ich hatte noch nicht einmal fertig geredet, dann hat er sie schon regelrecht gefressen, haha", erzählte die Mutter und wurde dabei von einem beinahe durchgehenden und irgendwie schon monoton klingenden „Hahaha" des Vaters begleitet.

Die Eltern wirkten geradezu quietschfidel und überhaupt nicht so, als hätten sie gestern Nacht getrunken oder, so wie er die Erzählung der Mutter interpretierte, auch nicht so, als hätten sie aufgrund sexueller Überbeschäftigung nicht geschlafen. Sie trugen dasselbe Outfit wie am Vortag, doch es war sofort zu erkennen, dass es sich dabei jeweils um ein frisches Kleidungsstück desselben Modells handeln musste.

Aurora schaute dennoch verwirrt und vielleicht sogar entsetzt, was wohl eher an der aufgeschnappten Wortmeldung als an der Kleidung der Eltern lag. Der Vater allerdings schien das nicht so zu deuten und erklärte ihr umgehend: „Wir haben diese Outfits extra für das Fest designen lassen, deshalb wollten wir sie über die gesamte Dauer tragen und haben uns mehrere Exemplare anfertigen lassen. Wie ich sehe, hast du deinen Rausch ausgeschlafen, Kleine ..."

Aurora reagierte mit einem Nicken und einem durch zusammengebissene Zähne artikulierten: „Ich verstehe und ja, das habe ich."

„Und die Stücke haben wir auch alle gebraucht, also ich jedenfalls, sooft wie mir meines vom Leib gerissen wurde ... Frag doch deinen Charmeur, auf dessen Konto geht auch eines davon ... Nicht wahr?", stieg die Mutter augenblicklich in das Gespräch ein und adressierte ihren Wortbeitrag an Aurora.

„Ähmm, ja, eines geht auf mich ...", antwortete er nach kurzem Zögern und blickte nun doch etwas beschämt zu Boden, auch wenn ihm diese Worte leichter über die Lippen kamen, als er es gedacht hatte.

Aurora schaute entgeistert, ließ sich aber zu keiner Wortmeldung oder Nachfrage hinreißen, was man von der Mutter nicht behaupten konnte.

„Das ist etwas total Natürliches, dass du einmal mit einer echten Frau schlafen wolltest, und keine Sorge, mein Charmeur, wir bekommen schon noch unsere zweite Chance", sagte sie zu ihm und streichelte ihn am Oberarm sowie auf der Brust, bevor sie sich abermals Aurora zuwandte und mit kühler Stimme sagte: „Und du brauchst nicht so entsetzt zu schauen. Zeig ein bisschen Verständnis, dass er einmal eine Frau haben wollte, die es ihm richtig besorgen kann. Eine, die nicht nur da liegt und nach einem Glas Wein einschläft."

Aurora stand sprachlos da, was dieses Mal wohl nicht nur an der getroffenen Abmachung lag, und auch er wusste nicht wirklich, wie er reagieren sollte. Das „Hahaha" des Vaters lockerte die Situation auch nicht auf, weshalb es abermals der Mutter vorbehalten war, das Kommando zu übernehmen. „Kommt, wir müssen los, vor dem Gartentor warten schon die Wägen. Ich möchte so schnell als möglich zurück sein, um all unsere Gäste verabschieden zu können, wenn diese abreisen", sagte sie und marschierte mit Nummer zwei und drei im Schlepptau los.

Aurora, die ihn keines Blickes mehr würdigte, folgte in ein paar Metern Abstand und nochmals ein paar

Meter dahinter gingen der Vater und er. Ursprünglich wollte er gleichzeitig mit Aurora losgehen, doch der Vater hatte ihn mit einem Griff an den Arm zurückgehalten und ihn damit aufgefordert, mit ihm gemeinsam zu gehen.

„Du schaust erstaunlich fit aus ...", sagte der Vater ungewöhnlich leise zu ihm und fuhr mit der gleichen Stimmlage fort: "Hast du etwa die Tabletten genommen? Jedenfalls hoffe ich, die Offenheit von Mutter führt bei dir und der Kleinen zu keinem Ärger. Mutter prahlt einfach gerne mit ihren Errungenschaften, also sieh es einfach als Kompliment, haha. Und sie lügt ja nicht, auch wenn ich für dich hoffe, dass es dir deine Kleine nicht übelnimmt. Ich hatte schon immer den Eindruck, dass sie ein wenig prüde ist. Deshalb habe ich euch extra eines von den Zimmern gegeben, die zukünftig von den wichtigen Gästen wie Politikern oder Geschäftsmännern bezogen werden. Solche Gäste wünschen keine Überwachung und diese Zimmer sind sogar extra so gebaut worden, dass die Überwachungssysteme der Kuppel gestört werden und in diesen nichts ausrichten können. Genauso wie bei unserem kleinen privaten Partyraum. Bei deiner Kleinen habe ich vermutet, dass ihr wahrscheinlich die Lust vergeht, wenn sie Kameras sieht, selbst wenn die ausgeschaltet sind. Ich hätte euch doch so euren Spaß gegönnt ... Da habe ich aber auch noch nicht gewusst, dass sie sich ins Koma säuft, haha. Sonst hätte ich das Zimmer an jemand anders vergeben."

„Danke", sagte er einigermaßen verwirrt und meinte es vielleicht sogar ernst, denn trotz der Unsinnigkeit der gesamten Aussage glaubte er, dass der Vater tatsächlich etwas Nettes tun wollte.

Um das Thema nicht weiter besprechen zu müssen, fragte er etwas anderes, das ihn wirklich interessierte: „Was sind das für Tabletten und wo bekomme ich die? Die wirken ja fast Wunder."

„Das tun sie, haha", lachte der Vater und wirkte begeistert. „Ich habe keine Ahnung, wo man die kaufen kann. Sie werden von einer Tochterfirma der Bread & Butter Company fabriziert und sind ziemlich neu, also sind sie vielleicht noch gar nicht auf dem freien Markt erhältlich. Ich weiß gar nicht, was deren genaue Wirkung ist oder zu welchen Zwecken sie eingenommen werden sollten, aber sie helfen jedenfalls exzellent bei den Nachwirkungen von zu wilden Nächten, haha. Man darf sie allerdings nicht zu häufig nehmen, weil sie abhängig machen, aber zwei bis dreimal die Woche ist kein Problem ..."

Der Vater schaute sich kurz um. „Unsere Bediensteten bekommen sie sogar dreimal täglich mit ihren Mahlzeiten, aber sobald es nur noch zwei Tage sind, bis sie rauskommen, dürfen wir ihnen keine mehr geben. Das wurde uns alles so vorgeschrieben, weil es sonst noch im Blut nachweisbar wäre, wenn sie wieder draußen sind und das möchte Herr Scheinschmid nicht. Hahaha, deswegen schauen Nummer eins und Nummer eins heute so fertig aus und fühlen sich wahrscheinlich auch so. Heute Früh war das erste Mal seit Monaten, dass sie keine bekommen haben. Der Plan von oben ist es, diese Tabletten dann der Hälfte der Menschen, die hier bei uns sind, zu geben und deren Leistung, Verhalten und so weiter mit der anderen Hälfte zu vergleichen, die keine bekommen. Diese Tabletten werden sicher die nächste Goldgrube für Herrn Scheinschmid und die B&B Company, haha."

Er fühlte es zwar nicht, aber seinen Kopf ließ das gerade Gehörte dennoch erschaudern.

„Diese Menschenexperimente hier drinnen kennen anscheinend gar keine Grenzen ...", dachte er sich und schaute vermutlich diesem Gedanken entsprechend aus, denn der Vater reagierte umgehend.

„Haha, keine Sorge, ich weiß, was du denkst oder fragen musst ... Den Kindern geben wir natürlich keine, so etwas würden wir doch niemals tun, wir sind doch keine Unmenschen, haha", sagte dieser weiterhin lachend und klopfte ihm dabei auf den Rücken.

„Gut, und danke für die Antwort, es ist halt mein Job wegen den Kindern zu fragen, aber wenn es die nicht betrifft, geht es mich sowieso nichts an", antwortete er mit einem gequälten Lächeln und war

froh, dass sie in der Zwischenzeit das Gartentor erreicht hatten.

Sie konnten beobachten, wie die Mutter mit den
zwei Bediensteten in den goldenen Wagen einstieg
und sich Aurora, nach einem Handzeichen von ihr,
zu einem anderen ihnen von gestern bekannten
grau lackierten begab, der direkt dahinter stand.

„Wir sehen uns dann gleich dort, wir fahren mit unserem Geländewagen und ihr könnt mit dem anderen fahren", erklärte ihm der Vater, während sie auf
die Wägen zugingen.

„Bis gleich", verabschiedete er sich und setzte sich
anschließend zu Aurora auf die Rückbank des hinteren Autos.

Kaum war er eingestiegen, fuhr das Auto auch
schon los und er wagte es, einen Blick zu Aurora zu
werfen. Sie saß mit verschränkten Armen da und
sah ihn mit zusammengepressten Lippen sowie
sichtlicher Wut in den Augen an. Er hätte gerne etwas gesagt, doch er konnte nicht, denn es befand
sich mit ihnen auch noch eine Fahrerin in dem Gefährt und er konnte nicht beurteilen, was von dem
Gesagtem über diese bis zur Mutter durchdringen
könnte.

Er schüttelte kurz und kaum sichtbar den Kopf, als
Aurora im Ansatz den Anschein machte, als wolle

sie ein Gespräch beginnen. Das veranlasste sie dazu, von nun an aus dem Fenster zu starren. Es fiel ihm schwer, sie so zu sehen und im Dunkeln über alles zu lassen, doch er hielt es für richtig, wenn nicht sogar für die einzige Möglichkeit.

Was er seit gestern Nacht sehr wohl beurteilen konnte, war, dass die Eltern und allen voran die Mutter hier in dieser Kuppel nicht nur so taten, als wären sie Götter, sondern über genügend Macht und Möglichkeiten verfügten, um hier auch als solche agieren zu können.

Als sie schließlich bei dem ihnen von ihrem letzten Besuch bekannten Haus für die Kinder angekommen waren, stiegen sie aus dem Wagen und ließen ihre Reiserucksäcke in diesem zurück. Die Eltern warteten bereits vor dem Eingang auf sie. Nummer zwei und drei saßen nach wie vor in dem goldenen Geländewagen und machten keine Anstalten, diesen zu verlassen.

„Das geht die beiden nichts an, was wir hier zu erledigen haben!", erklärte die Mutter Aurora und ihm, ohne dass sie danach gefragt hätten.

Sie warfen einen kurzen Blick in das Klassenzimmer, das bis auf ein neu hinzugekommenes großes Plakat, welches das Alphabet zeigte, und ein noch größeres und ebenso neu platziertes Bild, auf dem nebeneinander die Gesichter der Mutter, des Vaters sowie jene von Richard Scheinschmid und dem Volkskanzler abgelichtet waren, noch genau so aussah, wie er es in Erinnerung hatte. Die an der Decke angebrachten Kameras nahm er nicht unbedingt als etwas Neues wahr, da er mit der Montage gerechnet hatte.

Er musste kurz schmunzeln, als er plötzlich Minas mit Tomatensauce verschmiertes Gesicht vor Augen hatte, während sie die Treppen nach oben stiegen und vor der massiven Tür zu stehen kamen.

„Für das hast du später noch Zeit genug, reiß dich jetzt zusammen und konzentriere dich auf das, was zu tun ist", befahl er sich selbst, als er durch die vom Vater mit einem Schlüssel geöffnete, massive Tür schritt.

Sie standen in einem langen Raum, der im Grunde ein Gang war. Links und rechts waren jeweils fünf Türen und an der, ein gutes Stück von ihnen entfernten, Gegenseite waren zwei weitere. Mitten im Gang befand sich eine Garderobe, die so groß war, dass sie sicher von bis zu fünfzig Kindern genutzt werden konnte, und er fragte sich, wie sich das mit der Anzahl der vorhandenen Türen ausgehen sollte.

„Dort gegenüber geht es bei der einen Tür zu der Küche mit dem Speisesaal und bei der anderen kommt man zu den Sanitäranlagen. Die Türen auf der Seite führen zu den Zimmern der Kinder", erklärte die Mutter gestenreich und steuerte sofort auf die Tür zu, auf die sie gezeigt hatte, als sie von den Sanitäranlagen gesprochen hatte. „Kommt, ich habe nicht den ganzen Tag Zeit. Ich muss bald zurück sein!", raunzte sie noch hinterher und klatschte in die Hände, nachdem sie bemerkt hatte, dass sie ihr nicht gefolgt waren, sondern sich noch umsahen.

Aurora und er kamen der Aufforderung umgehend nach und er ließ sogar noch ein gut hörbares „Entschuldigung" folgen, was ihm einen verständnislosen Blick von Aurora einbrachte.

„Das wird nicht die einzige Unterkunft für Kinder bleiben. Mindestens vierzig können wir hier unterbringen, aber für den Fall, dass es mehr werden sollten, bauen wir natürlich noch zusätzliche Unterbringungsmöglichkeiten, die dann praktisch Kopien von dieser hier sein werden", erzählte der Vater stolz wirkend, während sie den Gang entlang schritten.

Die Mutter war ihnen einige Schritte voraus und bereits sichtlich ungeduldig, als sie versuchte, die von ihr anvisierte Tür zu öffnen, diese jedoch noch versperrt war.

„Beeil dich mal und sperr schon auf!", befahl sie dem Vater, der zuerst wieder einmal mit Gelächter reagierte, um sich dann doch zu sputen.

„Dieser Schlüssel, mit dem ich davor die Eingangstür aufgesperrt habe, geht hier oben für alle Räume. Die zuständigen Personen bekommen einen solchen und bis vor kurzem hatte Jonathan auch einen", erklärte dieser und schloss währenddessen die Tür auf.

Er vermied es, Aurora anzusehen, und war erleichtert, dass von ihrer Seite keine Fragen dazu kamen, was der Vater denn mit seiner Meldung in Bezug auf Jonathan gemeint hatte. Die Sanitäranlagen waren zwar nicht unbedingt klein und trotzdem reichten die Duschen bei Weitem nicht aus, wenn sie von vierzig Kindern oder Jugendlichen gleichzeitig oder kurz hintereinander genutzt werden sollten. Eine Badewanne suchte man ohnehin vergeblich.

Diese Einschätzung teilte auch die Mutter, die ihnen abermals ohne Nachfrage, dafür aber mit einer Selbstverständlichkeit sowie grobem Ton zu verstehen gab: „Die müssen doch nicht alle täglich duschen. Wenn jeder alle drei Tage duscht, geht das leicht und das reicht auch völlig aus. Das hat auch diese freche Göre gewusst, dass es bald vorbei sein wird mit ihrem Luxusleben hier. Vielleicht ist sie deshalb ..."

Die Mutter stoppte mitten im Satz und forderte den Vater mit ihren Gesten auf, gleich alle Türen zu öffnen. Nicht unbedingt überraschend und dennoch befremdlich war, dass sogar hier Kameras an der Decke angebracht waren, doch er hatte nicht wirklich Zeit, sich damit zu befassen, denn die Mutter war anscheinend noch nicht mit ihren Ausführungen fertig.

„Dieses undankbare Ding. Alles haben wir ihr gegeben und dann haut sie einfach ab, weil sie nicht zu schätzen gewusst hat, wie gut sie es bei uns hatte … Und ich habe sie sogar verteidigt und gedacht, sie wurde von jemanden angestiftet, aber eigentlich war das typisch für dieses kleine verlogene Ding. Es geschieht ihr recht, dass sie jetzt da draußen in dem Wald herumirrt und wahrscheinlich nach uns schreit und um Hilfe bettelt! Tja, fürs um Hilfe betteln ist es jetzt zu spät. Wenn wir sie gefunden haben, wird sie sich erst richtig anschauen, die junge Dame! Dann ist es vorbei mit dem Spaß hier drin!“, schimpfte die Mutter wütend vor sich hin, wobei man auch eine gewisse Verbitterung in ihrer Stimme vernehmen konnte.

Obwohl sie es mehr an sich selbst richtete, war es für ihn trotzdem gut hörbar, da er neben der Mutter in der Tür stand, wohingegen Aurora es nicht wahrnehmen konnte. Sie war noch dabei, sich die zu den Sanitäranlagen gehörenden Klos etwas genauer anzuschauen und der Vater war ohnehin bereits damit beschäftigt, die restlichen Türen aufzuschließen.

Danach folgte die Besichtigung der Küche und des Speisesaals. Wobei Küche der falsche Ausdruck war, denn im Grunde bestand sie lediglich aus einem Herd mitsamt Backofen und einem sehr kleinen Kühlschrank. Der Rest wurde der Bezeichnung Saal auch nicht unbedingt gerecht, denn in dem Raum standen nur Tische und Stühle. Ansonsten hing an der Wand ein überdimensioniertes Bild mit darauf abgelichteten Konterfeis, welches er bereits im Klassenzimmer gesehen hatte, und auch die obligatorischen Kameras an der Decke durften nicht fehlen.

Die Küche wäre nur für Notfälle gedacht, weil das fertig gekochte Essen täglich von der weißen Villa geliefert werde, und gegessen werde dann hintereinander, weshalb es reiche, wenn nur Platz für maximal zwanzig Personen wäre, erklärte der Vater die zukünftige Praxis in dem von den Eltern nach wie vor so titulierten 'Speisesaal'.

Der Herd und das Backrohr funktionierten aber, ergänzte die Mutter dann noch, das wisse sie, weil Jonathan und Mina sie ab und an gemeinsam genutzt hätten. Dabei sprach sie allerdings nicht die Namen der beiden aus, sondern nahm despektierliche Bezeichnungen in den Mund, die diese ersetzten. Auroras Reaktion darauf war, dass sie, noch bevor die Mutter fertig geredet hatte, den Raum verließ und vom Vater begleitet in das erste Zimmer ging.

„Wenn ihr dieses eine Zimmer gesehen habt, habt ihr sie alle gesehen, weil sie alle über denselben Grundriss verfügen und exakt gleich eingerichtet sind. Nur Minas altes Zimmer schaut von der Einrichtung her etwas anders aus. Wahrscheinlich war das der Fehler, aber das zeige ich euch dann gleich noch", hörte er den Vater gerade sagen, als er ebenfalls in das Zimmer trat.

Die Mutter war ihnen nicht mehr gefolgt. Ihr Telefon hatte geklingelt und sie hatte abgehoben. Das Gespräch machte sie anscheinend nicht sonderlich glücklich. Obwohl man den Inhalt nicht verstand, war deutlich zu hören, dass sie mit irgendetwas nicht einverstanden schien. Zwischendurch sprach sie immer wieder lauter oder besser gesagt schrie sie schon eher.

Er konzentrierte sich auf das Zimmer, auch wenn es nicht unbedingt viel gab, auf das er sich konzentrieren konnte. Es war mehr lang als breit und auf der rechten Seite standen zwei an den Köpfen aneinander gestellte Stockbetten. Auf der anderen Seite standen ein großer Schrank sowie ein kleiner Tisch mit einem Stuhl und zwischen dem Schrank und den Betten lag gerade einmal ein halber Meter, wenn man großzügig schätzte. An der Wand am Ende dieses fünfzig Zentimeter breiten Korridors war weit oben ein kleines Fenster, das eher an eine Luke erinnerte. Das Größte am ganzen Raum war neuerlich das bereits aus dem Klassenzimmer und dem Essensraum bekannte Bild, welches, wenn auch in etwas kleinerer Form, über dem Schreibtisch hing. Und auch hier war eine große Kamera mitsamt Mikrofon zu finden, welche über der Tür angebracht war.

„Haha, die hätten wir uns eigentlich alle sparen können", reagierte der Vater auf Auroras prüfenden Blick Richtung Kamera. „Durch die technischen Möglichkeiten der Kuppel brauchen wir die gar nicht, aber wir haben dem nicht so ganz vertraut, als es das zum ersten Mal geheißen hat. Lieber Vorsicht als Nachsicht haben wir gesagt. Haha und jetzt können wir das ganze Equipment in die Tonne schmeißen ... Im Moment gehen sie sowieso nicht und vielleicht schalten wir sie auch gar nicht mehr an. Ich habe zu Mutter schon gesagt, wir könnten sie verkaufen, dann springt für uns vielleicht sogar noch ein kleines Taschengeld heraus, haha. So aber jetzt zeige ich euch noch Minas Zimmer, damit ihr seht, wie gut sie es bei uns gehabt hat ... Im Nachhinein war es wahrscheinlich falsch, ausgerechnet dort keine Kamera aufzuhängen, aber ein Befehl von oben ist nun einmal ein Befehl oben."

Auf dem Weg in besagtes Zimmer bemerkte er, dass er plötzlich ein wenig nervös wurde und das auch körperlich spürbar war, selbst wenn es sich weniger intensiv und nicht wirklich so anfühlte, wie er es ansonsten kannte. Er erklärte es sich damit, dass wohl langsam die Wirkung der Tabletten nachließ, doch er wollte sich nicht davon beeinflussen lassen. Ihm war klar, dass er es als Nächstes irgendwie schaffen musste für einen Moment allein in dem Zimmer zu sein. Doch er wusste beim besten Willen nicht, wie er das anstellen sollte.

„Hier ist es, wir haben es bis jetzt so gelassen, wie es war, und ihr werdet sehen, was dazu geführt hat, dass Mina … naja …", sagte der Vater und öffnete die Tür zu Minas Zimmer.

Es war bis auf die Einrichtung dasselbe Zimmer wie das, was sie zuvor angesehen hatten, doch es wirkte größer und auch belebter. Auf der rechten Seite stand ein einzelnes Bett, das sogar über eine kleine über dem Kopfende an der Wand angebrachte Lampe verfügte, die provisorisch angebracht und nicht eingeplant aussah. Auf der linken Seite stand derselbe Kasten wie im anderen Zimmer, doch es war etwas anderes, wenn dieser nur einer Person zur Verfügung stand und nicht für vier Menschen gedacht war. Außerdem befand sich bei dem Tisch nicht nur ein Stuhl, sondern es waren derer zwei und in einer Ecke waren sogar zwei kleine grüne Topfpflanzen platziert worden.

„Er hat sie einfach zu sehr verwöhnt, wie ihr seht, und wir haben nicht darauf geachtet …", wirkte der Vater beinahe sogar betroffen und schaute einen Moment lang die Pflanzen an, bevor er weitererzählte, „das mit der Lampe und den Pflanzen war

Jonathan und wir haben es nicht bemerkt. Ich denke, das passiert einfach, wenn man Kinder zu sehr verwöhnt, aber wem erzähle ich das. Ihr wisst das ja selbst. Dann ist er auch noch völlig durchgedreht und hat irgendwann sogar das halbe Zimmer verwüstet."

Der Vater zeigte auf die Wand über dem Schreibtisch, an der bei genauem Hinsehen Umrisse erkennbar waren, die - deren Größe nach zu schätzen - darauf hindeuteten, dass an dieser Stelle auch eines der ansonsten überall angebrachten Bilder gehangen sein musste. Innerlich lachte er. So wie es ansonsten der Vater immer tat, denn genau hier wäre diese Reaktion zur Abwechslung einmal angebracht gewesen, wie er fand.

„Es eine halbe Verwüstung zu nennen, wenn jemand ein so scheußliches, selbst verherrlichendes und für die arme Mina eindeutig angsteinflößendes Bild abhängt, nur weil das eigene Gesicht darauf abgebildet ist, ist auch eine ganz schön von sich selbst eingenommene Denkweise", dachte er sich und begab sich ebenso wie Aurora in die Mitte des Raums, während der Vater in der Tür stehen blieb.

„Aber egal, ich muss mir jetzt etwas überlegen ... Wenn mir nicht gleich etwas einfällt, ist es zu spät", ging es ihm durch den Kopf, während er so tat, als würde er das Zimmer begutachten. Viel weiter kam er mit seinen Gedanken aber nicht.

Plötzlich stürmte die Mutter in den Raum und war augenscheinlich in Rage. Sie schenkte weder ihm noch Aurora Beachtung, sondern sah lediglich den Vater an. Sie begann cholerisch zu schreien: „Wir müssen sofort zurück! Du kannst dir nicht vorstellen, was sich dieser mickrige Typ traut. Nummer eins hat sich gemeldet und gesagt, dass er gehen wollte, und dabei habe ich ihm klar und deutlich gesagt, dass er warten soll, bis ich zurück bin und wir noch eine letzte Runde hinter uns gebracht haben. Auf die kann er jetzt lange warten, das sage ich dir! Aber dafür bringe ich ihn persönlich in das Sicherheitszentrum. Irgendetwas wird mir schon einfallen, damit er dort erst einmal eine Weile schmoren kann, während ich mir überlege, was wir danach mit ihm machen!"

„Ihr habt alles gesehen, was Kathryn wollte! Ihr findet dann sicher alleine zu eurem Wagen!", schnauzte sie noch in Auroras und seine Richtung, bevor sie mit stampfenden Schritten losmarschierte.

„Schnell, sonst versucht er noch abzuhauen, bevor wir zurück sind!", schimpfte sie zum Vater und zog diesen sogar am Arm. Der Vater wirkte kurz überfordert, bevor er schließlich nachgab.

„Sperrt alles zu und gebt den Schlüssel dann eurer Fahrerin, wir sehen uns bestimmt bald wieder", sagte dieser noch hastig zu Aurora und drückte ihr den Schlüssel in die Hand.

Sekunden später waren die Eltern durch die massive Eingangstür des Stockwerks verschwunden.

„*Wir sind wirklich Glückskinder*", dachte er sich und flüsterte, ohne Zeit zu verschwenden, in Richtung Aurora: „Steh Schmiere und gib Bescheid, falls jemand kommt."

Er war guter Dinge, dass er die Sache innerhalb von kürzester Zeit erledigen konnte, hob die Matratze an und lehnte sie gegen die Wand. Er wusste, dass Mina alles, was ihr wichtig war, unter der Matratze versteckte, denn das hatte sie ihm selbst erzählt und trotzdem war dort nichts zu finden.

Es war nicht nur keine Zeichnung zu sehen, sondern ebenso fehlte jede Spur von irgendwelchen Fäden oder sonst etwas anderem. Er schaute genauer, obwohl er es eigentlich auf den ersten Blick erkannt hatte, bevor er aufgab, sich von dem Bett abwandte und zum Kasten eilte.

Er spürte plötzlich einen größer werdenden inneren Stress, der von zunehmendem Herzklopfen begleitet wurde, denn er wollte diese Zeichnung unbedingt finden, die ihn und die kleine Mina bei dem Baumstamm außerhalb der Kuppel zeigte und die das in so kurzer Zeit so liebgewonnene Mädchen damals sogar vor Freude zum Weinen gebracht hatte. Jetzt, in dem Moment, in dem er diesem Ziel so nah war, fühlte es sich so an, als wäre es ein Muss, dies zu tun.

„Verdammt, die Zeichnung muss doch irgendwo hier sein!", sagte er leise zu sich selbst, bevor er plötzlich Auroras nervöse Stimme hörte.

„Da kommt jemand!", flüsterte sie aufgeregt und drehte sich zu ihm um.

„Ich habe es gleich, ich brauche nur noch eine Sekunde", erwiderte er bereits ein wenig hektisch, während er den Kasten durchwühlte und nach wie vor nichts fand.

„Es ist der Vater, ich erkenne es am Lachen, schnell mach den Kasten zu und leg die Matratze zurück!", flüsterte Aurora energisch in seine Richtung.

Er stand vor dem geöffneten Kasten, suchte weiter und stoppte vorerst nicht. Schlagartig wurde ihm klar, dass Aurora recht hatte.

Doch es war bereits zu spät, denn er konnte nun selbst das laute „Hahaha" des Vaters hören. Plötzlich war er wie gelähmt und erstarrt.

Aurora wich ins Zimmer zurück und versperrte die Tür. Kaum hatte sie den Schlüssel gedreht, hörten sie, wie sich draußen die massive Eingangstür öffnete und ein laut gerufenes, von Gelächter untermaltes „Hahaha, Mutter ist alleine zurück, ihr könnt mich dann am Rückweg bei der weißen Villa absetzen!" bis ins Zimmer drang.

Ihm war augenblicklich klar, dass er es - wieder einmal -verbockt hatte. Er war so weit gekommen und hatte sogar die ganze gestrige Nacht überstanden, dennoch hatte er es wieder geschafft, es irgendwie zu vermasseln.

„Ich bin wohl doch kein Glückskind", wurde ihm klar und er gab auf. *„Nico Robin schafft es schon irgendwie ohne mich. Ich muss Aurora mein Handy geben und es so hinbiegen, dass sie völlig unbeteiligt dasteht, dann passiert ihr nichts und Sonja auch nicht …"*, war er bereits dazu übergegangen, sich zu überlegen, wie er andere aus der Sache raus und somit schadlos halten konnte.

Erstaunlicherweise war er plötzlich ruhiger als zuvor. Aurora schien andere Pläne zu haben als er.

Sie sprintete in Richtung der immer noch aufgestellten Matratze, warf diese auf das Bett zurück und sprang anschließend darauf, sodass es so laut quietschte, dass das Geräusch auch außerhalb des verschlossenen Raums hörbar war.

„GIB ES MIR SO RICHTIG, DU HENGST!", schrie sie lauthals, stöhnte anschließend ebenso laut auf und begann mit ihrem Gesäß auf dem Bett auf und ab zu hüpfen, sodass das Bett rhythmisch quietschende Töne von sich gab. „UAH, AH, AAAHHH", stöhnte sie währenddessen immer wieder und schrie Dinge wie „GENAU SO" oder „NICHT AUFHÖREN".

Er hingegen war überrumpelt und stand irgendwie auf der Leitung. Er verstand trotz angestrengten Überlegens nicht, was sie damit bezwecken wollte oder was sie ihm mit den wild herumfuchtelnden Gesten sagen wollte, die sie währenddessen machte. Er schaute sie einfach nur verwirrt an.

Selbst dann verstand er es noch nicht, als ihm Aurora bestimmt, aber so leise, dass es kaum für ihn zu verstehen war zuflüsterte: „Ich rette dir gerade deinen Arsch, also spiel einfach mit!"

Erst als er das laute Gelächter des Vaters vernahm, der mittlerweile vor der verschlossenen Zimmertür Aufstellung genommen hatte und sogar kurz versucht hatte diese zu öffnen, ging ihm ein Licht auf. Er kapierte endlich, auf was Aurora hinauswollte.

Falls er es da noch nicht begriffen gehabt hätte, hätte er das wohl spätestens in dem Moment, als der Vater in das Zimmer rief: „Haha, ich will euch doch nur ein bisschen zugucken."

„AH, DU GEILE STUTE, REITE MICH", rief er plötzlich, ohne dabei nachzudenken, einen an sich völlig unlogischen Satz aus.

Unter Zugzwang stehend und auf die Schnelle sowie halb überfordert war ihm nichts Besseres eingefallen. Die Folge war, dass er peinlich berührt zu Boden blickte und kurz auf seine Suche nach der Zeichnung vergaß.

Aurora schien der Satz eher zu belustigen, denn sie hielt sich als Reaktion darauf ihre Hände vor den Mund, um ein außerhalb des Zimmers wahrzunehmendes Lachen zu verhindern, während sie weiterhin mit ihrem sitzenden Hüpfen die Matratze zum Quietschen brachte. Sie fing sich allerdings schnell wieder und gab ihm mit Handzeichen zu verstehen, dass er weitersuchen solle. Sobald er seinen Fokus wieder gefunden hatte, tat er das auch.

In den nächsten Minuten fand ihre ganze Kommunikation mit Handzeichen statt, während sie mit ihren Stimmen damit beschäftigt waren zu stöhnen, laut sowie schnell zu atmen und zwischendrin Ausrufe der Lust von sich zu geben.

Wenn sie einmal für einen Moment keinen Ton von sich gaben, konnten sie das Lachen des Vaters vernehmen. Oder hin und wieder ein „Ah!" oder „Oh!", wie etwa zu dem Zeitpunkt, als er in den sich im Kasten befindlichen Schubladen weitersuchen wollte. Dazu musste er diese öffnen und sie später wie den Kasten auch wieder schließen.

Aurora schrie geistesgegenwärtig „JETZT IM STE-HEN UND FESTER!" und begann damit, mit ihrer Hand gegen den Holzrahmen des Bettes zu klopfen, um die Geräusche des Kastens zu übertönen.

Es war eine skurrile und für ihn leider enttäu-schende Situation, denn er konnte die Zeichnung nirgends finden. Er hatte bereits überall nachgese-hen.

„Dann ist sie nicht mehr da ... So viele mögliche Ver-stecke gibt es nicht", dachte er sich, während er „DAS GEFÄLLT DIR WAS?!" rief, laut stöhnte und fast schon hechelte.

Es war ihm klar, dass es nicht automatisch bedeu-tete, dass sie ihn als den Mann auf der Zeichnung identifizieren könnten oder auch nur den Verdacht hegen könnten, dass er darauf zu sehen war. Den-noch war es eine Möglichkeit und somit ein Risiko-faktor, den er gerne aus der Welt geschafft hätte. So hätte er die potentielle Gefahr vermeiden können, dass ihm aufgrund dessen irgendwann Regierungs-beamte folgen oder vielleicht sogar vor seiner Tür stehen könnten, denn er hielt es für nicht unwahr-scheinlich, dass sie spätestens dann, wenn sie Jo-nathan die Zeichnung vorlegten und diesen - durch was auch immer - zum Reden gebracht hätten, genau das tun würden.

„Egal, jetzt müssen wir uns zuerst einmal darauf konzentrieren, überhaupt von hier wegzukommen, ansonsten war sowieso alles umsonst", stoppte er seine inneren Mutmaßungen sowie das mulmige Gefühl, welches durch das Wissen darüber, in der Sache auf das Schweigen eines eigentlich Fremden vertrauen zu müssen, ausgelöst wurde.

„UND WIE ICH ES DIR GEBE!", schrie er anschließend lautstark.

Nachdem sie ihm kurz mit der Hand über seine Wange gestrichen hatte, was wohl die Worte „Alles wird gut, wir kommen unbeschadet von hier weg und um die Zeichnung kümmern wir uns später" ersetzt hatte, begann Aurora sich in einem immer schneller werdenden Rhythmus mit der flachen Hand auf die nackte Haut ihrer Hüfte zu klatschen.

Im selben Rhythmus stöhnte sie: „SCHNELLER, SCHNELLER, ICH KOMME GLEICH!".

Ihr T-Shirt hatte sie ausgezogen und forderte ihn mit Gesten dazu auf das ebenfalls zu tun und sich neben sie auf das Bett zu setzen. Er wusste zwar nicht, was sie vorhatte, aber immerhin war ihre Idee dieses Erotik-Hörspiels der Grund, weshalb er jetzt nicht gerade auf dem Weg in das

Sicherheitszentrum war. Deshalb vertraute er ihr, selbst wenn es etwas notgedrungen war, und tat, was sie von ihm verlangte.

Aurora war mit seiner Reaktion zufrieden, was sie ihm mit einem Nicken zu verstehen gab und begann damit „ICH KOMME, IIICCCHHH KOMMMMMEE-EEE!" zu stöhnen. Währenddessen zerzauste sie sich ihre Haare und machte das gleiche mit den seinen, auch wenn seine Frisur danach nicht wirklich anders aussah als zuvor.

„IIICCCCCCHHHHH KOOOOOOOMMMMEEEEE!" stöhnte auch er, als er plötzlich noch ein nicht gespieltes „AAAHHHH" von sich gab.

Es war ein brennender Schmerz auf der Haut seiner Brust, der ihn dazu gebracht hatte. Aurora hatte ihn mit ihren Fingernägeln mehr als nur ordentlich gekratzt, bevor sie sich anschließend mit ihren Körpern auf das Bett fallen ließen und für einige Sekunden keinen Ton von sich gaben.

Still war es trotzdem nicht, denn das Gejohle und Lachen des Vaters war fast lauter als die, wie dieser es wohl bezeichnen würde, eben von ihnen abgelieferte Audio-Pornographie. Er konnte eine jede der zehn brennenden bereits rot verfärbten Striemen auf seiner Brust spüren und bei jeder Einzelnen konnte man sogar schon leichte Einblutungen erkennen.

„Zieh dein T-Shirt erst an, wenn wir aus dem Zimmer draußen sind und wenn der Vater deine Brust gesehen hat!", flüsterte ihm Aurora zu, was er mit einer zustimmenden Geste zur Kenntnis nahm.

Sie lagen noch für ein eine Minute da, starrten auf die Decke und er fühlte sich auf einmal verausgabter, als er das wohl getan hätte, wenn sie wirklich miteinander geschlafen hätten. Aurora klopfte ihm leicht auf den Oberschenkel, um ihm zu signalisieren, dass es an der Zeit war, das Zimmer zu verlassen, und zog sich im Anschluss ihr T-Shirt vermutlich ganz bewusst verkehrt herum an.

Sie erhoben sich und begaben sich zu Tür. Bevor sie aufsperrte, versicherte sich Aurora noch einmal mit prüfendem Blick, ob er seine Oberkörperbekleidung auch tatsächlich noch nicht angezogen hatte. Nachdem sie seine fast schon rot leuchtende Brust sah, öffnete sie die Tür und sah in wenigen Zentimetern Entfernung bereits das grinsende Gesicht des Vaters, der ohne eine Sekunde zu zögern, loslachte.

„HAHA, ihr seid mir zwei", frohlockte dieser geradezu, „da habt ihr nachgeholt, was ihr in der Nacht verpasst habt, was?!?"

„Ja, das haben wir ...", antwortete Aurora, wurde augenblicklich rot, biss sich auf die Unterlippe und blickte zu Boden, während sie dem Vater den Schlüssel reichte.

„Das nenne ich mal ein bewusstes Einsetzen einer natürlichen Lügenreaktion", schmunzelte er innerlich, wohl wissend, dass besagte Reaktion die ganze Geschichte nur glaubhafter machte.

„So habe ich dich gar nicht eingeschätzt, Kleine! Ihn zwar schon, aber dich ...", reagierte der Vater zuerst auf Auroras Lüge, bevor er den Satz abbrach, da er die Kratzer auf seiner Brust entdeckte und sich anschließend gar nicht mehr halten konnte.

Alle Aufmerksamkeit war mit einmal auf seine Brust gerichtet, was Aurora die vom Vater an sie gerichtete Einschätzung „Auch schüchterne Kätzchen können die Krallen ausfahren, nicht wahr?!?" einbrachte. Selbst nachdem er sich sein T-Shirt wieder angezogen hatte, schien es nur noch dieses eine Thema zu geben. Der Vater schaute nicht einmal mehr in das Zimmer, sondern versperrte es und anschließend noch alle weiteren Räume, während sie sich weiterhin Kommentare über das anhören mussten, von dem dieser glaubte, dass es soeben passiert war.

Aurora und er kamen gar nicht mehr dazu, irgendetwas zu sagen, was ihm im Grunde sogar recht war. Lediglich einmal formulierte er ein kurzes „Okay, danke" aus, als der Vater sie am Weg zu dem grauen Geländewagen wissen ließ, dass er der Mutter nichts davon erzählen werde, da diese im Moment etwas sensibel sei und es deshalb unter ihnen bliebe. Zudem hatte der Vater, wie dieser ihnen auch noch erklärte, keine Lust darauf, sich wegen eines Wutausbruchs der Mutter mit Captain sowie neuen Zuständigen aus ihrer Abteilung arrangieren zu müssen.

Der gefahrene Umweg zur weißen Villa lief ähnlich ab wie die Zeit zuvor und vor allem Aurora musste sich den ein oder andere Kommentar des Vaters anhören.

„Dass du es nur in Räumen machst, in denen keine Kamera hängt, habe ich doch gleich gewusst" war ein vergleichsweise noch harmloserer, während andere Ansagen wie „Ich wäre schon auch gerne einmal dein Kratzbaum und stelle mich gerne zur Verfügung" oder „Wenn du einmal einen anderen Hengst möchtest, gib Bescheid" nicht mehr nur übergriffige Kommentare waren. Es waren grenzüberschreitende Aufforderungen.

Er bemerkte, dass es Aurora alles andere als recht war und sie sich ordentlich Mühe geben musste, nichts zu sagen sowie körperlich ruhig zu bleiben, während sie eisern aus dem Fenster des Wagens starrte. Er fühlte sich schuldig, immerhin hatte er sie in diese Lage gebracht.

Auch nachdem sie den Vater bei dem Gartentor der weißen Villa abgesetzt und sich von diesem verabschiedet hatten, blieben sie stumm und redeten nichts. Es war eine Art unausgesprochen geschlossenes Schweigegelübde zwischen den beiden, das sie nur einmal für kurzen Moment brachen.

Als sie, nachdem sie aus dem Geländewagen ausgestiegen waren, mit ihren Reiserucksäcken bei der Station der Untergrundbahn für einige Minuten warten mussten, bis weitere Gäste eintrafen, und sie deshalb nur zu zweit waren, flüsterte er ihr „Danke" zu. Dabei strich er ihr kurz über den Arm, was Aurora mit einem liebevollen Lächeln und den Worten „Schon gut" beantwortete.

Er spürte nichts in sich, als sie mit der Untergrundbahn Richtung Ausgang auf der anderen Seite des Plexiglases fuhren, während über die Bildschirme eine Abschiedsbotschaft der Eltern abgespielt wurde. Auch als sie die Kuppel schließlich verlassen hatten, verspürte er keine Erleichterung. Irgendetwas gab ihm das Gefühl, dass das noch nicht das Ende war.

Zusätzlich war er damit beschäftigt, sich an die grell am Himmel stehende Sonne sowie die Hitze zu gewöhnen, die hier unter freiem sowie völlig wolkenlosem Himmel herrschte. Das Wetter hatte ihn überrascht, denn aufgrund des ganzen Vorgefallenen hatte er schon vergessen, dass dort drin, wo sie gewesen waren, nicht einmal dieses echt gewesen war.

Je weiter sie sich von der Kuppel entfernten und je länger die Einnahme der Tabletten während des Frühstücks her war, desto höher wurde die Anspannung in ihm. Und mit dieser kam zunehmend eine Unsicherheit, doch ein Griff auf sein rechtes Handgelenk schaffte diesem Problem nicht nur Abhilfe, sondern löste sogar so etwas wie Vorfreude in ihm aus. Sie hatten es hinausgeschafft und er konnte bald nach Hause.

Allerdings wusste er, dass das nach ihrer Ankunft in der Stadt noch ein wenig dauern sollte. Er schuldete Aurora nicht nur eine Erklärung, sondern gleich mehrere und diese forderte sie ein, als sie am späten Nachmittag in der Stadt ankamen. Besser gesagt bat sie darum, doch für ihn fühlte es sich trotzdem an wie eine Forderung. Es war wohl das Schuldgefühl in ihm, das aus der Bitte eine gefühlte Forderung werden ließ. Als Ort hatte Aurora das Bücherzimmer vorgeschlagen, doch schlussendlich begaben sie sich gemeinsam zur Aussichtsplattform.

„Ich möchte gerne ein bisschen an der frischen Luft sein und nicht in einem geschlossenen Raum. In so einem war ich jetzt lange genug", hatte er Aurora ehrlich geantwortet und ihr dabei mitgeteilt, wie

sich die letzten vierundzwanzig Stunden für ihn angefühlt hatten.

*„Bin bald zu Hause, aber brauche noch ein bisschen,
sorry!"*, hatte er an Nico Robin geschrieben, bevor
sie sich auf den Weg machten.

So standen sie, als der Beginn des frühen Abends
langsam auch das Ende des Tages einläutete, auf
der Aussichtsplattform. Unter ihnen lag die Stadt,
über die die für diese Jahreszeit übliche, frühe
Dämmerung hereinbrach.

Er bemerkte, wie fertig er eigentlich war, auch die
Symptome seines Katers sowie die Nackenprobleme
aufgrund seines ungemütlichen Schlafplatzes waren mittlerweile zurückgekehrt, selbst wenn es sich
nicht mehr so intensiv anfühlte wie direkt nach
dem Aufwachen. Trotzdem reichte es gepaart mit
dem wenigen Schlaf sowie den ereignisreichen letzten mehr als vierundzwanzig Stunden aus, um sich
hundemüde sowie geradezu leer zu fühlen. Auch
Aurora schien mittlerweile ordentlich geschafft zu
sein.

„Lass uns zuerst noch in aller Ruhe eine rauchen,
bevor wir reden. Passt das für dich?", fragte er sie
mit müder Stimme und reichte ihr eine Zigarette,
was Aurora mit einem Nicken beantwortete.

Sie genossen es, dort hoch über der Stadt wieder den freien Himmel über sich zu haben, der in dem Tempo, welches die Natur vorgesehen hatte, immer dunkler wurde, und den Geräuschen um sie herum zu lauschen. Trotz seiner Müdigkeit überkam ihm ein wohliges warmes Gefühl und es ließ ihn sogar schmunzeln, als das Heulen eines einzelnen Wolfs in seine Ohren drang. Wenn er zuvor schon eine seltsame Verbindung zu diesen so stolz wirkenden Geschöpfen der Nacht verspürt hatte, war diese in den vergangenen Tagen noch einmal größer geworden.

Inmitten dieser angenehmen Stimmung und kurz bevor sie fertig geraucht hatten, überkam Aurora plötzlich ein Lachanfall. Sie konnte gar nicht mehr aufhören zu lachen und er schaute sie verwundert, aber doch auch neugierig an.

„Hahaha, reite mich, du geile Stute??? Haha", prustete Aurora die Worte aus, die der Grund für ihre Heiterkeit waren. „Wie kommst du denn auf so etwas Bescheuertes? Hahaha."

Nachdem er sich kurz mit seiner Hand auf die Stirn gegriffen und sich zunächst mit errötetem Gesicht sowie den Worten „Aber, du hast doch mit dem Hengst angefangen" zu erklären versuchte, ließ er sich schließlich anstecken.

„Hahaha, du hast ja recht, ich habe mir in dem Moment, als ich es geschrien habe, selbst gedacht, dass das null Sinn ergibt, hahaha", lachte er irgendwie auch gelöst über sich selbst.

„Wie kommt es eigentlich, dass Männer beim Sex immer ihre eigene Performance in den Mittelpunkt rücken müssen und währenddessen noch eine Bestätigung dafür brauchen? Du hast doch auch geschrien 'Das gefällt dir' und 'Wie ich es dir gebe'. Das ist etwas, was ich nie verstehen werde ...", schien Aurora nach wie vor ihr gemeinsames Hörspiel zu beschäftigen, nachdem sich die Heiterkeit wieder gelegt hatte.

„Das ist eine gute Frage ..." Er überlegte kurz. „Ehrlich gesagt habe ich einfach irgendwas gerufen und gestöhnt. Ich war mit dem Suchen beschäftigt und habe keine Ahnung, wie ich darauf gekommen bin. Aber für den Vater war das anscheinend genau das, was er hören wollte. Normalerweise stöhne ich keine ganzen Sätze, wenn ich mit jemanden intim werde. Und heute habe ich gelernt, dass das wohl auch besser ist, bei dem ganzen wirren Zeug, das dabei rauskommt."

„Du hast vollkommen recht, hahaha", stimmte ihm Aurora zu und sie brachen ein zweites Mal in schallendes Gelächter aus.

Für einen Moment fragte er sich, ob diese gelöste Heiterkeit nur an der Skurrilität der erlebten Situation mitsamt der kreativen Lösung lag oder ob ein Teil davon nicht einfach nur pure Erleichterung war. Also, dass Auroras Idee geklappt hatte, sie es unbeschadet überstanden hatten und jetzt nicht in irgendeiner Arrestzelle im Sicherheitszentrum der Kuppel saßen.

„Danke nochmal, du hast mir echt den Arsch gerettet", sagte er schließlich, als sie sich wieder beruhigt hatten.

Er legte freundschaftlich die Hand um ihre Schulter, bevor er ein wenig neckisch und trotzdem interessehalber nachfragte: „Aber hast du mich so fest kratzen müssen? Das tut echt immer noch weh."

„Ich wollte sicherstellen, dass der Vater es sofort sieht, sich danach auf gar nichts anderes mehr konzentrieren kann und nur noch das im Kopf hat. Wenn er in das Zimmer gegangen wäre und es sich genauer angeschaut hätte, hätte er vielleicht gecheckt, dass alles nur Show war. Ich habe mir gedacht, wir haben ihm etwas für die Ohren gegeben und deshalb müssen wir ihm am Schluss auch noch etwas für die Augen geben. Und es hat funktioniert, also musste ich so fest kratzen", erklärte Aurora ihm ihre wohlüberlegten Beweggründe. Mit einem schwer zu deutenden Grinsen fügte sie hinzu: „Und ich hatte zwei Ideen, die zur Gänze seine Aufmerksamkeit auf sich gezogen hätten. Entweder deine zerkratzte Brust oder ein sichtbarer rötlicher Handabdruck auf einer meiner Arschbacken ... Bei dem Scheiß, den ich mir den ganzen Tag davor anhören musste und dem was du bis dahin abgezogen hast, habe ich es nur fair gefunden, dass es deine Brust geworden ist und nicht mein Hinterteil. Die blöden Kommentare habe ja trotzdem ich abbekommen. Stell dir vor, was der alles gesagt hätte, wenn ich mich für den Handabdruck entschieden hätte."

„Da hast du dich völlig richtig entschieden, keine Frage", bestätigte er sie zuerst und unterstrich das mit einem kurzen freundschaftlichen Rütteln an ihrer Schulter.

Aurora wurde plötzlich ernst und er konnte nicht sagen, ob sie enttäuscht, mitleidig oder vielleicht sogar vorwurfsvoll klang, als sie schließlich nachfragte: „Ich weiß, dass es sicher nicht so war, wie sie behaupten, aber erkläre es mir, bitte ... Was ist gestern Nacht passiert, nachdem ich weg war?"

Er nahm seinen Arm von ihrer Schulter, wurde ebenfalls ernst und blickte über die Stadt, bevor er sich neuerlich eine Zigarette in den Mund steckte, diese anzündete und schließlich zu sprechen begann.

Er kämpfte darum, passende Worte zu finden, als er ihr alles erzählte, was in der Nacht geschehen war. Er schaute ihr dabei kein einziges Mal in die Augen. Während des Sprechens fiel ihm zwischendurch immer wieder auf, wie schwer es für ihn war, weiter zu reden, wenn seine Erzählung unbeabsichtigt ins Stocken geriet. Häufig griff er an sein rechtes Handgelenk und stoppte zwischendurch auch das ein oder andere Mal bewusst, wenn er an bestimmten Stellen für sich feststellte, dass seine Wortwahl wohl überlegt sein sollte. Er bemerkte in sich den Drang, seine Reaktionen und seine Handlungen in jener Nacht rechtfertigen oder vielleicht sogar schon verteidigen zu müssen.

Er erzählte von dem Mann, der in der Eingangshalle abgeführt worden war, nur weil er Zivilcourage gezeigt hatte und helfen wollte, von Nummer zwei und drei sowie deren so bloßstellendem Tanz auf dem Tisch, dem so grässlich ausgeleuchteten Privatraum der Eltern, dem riesigen Bett mitten im Raum, auf dem die männliche und weibliche Nummer eins zur Schau gestellt worden waren. Er erzählte von der Mutter und wie sie ihn mit unausgesprochenen sowie halb ausgesprochenen Drohungen dazu gebracht hatte, sich nicht einmal wehren zu wollen und es stattdessen über sich ergehen zu lassen. Am Ende erzählte er auch noch von dem Mann, der auf das Bett gesprungen war und die Mutter dadurch dazu gebracht hatte, von ihm abzulassen, sowie dessen brutal mitanzusehendes Schicksal.

Aurora hörte zu, sagte kein Wort, fragte nicht nach und schien von Satz zu Satz betroffener, aber irgendwie auch wütender zu werden.

„Wieso?", fragte sie schließlich beinahe schon verzweifelt klingend, als er fertig geredet hatte.

Endgültig verzweifelt und sogar etwas verständnislos klingend wollte sie von ihm wissen: „Wieso hast du das über dich ergehen lassen? Was hätte sie denn tun können, wenn du 'Nein' gesagt hättest? Selbst wenn sie mich, dich oder uns beide in dieses Sicherheitszentrum gesteckt hätte, Captain hätte uns da spätestens nach ein paar Tagen herausgeholt! Diese anderen Männer, von denen du erzählt hast, ich habe keine Ahnung, wer die waren und weshalb sie dort eingeladen wurden, aber wir waren keine von ihren privat eingeladenen Puppen, sondern in einer offiziellen Funktion und aufgrund unserer Arbeit dort! Ich glaube, sie hätte sich nicht getraut, uns einfach etwas zu tun oder uns etwas in die Schuhe zu schieben, wenn es nichts Handfestes gegeben hätte!"

„Ich habe dir doch erzählt, was sie gesagt und mit was sie gedroht hat, auch über dich! Ich wollte niemanden in Gefahr bringen ... Ich habe es einfach nicht riskieren können, auf ihrem Radar zu landen

... Mag sein, dass du mit deiner Einschätzung vielleicht sogar Recht hast, aber es kann genauso gut sein, dass du damit falsch liegst. Aurora, ich habe das nicht aus Spaß gemacht oder weil ich mir gedacht 'ach, ist doch egal'. Ich habe es zugelassen, weil ich keine andere Möglichkeit hatte", antwortete er bestimmt, klang dabei dennoch resigniert und vor allem ohnmachtsbewusst.

„Ich habe dich niemals darum gebeten, dich für mich halb vergewaltigen zu lassen!", entgegnete ihm Aurora hörbar wütend, bevor sie ihre Stimme mäßigte und trotzdem mit spürbarer Wut im Bauch weitersprach: „Wenn ich ihr nicht passe und sie mir etwas anhängen will, ist das meine Sache. Dann soll sie es meinetwegen versuchen! Nur eines muss klar sein und ich möchte, dass du das verstehst: Ich kann selbst auf mich aufpassen!"

„Ich habe dir schon, als wir dort im Zimmer geredet haben gesagt, dass es nicht nur um dich oder mich geht, sondern auch um andere Leute!", erwiderte er und klang dabei seinerseits schon vehementer und ein wenig gereizt.

„Ach komm, glaubst du wirklich, Sonja hätte das gewollt? Nur wegen der blöden Handyhüllen. Erstens hätten die erst einmal checken müssen, was die können, wenn sie sie überhaupt bemerkt hätten und im schlimmsten Fall hätten die gefundenen Hüllen eine automatische Warnung an all die anderen gesendet und sich danach selbst gelöscht. Zweitens habe ich an dem Abend, als ich zurück ins Zimmer gekommen bin, die Hüllen von unseren Handys entfernt und sie versteckt, sodass sie bei einer Durchsuchung nicht gefunden worden wären, und notfalls hätte ich sie auch verschwinden lassen oder sogar zerstört. Ich habe die Hüllen erst heute Früh, als ich aufgestanden bin, wieder angebracht! Wie gesagt, ich kann selbst auf mich aufpassen und zur Not auch auf uns beide, wie ich dir heute in Minas Zimmer bewiesen habe, oder nicht? Du musst es mir aber zutrauen und mir vertrauen, dass ich das kann!", war Aurora mittlerweile geradezu aufgebracht.

Sie schnaufte kurz durch und beruhigte sich danach wieder etwas. „Ich verstehe ja, dass es für dich eine schwierige Situation war. Ich will dich nicht dafür fertig machen oder dir Vorwürfe machen, aber du solltest mittlerweile verstanden haben, dass du nicht alleine bist. Oder hast du schon deine eigenen niedergeschriebenen Worte vergessen? Egal ob ich es bin, Sonja oder sonst wer ... Wir können dir helfen, wenn du uns vertraust. Und wir können selbst auf uns aufpassen und Entscheidungen treffen ... Eine Entscheidung, die ich übrigens getroffen habe, ist: Wenn wir wirklich etwas verändern wollen, müssen wir irgendwann damit beginnen, uns nicht alles gefallen zu lassen und auch einmal Risiken eingehen!"

Er schüttelte den Kopf und seine gesamte Gestik sowie Mimik drückte verzweifelte Verständnislosigkeit aus.

„Sonja und du seid nicht die Einzigen ... Was, wenn sie das Bücherzimmer finden?", entgegnete er wortkarg.

„Robin ist genauso erwachsen wie Sonja und ich!", erwiderte Aurora entschlossen, während sie versuchte, nach seinen Händen zu greifen.

Er zog seine Hände weg.

„Ich habe heute keine Kraft und Lust mehr, darüber zu reden. Ich habe dir erzählt, was du wissen wolltest, und ich möchte jetzt nur noch nach Hause ... Es ist so passiert und ich hatte meine Gründe, weshalb ich es geschehen habe lassen", ließ er Aurora mit müder Stimme wissen.

Er griff nach seinem Reiserucksack und sah sie noch einmal an. „Ich habe dir gesagt, ich hatte keine andere Möglichkeit, selbst wenn ich mir das gewünscht hätte ... Wenn du mir vertrauen würdest, würdest du mir das auch glauben."

„Man hat immer eine andere Möglichkeit!", entgegnete Aurora zwar mit ruhiger Stimme und trotzdem vehement.

„Auch wenn du das glaubst und es stimmt, dass man oft eine andere Möglichkeit hat oder meinetwegen sogar fast immer ... Aber hat man wirklich immer eine andere Möglichkeit? Nein, hat man leider nicht!", antwortete er, fast schon resigniert klingend und deutete mit einer abwinkenden Geste an, dass er sich von Aurora missverstanden fühlte.

Er schulterte seinen Reiserucksack und drehte sich um.

„Wir sehen uns in der Arbeit!", rief er am Ende doch noch mit erhobener Hand und klang dabei schon etwas versöhnlicher, nachdem er bereits losgegangen war und sich schon einige Meter von Aurora entfernt hatte.

„Man sieht sich!", hörte er Aurora zurückrufen, doch er drehte sich nicht um.

So konnte er weder ihre Gestik noch ihre Mimik sehen, die vermuten ließen, dass sie einiges des Gesagten wohl gerne anders formuliert hätte. Eindeutig zeigten sie jedenfalls, dass sie mit einem schlechten Gewissen zu kämpfen hatte.

Er war körperlich und mental am Ende seiner Kräfte und war wie in einem Tunnel, als er nach Hause ging. Von der Außenwelt nahm er praktisch gar nichts mehr wahr und dennoch verspürte er eine gewisse Vorfreude darauf, nach Hause zu kommen. Als er sich der Stadt näherte, fiel ihm ein, dass er noch Nico Robin Bescheid geben wollte.

„Danke, bin gleich da", tippte er in sein Telefon und war nur auf dieses fixiert. Deshalb bekam er gar nicht mit, als er an einem jener Plakate vorbei spazierte, welche die Kuppel zeigten und normalerweise den Schriftzug *„Die Zukunft beginnt heute!"* trugen. Zumindest sah das Originalplakat so aus, welches er an dieser Stelle schon einmal kopfschüttelnd zur Kenntnis genommen hatte.

Doch seitdem hatte sich jemand künstlerisch daran zu schaffen gemacht. Die Kuppel war darauf durch einen darüber gezeichneten großen See sowie ebenso darüber gezeichnete Wiesen und Bäume ersetzt worden und die Schrift war weiß übermalt worden. Den ursprünglichen Schriftzug hatte jemand durch etwas anderes mit dicker Schrift Geschriebenes ersetzt. Es war etwas, dessen Bedeutung noch nicht vielen bekannt war, doch scheinbar hatte es eine Person, die bereits davon gehört hatte, dazu veranlasst, es auf diesem Plakat zu verewigen.

Es war zwar nur ein Wort mit einem vorangestellten Hashtag und trotzdem wirkte es hier auf diesem Plakat als eine Art Symbol. Die Frage war, wie stark und kraftvoll dieses werden und mit wie viel Hoffnung es die Menschen erfüllen könnte. Was blieb, war die Ungewissheit, ob es nur ihn aus seinem schon als Erstarrung zu bezeichnenden Schlaf wachgerüttelt hatte oder ob dieses Symbol ebenso in der Lage sein könnte, dieses Kunststück bei anderen zu vollbringen.

Immerhin bei einem Menschen schien es das jedenfalls schon getan zu haben, denn immerhin hatte es ausgereicht, um diesen dazu zu bewegen trotz aller möglichen Gefahren sowie drohenden Konsequenzen Pinsel und Farbe in die Hand zu nehmen und mit Hilfe von diesen ein Plakat des größten Konzerns des Landes sowie der Regierung umzugestalten. Sodass jetzt darauf diese friedvolle Landschaft zu sehen war und direkt darüber konnte man lesen: „#Glückskinder".

Sonja hatte beschlossen das von ihm geschriebene Gedicht in die Welt zu tragen und sie hatte bereits damit begonnen, wie das übermalte Plakat, von dem er an jenem Abend nichts mitbekam, zeigte. Er hatte nichts von Sonjas Plänen gewusst. Das Gedicht hatte er Aurora geschenkt und somit war es ihre Entscheidung. Und Aurora gefiel Sonjas Idee, seine Worte mit den Menschen und der Welt zu teilen. Sie hatte keine Einwände und per Handyhülle ihre Zustimmung gegeben. Auch von alldem wusste er nichts.

Genauso wenig wie von dem von Sonja an Aurora geschriebenen Satz: „#Glückskinder gefällt mir sowieso besser als Waldläufer".

Es wäre ohnehin die Frage gewesen, ob er an diesem Abend noch Kapazitäten gehabt hätte, sich damit zu beschäftigen, wenn er das Plakat gesehen oder von Sonjas bereits begonnenen Vorhaben bezüglich seiner niedergeschriebenen Worte gewusst hätte. Die Ereignisse der letzten Tage, der wenige Schlaf in jener Zeit und auch der am Vorabend konsumierte Alkohol hatten ihre Spuren hinterlassen. Er sehnte sich nach innerer Ruhe.

Seine Beine waren schwer und sein Kopf in einer Art Standby-Modus, doch er hatte es endlich überstanden und vielleicht konnte er die Zeit, auf die er sich so gefreut hatte, nun endlich genießen. Der Gedanke daran war es, der ihn in einem zügigen Tempo gehen ließ, bis er schließlich in der Innenstadt ankam und wenig später vor dem Haus stand, in dem sich seine Wohnung befand.

Die sieben Stockwerke fühlten sich wie eine letzte Herausforderung des Tages an und er kämpfte gehörig mit den Treppen. Trotzdem nahm er sich die Zeit, am Ende des fünften Stocks den älteren Herrn, der ihm mit einem kleinen Hund entgegenkam, mit einem mehr geschnauft als ausgesprochenen „Guten Abend" zu begrüßen.

„Wenigstens ist der abwärts immer noch langsamer als ich aufwärts. Der braucht für einen Stock ja fast fünf Minuten", dachte er sich, als er die letzten

Stufen in Angriff nahm, diese auch noch bezwang und schlussendlich am Ende der Treppe angelangt war.

Von dort aus konnte er bereits Nico Robin erspähen, die in der Tür der Wohnung stand. Nachdem sie sich ihre Brille zurechtgerückt und ihren Mundwinkel verzogen hatte, schaute sie erleichtert und lächelte, als er näherkam und ein leises fast unhörbares „Danke" in ihre Richtung hauchte. Er deutete auf sich und anschließend auf die Tür des Bücherzimmers, woraufhin Robin kurz nickte, sich abermals die Brille zurechtrückte und in die Wohnung verschwand.

Er öffnete die Tür zum Bücherzimmer nicht sofort, sondern suchte klimpernd noch ein paar Sekunden lang den Schlüssel, während er mit seinen Füßen hörbar am Boden herum stapfte.

Auch als der Schlüssel bereits im Schloss steckte, dauerte es noch ein wenig, bis er diesen herumgedreht hatte. Anschließend öffnete er langsam die Tür, was von einem langgezogenen Quietschen begleitet wurde.

Es war dunkel und er schaltete nur die halben Lichter an, wie er es oft tat, wenn er zum Lesen hier war, und hielt die Tür in seiner Hand, während er seinen Blick durch das dumpf beleuchtete Zimmer schweifen ließ. Es war nichts zu sehen, außer einem der

„Kiddy & KidKad"-Bände, welcher auf dem kleinen Tisch vor dem Sofa lag.

„Ich hoffe, du hattest eine Freude, sie wieder einmal zu lesen, Robin ...", ging es ihm durch den Kopf, während er weiterhin Ausschau nach irgendwelchen Auffälligkeiten hielt.

Der Stoffpinguin, den er am vergangenen Samstag gekauft hatte, hätte eigentlich auf der Couch sitzen sollen, doch dort befand er sich nicht. Schließlich entdeckte er ihn doch noch und zwar am Boden liegend, auch wenn es nur dessen gelbe Füße waren, die unter der Couch hervorragten. Er schmunzelte bei dem Anblick und überlegte kurz, ob er das Stofftier aufheben sollte.

„Wo hat Robin bloß Pino Pinguino versteckt? Ach, oder liegt er etwa da vor der Couch ...", sagte er stattdessen.

Er beobachtete, wie der Stoffpinguin, noch bevor er es fertig ausgesprochen hatte, plötzlich wie von Geisterhand zur Gänze unter dem Sofa verschwand.

Er lachte kurz auf, was zur Folge hatte, dass der Pinguin nun die andere Richtung einschlug und unter der Couch hervor rutschte, was ihn endgültig loslachen und nicht mehr stoppen ließ. Er wusste nicht, ob es nur diese Situation war, die das geradezu schon überschwängliche Lachen ausgelöst hatte oder ob es die Erleichterung darüber war, wieder hier zu sein und zu sehen, dass der kleine Pinguin aus Stoff seine Aufgabe als Weggefährte scheinbar vorbildlich erfüllte.

Er lachte immer noch, als sich das Sofa ruckartig zu bewegen begann, und hörte erst auf, als ihm ein Geräusch einen kurzen Schrecken einjagte. Es war der dumpfe Klang, den man vernahm, wenn sich jemand den Kopf gestoßen hatte.

Der Schreck verflog schnell wieder, als die Couch wieder ruhig zu stehen kam und sich etwas hinter dieser zu bewegen zu schien. Einen Moment später waren die Bewegungen schon nicht mehr hinter dem Sofa, sondern etwas stürmte direkt auf ihn zu.

Es war ein kleines achtjähriges Mädchen mit einer weißen Strähne in ihren dunklen beinahe schwarzen Haaren, das ihm aufgeregt entgegenlief.

„Wölfchen? Wööölfcheeeeennnnn!", rief sie und stolperte dabei fast über ihre eigenen Füße.

Er ging ein paar Schritte auf sie zu und strahlte über beide Ohren, während er in die Hocke ging und seine Arme ausbreitete. Die Wucht des Aufpralls ihres Sprungs hätten ihn fast nach hinten kippen lassen, doch er hielt nicht nur sein

Gleichgewicht, sondern auch sie. Sie umarmten sich innig.

„Ich bin wieder da, Mina, so wie ich es dir versprochen habe ...", sagte er zu ihr, während er ihr liebevoll über den Rücken streichelte.

„Hat sich Robin gut um dich gekümmert, während ich weg war?", fragte er, als sie die Umarmung gelöst hatten.

Er hielt sie dabei behutsam an den Armen und sah sie wohlwollend an.

„Wir haben 'Kiddy & KidKad' gelesen und Robin hat komisch geschaut, als ich gesagt habe 'wir müssen es nochmal lesen, damit Pino es auch versteht'... Hihihi, ich glaube, sie hat gemerkt, dass ich geschwindelt habe, damit ich es nochmal lesen kann", erklärte ihm die kleine Mina und kicherte dabei mit leuchtenden Augen.

„Das glaube ich, dass sie da komisch geschaut hat. Aber keine Sorge, Robin liest so gerne Bücher, ich denke sie hat sich sogar darüber gefreut, es noch ein zweites Mal lesen zu können", antwortete er schmunzelnd.

Plötzlich schaute Mina bedrückt zu Boden und stotterte fast, als sie den Grund für dieses Verhalten zu erklären begann.

„Ich habe alles genau so gemacht, wie du es mir gesagt hast, aber du hast Pino trotzdem gesehen. Ich wollte mich nicht einfach verstecken und ihn ganz alleine zurücklassen, deshalb habe ich ihn schnell genommen, bevor ich unter die Couch bin … Ich habe mir extra Mühe gegeben, alles richtig zu machen, weil Robin gesagt hat, du kommst gleich und ich hab es trotzdem nicht geschafft", klagte sie und wirkte dabei vor allem von sich selbst enttäuscht.

„Keine Sorge, Mina, du hast das gut gemacht und ich finde es toll, wenn du auf Pino Pinguino aufpassen möchtest", sagte er sogar mit Stolz in seiner Stimme zu ihr, während er ihr über die Schulter strich. „Das nächste Mal hältst du ihn, so fest du kannst, an deine Brust, dann sieht ihn auch keiner, okay? Weißt du, deshalb üben wir das ja überhaupt. Weil einem bei den ersten Malen Sachen auffallen, auf die man dann das nächste Mal achten kann … Ich finde für das erste Mal hast du es echt super gemacht!"

Das Mädchen strahlte über das ganze Gesicht und er überlegte, ob er tatsächlich fragen sollte, doch er musste es wissen, um sich gegebenenfalls auf ein anderes Szenario vorbereiten zu können.

Er schaute sie an und fragte sie eindringlich, während er versuchte ruhig und wohlwollend zu bleiben: „Das ist jetzt wichtig, Mina … Bist du dir sicher, dass du die Zeichnung in deinem Zimmer gelassen hast?"

„Ja! Mit den Fäden unter der Matratze, wie ich es gesagt habe", antwortete Mina bestimmt und fast schon protestierend, bevor sie doch etwas unsicher wurde. „Oder vielleicht ist sie doch in der Schublade im Kasten, aber ich habe sie ganz bestimmt im Zimmer versteckt!", fügte sie kleinlaut hinzu.

Ihre Gesichtszüge veränderten sich, nachdem sie scheinbar etwas begriffen hatte. „Hast du die Zeichnung nicht gefunden? Ist das jetzt blöd? Ist das meine Schuld? Schickst du mich jetzt zurück?", fragte Mina mit zittriger Stimme und aufgerissenen Augen und wirkte plötzlich verängstigt und den Tränen nahe.

„Ich habe sie nicht gefunden, aber das ist in Ordnung ...", versuchte er sie zu beruhigen und wollte gerade weiterreden, als ihn Mina sichtlich noch unruhiger und ängstlicher werdend unterbrach.

„Vielleicht ... Vielleicht hat sie Jonathan! Hast du Jonathan gesehen? Geht es ihm gut?", sprudelte es mit immer schneller werdender Stimme aus ihr heraus.

Er konnte deutlich spüren, wie ihre aufkommende Angst immer größer wurde und fast schon in Richtung Panik kippte. Er zog sie vorsichtig zu sich her, umarmte sie neuerlich und hielt mit seiner linken Hand ihren Hinterkopf.

„Sch, Sch, Sch …", sagte er zuerst immer wieder, um sie zu beruhigen, und strich ihr dabei ruhig über den Hinterkopf und ihr Haar.

Als er bemerkte, dass ihr Zittern nachließ, sprach er vorsichtig und behutsam weiter: „Alles ist gut, Mina … Ich habe die Zeichnung nicht gefunden, aber das ist egal. Ich habe mir nur gedacht, es wäre toll, wenn wir sie hier hätten und aufhängen könnten, deswegen wollte ich sie holen. Jonathan habe ich nicht gesehen, deshalb konnte ich ihn nicht fragen. Es waren dort so viele Leute und er war ganz woanders untergebracht als ich, deshalb habe ich ihn nicht getroffen."

Er bemerkte, wie seine Worte die kleine Mina beruhigten, selbst wenn diese nicht der Wahrheit entsprachen. Doch was hätte es gebracht, dem armen Mädchen zu all dem, was sie ohnehin schon mit sich herumtragen musste, noch zusätzlich die Bürde der Angst, gefunden zu werden, - die mit der Wahrheit über die verschwundene Zeichnung mit Sicherheit größer geworden wäre – aufzuladen. Und genauso verhielt es sich mit der Bürde der Schuld, die sie mit Sicherheit gespürt hätte, wenn er ihr von Jonathan und dessen Schicksal erzählt hätte.

Eigentlich wollte er stets ehrlich mit ihr sein, weshalb er das nun auch war, als er weitersprach: „Wie kommst du auf die Idee, dass ich dich dorthin zurückschicken könnte, Mina? Wenn ich das wollte, hätte ich dich doch am Mittwochabend nicht bei dem Baumstamm abgeholt, oder? Du weißt, es tut mir leid, dass ich nicht früher gekommen bin, aber ich musste einfach so lange warten, bis nur noch dieses letzte kleine Loch in der Kuppel war, durch das nur du ganz einfach durchgepasst hast ... Ich bin einfach nur froh, dass du jetzt hier bei mir und Robin bist und dieses Zimmer deine Wolke sein kann. Und ich werde nicht zulassen, dass du dorthin zurückmusst oder sonst wohin ... Und zwar deshalb, weil ich dich lieb habe und du mir wichtig bist! Hörst du? Egal was passiert und egal was ich dazu tun muss oder was es mir abverlangt, ich werde solange auf dich aufpassen, bis du alt genug bist, um auf dich selbst aufpassen zu können!"

Er spürte, wie sein T-Shirt an jener Stelle, an der Mina ihr Gesicht gegen seine Brust drückte, feucht wurde und er spürte an derselben Stelle ihren warmen Atem, als er ein gedämpft sowie weinerlich klingendes „Ich hab dich auch lieb" vernahm.

Er lächelte und gab ihr einen Kuss auf den Kopf, als plötzlich eine Sekunde lang sein Herz stehen blieb.

Das Quietschen der Tür drang in seine Ohren. Augenblicklich drückte er Mina etwas fester an sich.

Er hatte nicht aufgepasst und war einfach die paar Schritte in das Zimmer getreten, ohne die Tür hinter sich zu schließen. Gemeinsam mit dem Quietschen drang immer mehr Licht von dem grell erleuchteten Gang in das dumpf beleuchtete Zimmer.

Er hielt Minas Kopf an seine Brust und hoffte, dass sie nichts davon mitbekam, genauso wie er hoffte, dass es Nico Robin war, die ein paar Schritte hinter ihm in der Tür stand. Doch er realisierte umgehend, dass Robin schon längst etwas gesagt hätte, wenn sie es denn wirklich wäre.

„Der ältere Herr mit dem kleinen Hund ... Sie mussten nicht einmal läuten oder die Haustür aufbrechen, wenn er sie reingelassen hat ... Haben sie die Zeichnung gefunden und ihre Schlüsse daraus gezogen? Hat der Vater doch bemerkt, dass alles nur Show war? Oder hat Jonathan etwa geredet?", gingen ihm in Windeseile Gedanken durch den Kopf, die ihn angespannt und unruhig werden ließen.

Sofort nahm er wahr, wie sich Mina von ihm anstecken ließ und wieder zu zittern begann. Sie hatte bemerkt, dass etwas nicht stimmte.

Die Tür befand sich in seinem Rücken, doch er konnte den Lichtpegel der durch die Tür drang, vor sich sehen, in dem der Schatten einer Person zu erkennen war, die in dieser stehen musste. Er atmete tief ein und schloss seine Augen.

Die Anspannung war noch da, doch mittlerweile verursachte sie weder Beunruhigung, noch Nervosität, Angst oder gar eine Erstarrung in ihm, als er Mina neuerlich einen Kuss auf ihren Kopf gab.

Er hatte das alles nicht riskiert und getan, um irgendwelche Lakaien eines kaputten Systems sowie eines wahnsinnigen Menschenexperiments einfach in das Bücherzimmer spazieren zu lassen und diesen zu erlauben, Mina wieder mitzunehmen. Jederzeit wieder würde er sich von der Mutter demütigen, missbrauchen oder sogar vergewaltigen lassen, wenn es notwendig war, um Mina zu beschützen. Er war bereit alles zu tun oder zu geben, um der kleinen Mina weiterhin die Chance auf ihre Freiheit geben zu können. Egal wie gering diese auch sein mochte.

Seine Würde, seine Freiheit, seine Unversehrtheit oder gar sein Leben, das alles spielte keine Rolle. Es ging nicht um ihn, sondern um das ihm so liebgewonnene kleine Mädchen, dem er vor nicht einmal einer Minute versprochen hatte, es zu beschützen und auf es aufzupassen.

Seine Anspannung verwandelte sich von Sekunde zu Sekunde immer mehr in puren Willen und schließlich kam er zu der Überzeugung, es schaffen zu können. Sein Ziel war es, nicht einen Kampf zu gewinnen, sondern lediglich solange durchzuhalten und zu überleben, bis Mina es geschafft hatte, wegzulaufen. Er gab Mina einen letzten diesmal längeren Kuss auf ihren Kopf und sammelte sich ein letztes Mal, während er ruhig atmete. Schließlich begann er leise zu sprechen.

„Es tut mir leid, Mina, ich habe wieder einmal nicht aufgepasst ... Du weißt doch noch, was wir besprochen haben, falls so etwas passiert? Und du kannst dich auch erinnern, wohin du laufen sollst, oder?", sagte er mit leiser ruhiger Stimme.

Nachdem er ein langsames Nicken an seiner Brust gespürt hatte, redete er weiter. „Gut ... Wenn ich aufstehe und mich umdrehe, läufst du, so schnell du kannst, los, okay?"

Er konnte spüren, wie sich ihre kleinen Hände an ihm festklammerten, und er hörte, wie Mina versuchte ihre Tränen und ihr Wimmern in seinem T-Shirt an seiner Brust zu ersticken. Es zerriss ihm förmlich das Herz, als er ihre so schwer verständlichen gedämpften Worte verstand.

„Bitte nicht, Wölfchen! Ich möchte bei dir bleiben ... Lass mich nicht allein, du hast doch versprochen bei mir zu bleiben und auf mich aufzupassen! Bitte nicht Wölfchen! Biiiiitteeeee niiiiicht!", stammelte sie verzweifelt immer wieder und klang von Mal zu Mal verzweifelter, während sie ihr Gesicht immer fester gegen seine Brust drückte.

Er konnte spüren, wie ihr kleines Herz immer schneller schlug. Er umarmte Mina noch ein wenig fester und am liebsten hätte er sie gar nicht mehr losgelassen, doch ihm war klar, er musste es tun.

Er schluckte, um seine Stimme nicht zu zittrig wirken zu lassen und Mina dadurch nicht noch weiter zu verunsichern. „Vergiss Pino nicht, er passt ab jetzt statt mir auf dich auf, okay?"

Er wartete neuerlich, bis er ein zaghaftes Nicken an seiner mittlerweile schon durchnässten Brust spürte, selbst wenn dieses nach wie vor von einem Wimmern begleitet wurde. Nachdem er das getan hatte, öffnete er schließlich seine Augen und fixierte mit starrem Blick den Schatten vor sich, der so gespenstisch im Lichtpegel der geöffneten Tür zu sehen war und bedrohlich groß wirkte.

„*Manchmal hat man keine andere Möglichkeit, egal wie sehr man sich das wünschen würde*", dachte er sich und war fest entschlossen, alles zu tun, was vonnöten war, um Mina zumindest genügend Zeit zum Weglaufen zu verschaffen.

„Finde eine neue Wolke, kleine Mina … Und vergiss niemals, ich hab dich lieb", sagte er sowohl mit gebrochener Stimme als auch Herzen, während er sich behutsam aus Minas Umklammerung löste.

Langsam erhob er sich aus der Hocke und drehte sich um.

Danksagung

Nun ist wohl der Zeitpunkt gekommen, mich bei all den Personen zu bedanken, die mich dabei unterstützt haben, den ersten Schritt meines Traums, eine Romanreihe zu schreiben und zu veröffentlichen, zu verwirklichen.

Es sind so einige Menschen, die ich jetzt erwähnen sollte, und gleichzeitig wissen diese aber, dass es sich für mich nicht richtig anfühlen würde, das zu tun. Denn eigentlich bin ich noch nicht fertig. Wie ihr wahrscheinlich schon bemerkt habt, gibt es nämlich noch vier nicht erwähnte Todsünden und somit vier Teile, die noch geschrieben werden möchten. Für mich war von Anfang an klar, dass „#Glückskinder" sieben Teile umfassen soll und dieser Plan hat sich seitdem nicht geändert.

Während des Schreibens hat es mich dann aber selbst überrascht, wie viele Geschichten diese Welt mit ihren Charakteren bereits in den ersten drei Teilen zu erzählen hatte, weshalb sie um einiges länger geworden sind als ursprünglich gedacht. Dadurch und wohl auch durch meinen Hang zu Schachtelsätzen und Füllwörtern hat es schlussendlich mehr Zeit als geplant in Anspruch genommen, diese drei Teile zu schreiben. So stand ich im Spätherbst 2024 mit fertigen drei statt sieben Teilen da. Deshalb habe ich versucht, dem dritten Teil

„Wollust" einen Abschluss zu geben, der es mir erlaubt „Hashtag Glückskinder" als dreiteilige Romanreihe mit sehr offenem Ende stehen zu lassen, falls keine weiteren Teile folgen sollten.

Wie in den Worten zu meiner Person erwähnt, habe ich mir die Zeit, in der ich „#Glückskinder" geschrieben habe, selbst finanziert. Wenn man so möchte, war das der große Vorteil meines Burnouts und meiner Angstzustände. Denn wenn man wegen fehlender Energie oder vor lauter Angst seine Wohnung nicht mehr verlassen kann und generell nichts Neues ausprobiert, gibt man nicht sonderlich viel Geld aus.

Jedenfalls neigt sich mein Erspartes dem Ende zu und das bedeutet, dass ich sehr bald – und wenn du diese Zeilen liest, ist es schon so weit – nicht mehr in dem Ausmaß schreiben kann, wie es wahrscheinlich notwendig wäre, um in absehbarer Zukunft – oder vielleicht überhaupt – weitere Teile der Geschichte folgen zu lassen. Deshalb war es mir so wichtig, dass die Romanreihe – so wie sie jetzt ist – auch für sich allein stehen kann.

Trotzdem fühlt es sich für mich nicht als das Ende der Geschichte an, sondern viel mehr als ein Anfang, weshalb ich mich hier mit den Danksagungen auf jene Menschen beschränken möchte, deren direkte Arbeit gemeinsam mit meiner in diesen drei Teilen steckt.

Das wäre zum einen die Künstlerin Esther Mair, die das Cover gemalt sowie gestaltet hat und für mich mit ihrer eisernen Regel gebrochen hat, genau so etwas nicht zu tun. Falls ihr euch für andere ihrer so wunderbaren Werke interessiert, findet ihr sie online unter www.esthetic-art.com oder www.instagram.com/esth.etic.art/.

Die zweite Person ist Katrin Hatzl-Dürnberger, die für mich das Lektorat und Korrektorat übernommen hat und mir auch bei anderen Fragen – und das sind bei einem Neuling auf dem Gebiet doch so einige – mit Rat und Tat zur Seite gestanden ist. Sie und Infos zu ihrer Arbeit findet ihr unter: www.buchstabenbuero.at.

Ich kann euch beiden nicht genug danken, für die Zeit und Mühe, die ihr investiert habt, um mir dabei zu helfen, „#Glückskinder" eine Gestalt zu geben, die es mir erlaubt, diese Geschichte in ein 'richtiges' Buch zu verwandeln. Danke, Katrin, besonders für deine Geduld und dein Wohlwollen mir, den immer wieder aufs Neue aufkommenden Fragen und auch meinen Unsicherheiten gegenüber.

Erwähnen möchte ich neben all den anderen Inspirationen, die ich in Literatur, Musik, Film, Fernsehen, der Natur, meiner Umgebung und sonst noch überall gefunden habe und die ich sicherlich unbewusst einfließen habe lassen, noch die Schöpfungen, auf die ich sehr bewusst und konkret angespielt habe, ohne sie namentlich zu nennen. Das wären „V wie Vendetta", eine Geschichte, die mich – sowohl als Film (unter der Regie von James McTeigue) als auch als Graphic Novel (von Alan Moore und David Lloyd) – bereits in meiner Jugendzeit fasziniert hat, das Lied „Die Flut" von Joachim Witt und Peter Heppner, welches mich durch so einige schwere Momente meines Lebens begleitet hat, und der Manga „One Piece", den ich seit bald zwanzig Jahren bis heute lese. Er begeistert mich nach wie vor wie am ersten Tag und ich hoffe, für dessen Schöpfer Eichiro Oda ist es in Ordnung, dass ich Nico Robin den Namen eines Mitglieds der Strohhutpiratenbande gegeben habe. Wenn ich schon bei Inspirationen für Namen bin, möchte ich auch noch „Star Trek: Raumschiff Voyager" erwähnen, dessen Captain Kathryn Janeway die erste Frau in einer Führungsposition war, an die ich mich erinnern kann.

Vor allem aber möchte ich allen danken, die „Hashtag Glückskinder" gelesen haben, also auch dir! Ich hoffe von tiefstem Herzen, dass es mir gelungen ist, dir mit dieser Geschichte etwas für die Zeit, die du dir zum Lesen genommen hast, zurückzugeben. Sei es einfach nur, dass es das Warten bei der Bushaltestelle schneller vergehen hat lassen oder einen Regentag auf der Couch erträglicher gemacht hat. Vielleicht konnte ich dir damit ein wenig Inspiration schenken oder dich zum Nachdenken anregen und eventuell hat es dich stellenweise sogar berührt oder vor lauter Spannung nicht zu lesen aufhören lassen. Was auch immer es war, das dich bis hierhin lesen hat lassen, es freut mich ungemein und macht mich auch ein wenig stolz. Dafür möchte ich dir wirklich von ganzem Herzen Danke sagen.

Gleichzeitig habe ich allerdings auch noch eine Bitte an dich. Wenn dir „#Glückskinder" gefallen hat und du möchtest, dass die Geschichte nach drei Teilen und mit zugegebenermaßen so vielen Fragezeichen rund um die kleine Mina, Aurora, Captain, Sonja, Jonathan und die Kuppel weitergeht, dann empfiehl es bitte weiter, schenke es Menschen, von denen du glaubst, dass es ihnen ebenfalls gefallen könnte, gib positive Bewertungen ab, schreibe eine Rezension oder teile es über deine Social-Media-Kanäle und über andere Möglichkeiten, die du zur Verfügung hast. Vielleicht wagst du sogar etwas Verrücktes und fragst in der Buchhandlung deines Vertrauens nach, ob sie nicht ein paar Exemplare in ihrem Sortiment aufnehmen möchten oder zumindest eines davon in ihre Auslage stellen wollen. Oder dir fällt sogar noch etwas anderes ein, was ich hier nicht aufgezählt habe.

Der nächste Schritt meines Traums ist es, genügend Ressourcen zur Verfügung zu haben, um weiterschreiben zu können. Ich weiß jetzt, wie viel Herzblut, Kraft, Emotionen und eben auch Zeit es einem abverlangt, so eine Geschichte mitsamt ihren Charakteren sowie Details von meinem Kopf und aus den Tiefen meines Herzens auf das Papier zu bringen. Doch das ist genau das, was ich gerne tun möchte. Wenn viele Menschen meine Bücher kaufen und ich genug Geld verdienen könnte, um mir die dafür notwendige Zeit finanzieren zu können, dann werde ich genau das machen.

Deshalb bitte ich euch, mir dabei zu helfen, die fehlenden vier Teile von „Hashtag Glückskinder" folgen lassen zu können. Wenn mir das gelingt, werde ich nach dem letzten Teil eine Danksagung schreiben, in der all jene Menschen Platz finden, die hier noch keine Erwähnung gefunden haben.

Danke euch allen
Lupo Lito

Über den Autor:

Lupo Lito wurde in Innsbruck geboren und maturierte an einem Gymnasium. Nach dem Zivildienst studierte er Erziehungswissenschaften an der Universität Innsbruck. Bereits während des Bachelorstudiums war er in verschiedenen sozialen und pädagogischen Berufsfeldern tätig. Nach Abschluss seines Studiums war er mehrere Jahre Leiter eines Projekts für Jugendliche. Aufgrund eines Burnouts mitsamt wiederkehrenden Angstzuständen und Panikattacken musste er diese Tätigkeit beenden. Er nahm sich eine von seinem Ersparten finanzierte berufliche Auszeit und schrieb während dieser die ersten drei Teile der Romanreihe „#Glückskinder". Diese Romanreihe ist die erste Veröffentlichung von Lupo Lito.

Folge Lupo Lito auf Instagram:

www.instagram.com/lupo_lito

Oder erreiche ihn per E-Mail:

lupo.lito@gmx.at

Hinweise zum Inhalt:

*Dieses Buch enthält Elemente,
die triggern können. Zum Teil werden diese
detailliert dargestellt.*

*Es handelt sich um:
Alkohol, physische/psychische/sexualisierte Gewalt, Kontrollverlust, Flashbacks, Verlust, Angstzustände und Panikattacken, Dissoziation, Vergewaltigung, etc.*

Falls du dich dazu entschließt, das Buch zu lesen, schau auf dich und sei achtsam beim Lesen.

Und scheue dich nicht über bestimmte Themen zu sprechen, die dich beschäftigen oder belasten.
Egal ob du einer Vertrauensperson davon erzählst, dir bei Beratungsstellen Unterstützung holst oder dich entscheidest, eine Psychotherapie zu beginnen.

Dass alle diese Schritte leichter gesagt als getan sind, weiß ich aus eigener Erfahrung.
Aber sie helfen!

Falls du auch den zweiten Teil haben willst:

Der zweite Teil der „Hashtag Glückskinder"-Romanreihe rund um einen namenlosen Protagonisten.

Lupo Lito
#Glückskinder
II.. Hochmut
Roman

Über BoD – Books on Demand veröffentlicht und erhältlich.

**Wenn du alle bisher veröffentlichten
Teile auf einen Schlag haben möchtest:**

Alle bisherigen drei Teile
der „Hashtag Glückskinder"-Romanreihe
rund um einen namenlosen Protagonisten in
einem Buch.

Lupo Lito
#Glückskinder
I. Habgier - II. Hochmut - III. Wollust
Roman

**Über BoD – Books on Demand
veröffentlicht und erhältlich.**